Nur na escuridão

Salim Miguel

Nur na escuridão

EDITORA RECORD
RIO DE JANEIRO • SÃO PAULO

2008

CIP-Brasil. Catalogação-na-fonte
Sindicato Nacional dos Editores de Livros, RJ.

Miguel, Salim, 1924-
M577n   Nur na escuridão / Salim Miguel. – Rio de Janeiro: Record, 2008.
320p.

ISBN 978-85-01-08211-4

1. Romance brasileiro. I. Título.

08-3653

CDD – 869.93
CDU – 821.134.3(81)-3

Copyright © Salim Miguel, 1999

Direitos exclusivos desta edição reservados pela
EDITORA RECORD LTDA.
Rua Argentina 171 – 20921-380 – Rio de Janeiro, RJ – Tel.: 2585-2000

Impresso no Brasil

ISBN 978-85-01-08211-4

PEDIDOS PELO REEMBOLSO POSTAL
Caixa Postal 23.052
Rio de Janeiro, RJ – 20922-970

EDITORA AFILIADA

Os trechos da autobiografia *Minha vida*, de José Miguel, foram traduzidos do árabe por Alia Haddad.

Como é que isso vive em tua memória? O que vês mais, no escuro do passado e no abismo do tempo? Se consegues lembrar-te de algo acontecido antes, também podes lembrar-te de como para cá vieste.

SHAKESPEARE

O passado nunca está morto; ele nem mesmo é passado.

FAULKNER

Quando a onda dos desejos inquietantes
    Que do peito transborda
Morrer, enfim, nas amplidões distantes,
    Recorda-te, recorda...

CRUZ E SOUSA

Para JORGE, irmão muito querido, que sabia, mas não esperou para ler esta história.

Para ANTÔNIO HOUAISS, patrício e amigo, *in memoriam.*

Para EGLÊ, ainda-sempre.

Sumário

1. Luz — 13
2. Abrigo — 27
3. Sorte — 31
4. Conhecer — 35
5. Gente — 43
6. Amor — 49
7. Nome — 53
8. Incógnita — 59
9. Partida — 65
10. Opção — 71
11. Ma'karun — 83
12. Temor — 89
13. Mascate — 95
14. Assuntar — 107
15. Equívoco — 111
16. Gringo — 115
17. Taira — 121
18. Biguaçu — 131
19. Sina — 137

20. Avô 143
21. Horror 149
22. Florianópolis 161
23. Tentação 169
24. Ritual 185
25. Nard 191
26. Orgulho 199
27. Fios 205
28. Perfis 245
29. Mortes 293
30. Sementes 313

1

Luz

Anoitece.

Seis pessoas: três adultos, três crianças. Os adultos: faixa dos vinte anos. As crianças: a mais nova com menos de seis meses, o mais velho com pouco mais de três anos. Pai, mãe, tio, duas meninas, um menino.

O dia: 18. O mês: maio. O ano: 1927. O local: cais do porto da Praça Mauá. O estado: Rio de Janeiro. O país: Brasil.

Muitos anos depois, já bem velho, o pai gostava de rememorar, de repetir insistindo: a primeira palavra que aprendi em português, que me foi diretamente dirigida, que gravei: luz. *Nur.*

Cala. Pensa. Concentra-se. Se esforça. Se perde para se achar. Ativada, a memória recua. Busca resgatar o passado. Retirá-lo do mais fundo do tempo. Devassar o escuro abismo. Tornar hoje o ontem.

O pai se arruma na cadeira de palhinha trançada, que agora comporta a maior parte de suas horas, radinho de pilha na mão, leva-o até o ouvido, levanta o som, atento ao noticiário que virá, veio, pede silêncio, não demora passa para outra emissora, tece comentários, alegra-se ou se indigna com o que lhe chega, exclama, bom, parece que na África existe possibilidade de se alcançar uma solução pacífica, é só dobrar a África do Sul, tão racista, onde já se viu; reclama, absurdo, e o absurdo se refere tanto a algo acontecido no Brasil, aumento do custo de vida, enfatiza, sobra terra para plantio e até se importa milho, mudança na política cambial, assim não há quem agüente, novo acidente na estrada, a BR-101 não tem jeito; como em qualquer parte do mundo, guerra no Vietnã, que surra os americanos estão tomando, tenho pena é dos soldados, luta entre judeus e árabes no Oriente Médio, e somos semitas, embargo dos Estados Unidos a Cuba, vergonha, um gigante contra o vizinho anão! Às vezes ouve trechos de música, se detém mais em uma do que na outra, chama atenção, pede, ouçam isto do tal de Sérgio Ricardo, me lembra música da terra — e a terra pode ser o Brasil ou o distante Líbano. Esquecera que já lhe haviam informado, pai, Sérgio Ricardo é pseudônimo do João Lufty, sírio.

Agora olha, por entre a névoa que lhe tolda a visão, para os filhos, para as noras, para os parentes, para os amigos, para quem quer que esteja ali de visita, pronuncia palavras em árabe, *dahaba*, partir, está na hora de ir ao encontro da mulher, minha Tamina, *dikra*, as lembranças me afogam, e repete, e repete, e repete, *nur*, *nur*. Perdido em brumas, retorna ao que contara, e reconta, pela enésima vez, a mesma história, sempre emocionante (e renovada) para ele, a que por vezes incorpora outros ingredientes, mas que tem um permanente início, é noite, é o dia 18 de maio, é o ano de 1927, é o cais do porto na Praça Mauá, é no Rio de Janeiro, é Brasil.

Tinham acabado de desembarcar. Sentem-se tolhidos, perdidos, acuados em meio à estridência de sons, onde se confundem vozes, risos, gargalhadas, gritos, chamamentos, xingações, choros de alegria, murmúrios de decepção, perguntas em espanhol, em italiano, em alemão, em francês, em inglês. Se questionam, e em árabe, não haverá?

Interditos, estacam no meio das outras pessoas, sem saber qual destino tomarão. Olham desnorteados para o casario, os bares, as pequenas embarcações, os navios atracados balouçando de leve, os postes e a parca iluminação, as gentes que chegam e saem. Atentos ao bater da água no cais, no casco dos navios, como se fosse um chamamento. Necessitam se decidir.

Nessa quente noite outoniça, leve aragem se anuncia, agride-os o odor da maresia que tudo impregna, e os outros odores que não conseguem identificar. Aumenta a sensação de desamparo, misto de pavor, de expectativa, de curiosidade, de desalento. Buscam se unir mais, encostam-se uns nos outros, o menino reclama, diz *omm*, e puxa a mão da mãe, repete *omm*, a menina mais velha pede o colo do tio, a mais nova choraminga, o pai não sabe o que fazer, para quem apelará.

O pai se cala. Imagina o quanto seria bom se a mulher, Tamina, estivesse ali com ele, ajudando-o a relembrar, interrompendo-o, acrescentando um dado, rindo de uma passagem, olhos úmidos diante de outra, por que foi ela *iamatu* tão cedo, a morte é implacável. Não que os filhos sejam omissos em relação a ele, não se pode queixar de nenhum. Só que o casal era tão unido, ainda hoje, passado quanto tempo, não se conforma, reclama como se lhe dirigindo, por que Tamina, mulher, foste morrer, me deixaste tão cedo, eu devia ir antes por causa da saúde precária, tu tão saudável, de repente a estúpida doença que em três dias te matou!

Sim — sim, Tamina podia ajudá-lo na recuperação do passado, lembrar mais, tão inteligente e sensível, tão calma e decidida; porém não, *uafã*, a ceifadeira foi implacável.

De novo o pai se cala. Olha para a rua, quer divisar carros que passam, a vista sempre mais fraca, nesta hora de lusco-fusco o movimento aumenta, ele se mexe-remexe na cadeira, a janela é, ao mesmo tempo, seu mundo atual e seu passado. Quer se situar, quer fazer com que os que o escutam participem, vibrem com sua vibração, vivam o que viveu, tudo entrando para sempre em seu ser, quer que a rua passe a representar o porto, o pasmo, o impasse, o movimento, carros são navios, o pai acaba de chegar, não, não está ali naquele início de noite, na Avenida Rio Branco, 84, Florianópolis, mas outra, outra vez é o anoitecer no cais da Praça Mauá, é sempre o 18 de maio, é o mesmo ano de 1927, é a nova *maksuna* à qual terão que ir se adaptando, terra que precisarão aprender a amar, é o embate entre duas concepções de mundo, de vida.

Engolfado em suas reminiscências, avança e recua, quer que todos o acompanhem na jornada, na ânsia de se perder para se achar explica de novo, a mulher, minha mulher, minha Tamina, atônita está se virando, puxa-o pela manga, diz, e agora, por *Allah*, o que vamos fazer, Yussef (só mais adiante se acostumaria, como os demais, a chamá-lo, meio a contragosto, de José, no início "José" soava estranho, parecia referir-se a outro homem, não ao marido, não era o seu *habib* Yussef), já com saudades do navio, abrigo-útero onde passara intermináveis dias entre céu e céu, mar e mar, água e água, vento e vento, espuma e espuma, ainda sente o balanço, está e não está em terra firme.

É necessário que tomem uma decisão, aumenta o choro da filha no colo do tio Hanna, o filho mais velho se solta da mão de Tamina, Yussef corre para pegá-lo, a outra filha está indócil, talvez com fome, talvez com sede, talvez com sono, talvez com medo — e quem ali não está com medo? O irmão da mãe aperta e embala a sobrinha que tem no colo, aquele solidário irmão que não titubeara em acompanhá-los na conturbada viagem de um para outro lado do mundo, viagem de destino incerto, mais ainda com o imprevisto final.

O pai retoma o fio narrativo, numa técnica só dele, muito dele, que lhe vem dos ancestrais, das fantásticas lendas que ouvia ou lê; sem transição voltou à Praça Mauá, a noite se fecha mais, o cais vai se esvaziando, minutos (horas) transcorrem, pingam lentos-lerdos que nem óleo, escorrem pelo tempo, eles perdem a noção, a mente um tumulto impede de pensar com clareza. Unida, procurando proteção, sem saber que atitude tomar, ali está aquela família postada indecisa, vinda de tão distante país — e o pai se interroga, de onde a coragem para tudo arriscarem — arriscarmos? Não tem a quem se dirigir. Ou para onde se dirigir. Durante a viagem de semanas (ou meses, se contado o interregno), vinham se questionando, fizemos bem, fizemos mal; abraçada aos filhos, Tamina, a mulher, se dirige ao marido, Yussef, *habib*, o que vamos decidir quando chegarmos, e o marido com aquela ponta de fatalismo que é marca oriental, o que for será; depois Tamina se dirige ao irmão, Hanna (também ele só mais tarde viria a ser João), me diz se não era melhor termos esperado mais um pouco, na nossa terra, ou em Marselha, pensado mais, hein? A mãe não explica a que se refere o "pouco", Hanna só mexe a cabeça, não responde, tenta no momento acalmá-la, os filhos choramingam, Yussef olha para longe, reconsidera, não é bem assim aquilo que disse, "o que for será". Não podem é continuar na Praça Mauá, que se esvazia, vultos suspeitos começam a rondar pelas imediações.

O pai emudece. Outra vez pede silêncio. Chegou a hora de mais um noticiário. É no mesmo lugar, no mesmo dia, em outro? Pouco importa! De novo ninguém fala. Só ele comenta uma ou outra das notícias, o Jango se dirige às massas, a nação está inquieta, pode vir confusão por aí, os militares, os empresários, os banqueiros, os...

E o fio outra vez rompido só volta a se unir (quantas vezes, em quantas diferentes ocasiões, em quais cidades também tão diferentes) tempos mais tarde, entrelaçando Biguaçu, Florianópolis, Rio de Janeiro na mesma trama, na mesma teia, que acaba por envolver o país e a família, cujo início acontecera no desconcertante e traumático desembarque.

Ainda mais velho, mais encurvado, mais cansado, respiração opressa, o pai não está em sua sala, em sua casa de Florianópolis, em sua cadeira perto da janela, onde tudo lhe é tão íntimo e familiar. Outro é o ambiente. Grudado à bengala e ao radinho, a custo se movimenta pelo apartamento do filho, na Rua Paissandu (ou pode também ser no outro apartamento, por igual num tranqüilo terceiro andar na Rua Senador Euzébio). Ambos no Flamengo. Com dificuldades vai de uma peça para outra, chama um neto, pede água, chama a nora, chama a sogra do filho, precisa conversar, agora senta-se com um gemido, perto da janela, na sala, o raio de sol nesta clara manhã de inverno alcança-o no rosto, quer-não-quer prestar atenção no intenso ruído que sobe da rua. Ou não há ruído?

O pai veio passar uns dias no Rio de Janeiro, fugindo ao brabo inverno de Florianópolis, à chuvinha fina e ao inclemente vento sul — o vento vagabundo do poeta Cruz e Sousa — apelidado de "mata-velho".

Mal chega já pensa em voltar para seu cantinho na Avenida Rio Branco, Florianópolis, logo pergunta, melhorou o tempo lá, não é, melhorou, ouvi no rádio, filho, sei, melhorou, marca minha volta, marca, para minha casa, e o filho, pai, ainda nem chegaste e aqui também não é tua casa, me diz, que é que tens de tão importante para fazer lá, e o pai retruca, *ibn*, filho, sei que é, mas tu me entendes, não entendes, e se insistem em fazê-lo ficar mais o pai se torna indócil, irritadiço, posta-se perto da cadeira previamente arrumada próximo à janela, empurra-a para longe em sinal de protesto, bengala batendo forte no assoalho, cantarolando canções em árabe, radinho largado, murmura palavras ininteligíveis, ou trechos de *qasid* do poeta Omar Khayam, um em especial: "Vim para o mundo sem saber por que/ nem de onde vim, qual água cascateando/ E dele saio como vento, à toa/ Que nunca sabe para onde vai soprando." Observa as pessoas e repete os versos, lentamente.

Pai e filho acabam de chegar da missa na igreja ortodoxa, Avenida Gomes Freire, à qual ele faz questão absoluta de ir, tão logo desembarca no Rio. Lá, manteve demorada conversa com o bispo, cercado de amigos recentes, de patrícios da mesma região de onde viera, patrícios-parentes talvez, que vai descobrindo aos poucos — afinal, em um país tão pequeno como o Líbano, todos são (ou se tornam, mais cedo ou mais tarde) parentes. Parentes afins sem dúvida. Ficam se questionando, investigando: Tu não és da família Athye, ah, entendo, tua mulher é que é, tenho uns primos-irmãos que ainda são contraparentes de um primo distante dela, moravam perto de Amiun, aldeiazinha menor que Amiun. E o pai: Sim, certo, não me lembro, minha mulher, a minha falecida Tamina era Athye, de Amiun, família conhecida, considerada. Eu de Kfarssouroun, perto de Amiun, lugarejo bem menor. E parentes no Brasil? Da Tamina não sei, pode ser que existam, a maioria nos Estados Unidos, o pai dela na Argentina.

E tu Yussef (ou José, dependendo do perguntador, curioso por saber mais, quem sabe seriam parentes), de que família és, ah, sim, os Jahnahr, sim, mas me conta, patrício, se o projeto de vocês era ir ao encontro dos cunhados, homem, me explica direitinho como foi que acabaste vindo parar no Brasil e virando Miguel, se... e o pai, de verdade nem sei, para o Brasil sim, houve o imprevisto em Trípoli, a demora em Marselha, tinha irmã em Magé, um irmão em algum lugar pelo norte. Agora, do nome, não, não sei explicar, talvez pelo passaporte francês, Michel, talvez a dificuldade na pronúncia em português do sobrenome, logo que cheguei ao Brasil virei Miguel, mais rápido que José ou "seu Zé Gringo", durante bom tempo um estranho Yussef; e o perguntador, compreendo, nos Estados Unidos mais fácil, comum a adaptação de nomes, adquire-se logo um bem americano, aqui no Brasil acaba-se é abandonando os nomes mais complicados e prenome vira sobrenome.

São conversas demoradas, entremeadas de vaguidades, intercalando árabe e português, ou nem um idioma nem outro, entendem-se num linguajar macarrônico, cada qual puxando pela memória, todos rodeando o pai, relatando pequenos incidentes ocorridos na viagem, zombando agora de momentos dramáticos (ou rindo para ocultar a emoção), explicando os primeiros tempos, a difícil adaptação à nova terra, *maksuna* da qual nada sabiam, de hábitos e costumes tão diferentes, ora ainda estão no país de origem, relutam viajar, ora é um episódio pitoresco sucedido na cidade onde moram, onde moraram, onde pensaram morar, e que sempre lhes relembra a mascateagem, quem escapou dela?

O filho assiste às conversas, tem interesse em saber mais, embora se sinta constrangido quando reclamam, então veio do Líbano, começou aprendendo árabe e agora não entende uma frase do idioma de seus antepassados, hein, *sadig*, amigo, onde já se viu, ao que não sabe responder, mais ainda quando insistem, vamos *habib*, impossível que tenha esquecido, o que a gente aprende quando criança permanece lá no fundo de nós, o que é *bait*?, responda, ele tem uma vaga idéia, se esforça, esta não é difícil, arrisca, casa, todos riem e aplaudem, mas um engraçadinho acaba com sua satisfação ao acrescentar, só, e ele, interdito, é-não-é? E fica pensando como tudo é estranho, me vejo e não me vejo aqui, até que rindo lhe explicam, é casa e ao mesmo tempo verso, ao que outro brinca, mas te cuida, se *bait* é casa e verso ao mesmo tempo, *baid* é ovo. Ele retruca, mas ovo não deixa de ser uma casa, a do pinto.

Por vezes sente-se alijado, um intruso, quando começam a conversar só em árabe. É que chegou um novo imigrante que nada conhece do português. De repente, para melhor se comunicarem, necessitam do idioma original. Fica preso ao som, a todos os sons, que não lhe são alheios, procura captar o sentido de algumas palavras, mas o entendimento geral lhe foge, nunca consegue apreender as frases e o que significam, e se sabe que *buka* é choro, um choro que agora procura conter, segura o bolo na garganta, aquela *iuhadditu* lhe escapa por inteiro. O pai diz, é um teimoso, um cabeça-dura.

Na volta para o apartamento o pai insiste, podiam recomeçar, nunca é tarde para o aprendizado, o bispo já me disse que te ensina, uma hora por semana basta, tinha começado tão bem, o saber nunca fez mal a ninguém, quem sabe dois idiomas vale por duas pessoas, já escrevias até, letra tão bonita; e ele procurando mudar de assunto, para que a eterna discussão não volte, daí o motivo da minha caligrafia ilegível em português. O pai é persistente, não se dá por vencido, repete, o que se aprende em criança não se esquece, fica entranhado dentro de nós, logo recuperamos, com pouco consegues te comunicar em árabe, até ler e escrever, começaste tão bem. Não adianta discutir com o pai, outra vez explicar que tudo esquecera, por qual motivo ou mecanismo interior não sabe, ou sabe, apenas lhe sobram palavras avulsas, alguma expressão chula, como *zabrana-tiza*, intraduzível palavrão. Só vai à igreja com o pai, fica contrafeito quando o bispo, que até se diz parente, reclama, apontando-o para os outros, por que não queres aprender, por que só me apareces aqui para acompanhar Yussef (na igreja o pai volta a ser Yussef), no máximo duas-três vezes por ano, nem na Rua Primeiro de Março ou na da Alfândega os patrícios te encontram, não *ahabba* sua gente, precisa gostar, precisa não renegar a raça a que pertence, precisa conhecer a história de sua terra (tão rica em acontecimentos), precisa participar das reuniões da colônia, precisa se integrar, precisa entrar para o Clube Monte Líbano, precisa.

Três outras visitas do pai são obrigatórias: ao reduto do comércio de libaneses e sírios, no centro do Rio, em particular as ruas referidas pelo bispo, onde percorre lojas e lojinhas, vai a um restaurante, come quibes e esfihas, bebe um *arak*, pergunta se tem *zatar* chegado do Líbano, compra latas de azeite e, embora não deva, come um daqueles doces tão doces e gordurosos que chegam ao enjôo, não deixa de procurar o patrício que tão bem o recebeu; à Praça Mauá, onde fica quieto olhando os navios, os bares, as casas, os passantes; e à casa da irmã, em Magé, fazendo o mesmo percurso de trem, lembrando a primeira chegada, a descoberta da terra, também a irmã já com filhos crescidos, uma filha casada com um italiano conversador, ficam-se em demorados papos, primeiro as novidades, como vão todos, quais as notícias mais recentes do Líbano, depois se questionam a respeito daquele irmão lá do norte, jamais localizado, mas o que é o norte, o pai diz, meu filho aqui já esteve por lá, perguntou, tanto pelo nome Miguel como Jahnahr, nada, a irmã abana a cabeça num gesto de desânimo, insiste para que Yussef/José fique uns dias com ela, até agora não compreende quais motivos o levaram para longe, a razão daquele sumiço, por que não ficaram no Rio, logo-logo se adaptariam e hoje teriam uma boa loja, não mais mascateando, uma casa própria, na frente o comércio, em lugar bem situado, Magé, Teresópolis, Petrópolis, mesmo no Rio, os primeiros tempos são sempre difíceis, e repetia, afinal qual o sentido daquela maluca mudança para Santa Catarina?

Noitinha. Há pouco chegaram de Magé. Família reunida: pai, filho, nora, sogra do filho, filhos do filho. Na cabeça do pai um tumulto, tudo se confunde, a casa da irmã, acabou de chegar no Rio, a casa do filho, acabou de entrar na casa do patrício. Não que tenha perdido a noção da realidade, a lucidez; é que parece não ter havido transição entre a chegada ao porto, a chegada à casa da irmã em Magé, ou qualquer intervalo entre a rememoração de tempos atrás, em Florianópolis, e o momento presente, no Rio.

O pai pede um copo de água, toma curtos goles, respira fundo, depois quer um cafezinho, e que todos se acomodem, necessita desabafar, a conversa na igreja, a visita aos patrícios, os dois dias na irmã lhe trouxeram recordações amargas ou doces lembranças, novas ou nem tão novas, que exigem vir à tona. O pai titubeia, não se fixa, pula de um assunto para outro, mais outro, outro ainda, sabe-não-sabe o que quer, de novo naquela técnica tão dele, que é a maneira própria do seu comunicar, adquirida nos tempos da infância, das lendas recolhidas de um fabuloso imaginário oral. De repente engrena. Retoma a explicação já mais do que conhecida, com variações na forma do narrar, na estrutura da frase, que para o pai, encharcado das histórias das *Mil e uma noites*, tem sempre um novo tempero, inédito sabor. E logo não está mais ali no apartamento do filho, nem na casa de Florianópolis. Perdido-achado em seu mundo antigo, navega, avança, recua, se detém, prossegue, explica: tínhamos que sair do impasse, impossível continuar na Praça Mauá; toma outro gole de água, murmura baixinho, eleva a voz, diz: perto diviso um carro de praça, o negro encostado certamente esperando passageiros, até já lhe fiz sinal, sinais, mais que um, o filho mais velho se intimida, se gruda às pernas da mãe, observa com um misto de espanto e curiosidade, agora se achega ao pai, interrogativo, na sua terra homens de cor inexistiam, o motorista ri e abana a cabeça, com um dedo aponta-os e depois indica o carro.

Um ralo movimento agora, há muito a noite se fechou de todo, persiste o constante marulhar, o odor da maresia, que há tanto tempo os acompanha, se torna mais forte, tudo impregna, está presente no olfato, na roupa, na comida, no corpo, na alma. O pai titubeia, se vira para a mulher, para o cunhado. Decide. Chama o motorista com um aceno, logo o homem atende, como se só estivesse aguardando por eles. Já com uma pequena caderneta na mão o pai faz novo gesto, abre-a, aponta para a página, indica algumas palavras, o outro se aproxima, não consegue enxergar naquela escuridão, se esforça por ler — e é então que o pai (ou toda a família, que está atenta ao que virá) ouve a palavra mágica: luz.

O pai não entende o que o motorista quer dizer, em vão o homem repete mais alto, mais alto, luz. Luz. E faz uma careta, coça a cabeça, abre um sorriso que lhe revela os dentes perfeitos, puxa do bolso uma caixa de fósforos (a mãe murmura, *tagur*), tira um palito, acende, repete indicando a trêmula chama que logo se extingue, luz, rápido, acende outro palito, com ênfase repete o mesmo, letra por letra, l, u, z, antes de mais um LUZ — e só aí o pai entende a palavra que jamais esqueceria e lhe abre as portas do novo mundo. Abana a cabeça. O motorista volta a sorrir: luz. O pai também: luz. *Nur*.

Só que de pouco adianta, o motorista não consegue adivinhar o que está escrito, necessita de mais luz, maior claridade. Então toma a caderneta da mão do pai, empurra-o, faz um gesto para que o siga, ambos se afastam, dirigem-se para debaixo de um poste, a iluminação não é muita, mas pelo menos permanente, agora incide diretamente sobre os garranchos, os olhos do motorista acompanham com extrema atenção o que se encontra escrito, quase adivinha, seus lábios se movem, balbucia, volta a se fixar nas palavras, levanta a cabeça satisfeito, conseguiu decifrar, torna a ler a fim de certificar-se, olha para o pai, para a mãe, para os demais componentes daquela família, todos expectantes, ri, faz um movimento com a cabeça, alarga o sorriso, sim, agora sim ele sabe, compreendeu, tem prática, não é a primeira vez que enfrenta situações semelhantes, os dois lá embaixo do poste se comunicam por uma linguagem de gestos e sinais, o pai entende e vibra, o motorista está acenando, sabe onde é, conhece o endereço, conhece bem a rua, nem é longe, empurra o pai, chama a família, que continua parada, voltam então os dois até onde o restante daquele povo se encontra, cinco vultos ao lado da parca bagagem, atentos ao pai e àquele homem.

O carro de praça é atulhado. Parte.

2

Abrigo

O trajeto é curto.

Mesmo sem ser compreendido, o motorista não cansa de falar. As palavras lhe saem aos borbotões, compulsivamente, acompanhadas por gestos largos, mãos abandonam a direção, cabeça se move de um lado para o outro, voz se alteia. Percebe, sem se preocupar, nada do que diz é absorvível. Pouco importa. Ainda assim prossegue. O que fala é para o pai, ali ao lado dele com o filho mais velho, é para os dois adultos no banco de trás, cada qual com outra criança no colo, é para si mesmo. Há anos trabalha na Praça Mauá, já levou, até os mais diferentes pontos da cidade, e mesmo fora da cidade, centenas de pessoas de variadas procedências. Enrola algumas palavras do espanhol, do inglês, do francês, do alemão. Vai tentando. Tudo em vão. Mas ele é incansável, escande as sílabas, *man, how are you*, quem sabe assim, *usted conocia el Brasil, le pays*. Muito mais tarde, a mãe rindo diria aos filhos que entendera palavras daquele inglês tão estranho quanto o dela, um *day*, um *country beautiful*, um *children*, um *good land* — só não tivera coragem para se manifestar, retrucar.

O carro pára. O motorista indica um pequeno prédio. Faz sinal: é aqui. O pai desce, entre esperançoso-temeroso. O resto da família aguarda no carro, a mãe murmura, reza, aperta mais a filha ao colo, o tempo parece que estacionou, mas nem um minuto deve ter transcorrido desde que o pai desceu do carro. Torcem para que seja ali mesmo. E a pessoa procurada se encontre em casa, não tenha mudado, não tenha morrido, não tenha desaparecido, seja a mesma, sim, a conhecida de um conhecido lá da terra, que insistira: Yussef, leva o endereço, leva, vais ver, é ainda contraparente, mal não faz, quem sabe te ajuda, dá notícias minhas; embora o pai dissesse, *muaillin*, amigo, nós vamos para os Estados Unidos, não Brasil; e o outro: ainda assim, anoto na tua caderneta — e rabiscou as palavras em português. Feliz acaso, fizera com que o pai concordasse e mantivesse aquele endereço, com qual finalidade nem mesmo ele sabia. Esquecera-o até. Ou sabia, sim: o destino não os empurrara para o Brasil?

Afinal um momento favorável. Depois de meia dúzia de batidas, se tanto, uma voz forte, com sotaque igualmente forte, diz sperar, baciência, stou descer. O pai não entende as palavras; mas pelo jeito do motorista, e pelo tom da voz, adivinha o sentido do que ouviu, escuta os passos, feliz faz um sinal para a família, sim, deve ser ali mesmo. Na efusão da conversa com o dono da casa, depois ficavam se perguntando, e se o motorista não soubesse ler, e se fosse desonesto, e se quisesse assaltá-los, e se o endereço estivesse incorreto, ou correto, e o conhecido do conhecido não morasse mais ali? Morava.

Confiante, o motorista aguarda. Não são os primeiros imigrantes que conduz. Mas não pode negar que, também ele, está tenso. Talvez recorde histórias de seus antepassados. Só que eles vinham como escravos, em porões de navios. E estes? Vieram em busca do quê? Como? Em camarote de luxo é que não foi.

Os passos param, um vulto entreabre a porta, a cabeça se projeta para diante, aparece, pergunta, que é neste hora, o motorista aponta para o homem a seu lado, diz algumas palavras.

O vulto se detém, ainda não enxerga quem o chamou, vê o negrão encostado no batente, um pouco afastado do outro homem, mais para trás o carro parado, dentro divisa pessoas. Logo o pai avança, se identifica. Não há necessidade de muitas explicações. É mesmo quem o pai esperava encontrar, a partir daí mais do que simples conhecido de um conhecido, a tábua de salvação. *Allah akbar!*, exclama, é mesmo, voz embargada. Primeiro o espanto, depois rápidas perguntas e respostas, tudo se confunde na cabeça do pai, ele grita para a mulher, Tamina, Tamina, e o outro grita, ao mesmo tempo, para dentro, não mais em português, em bom árabe, *imra'a*, mulher, desça logo, são patrícios, gente de *maksuna*, acabam de chegar da terrinha, venha ver, trazem notícias do Nacib, o nosso *muaillin*, nosso *habib* primo e professor, insiste com o pai para que chame a família no carro, repete, entre, vamos entrar, o pai reluta, não é o que quer, o que quer é que o outro lhe indique uma pensão barata, ali por perto, se possível de um patrício, onde possa ficar uma noite, talvez dois ou três dias, que o oriente, decidir que destino tomarão até localizar a irmã, destino no momento só um, descansar, depois quero ir ao encontro da minha *ukt* Sada, mora em Magé, Mag, Mague, o outro sabe onde fica Magé, depois localizar meu irmão, no norte, aí a coisa é mais vaga, onde no norte?

O patrício é taxativo, discorda da ida para uma pensão, incisivo determina que entrem, faz um aceno para a família ainda no carro, o motorista nada entende do que dizem, tudo acompanha, os largos gestos são por demais expressivos, agora os três se dirigem ao carro, o pai pede que a mãe desça, que desçam os demais, novos abraços, que a bagagem seja retirada, colocada perto da porta do prédio, paga-se o motorista, o carro arranca com um chiado — logo some.

Mais gente aparece, repetem-se os abraços, perguntas sem fim começam a ser feitas, se atropelam, perguntas que se estenderão pela noite, até quase o amanhecer, pelos dias seguintes.

Entram no prédio. A porta se fecha.

∾∾∾

Anos depois, na autobiografia *Minha vida*, que o pai deixou em árabe, assim registra o episódio:

...um homem abriu a porta, perguntou, em árabe, o que desejava. Gostaria, por favor, que me indicasse uma pousada onde possa passar a noite, pois chegamos hoje de viagem e não conhecemos a língua daqui — respondi-lhe. De que parte você é e qual seu nome? Sou de sua cidade e seu parente — respondi, lhe dizendo meu nome. Ele então, efusivamente, abraçou-me, dizendo: Seja bem-vindo, entra, entra, está em sua casa. Perdão, meu parente, mas não estou só. Minha família está comigo. Onde estão? Naquele carro. Ele chamou o motorista, dizendo-lhe que trouxesse o veículo até perto da entrada. Minha esposa, meus filhos e meu cunhado desceram e nosso parente pagou a corrida. Entramos em sua casa, ele chamou pela esposa e filhos para nos apresentar. Também a família nos deu boas-vindas.

3

Sorte

Com a filha mais nova no colo, Tamina, mãe, acaba de entrar no prédio. Treme só de pensar-se perdida no Rio, um Rio inimaginável, sem que tivesse para onde se dirigir, de que modo se fazerem entender, como descobrir uma pensão nas suas limitadas possibilidades financeiras, qual o valor do dinheiro do país, quanto tempo demorariam até encontrar a irmã do marido, ou o irmão, se é que viriam a encontrá-lo. Tinha vaga idéia de onde a cunhada morava, bem menos vaga, claro, do que do cunhado, nem nome parecia ter, todos só se referiam a ele como o "irmão do norte", ela sabia que a cunhada, com quem o marido se correspondia, morava em qualquer parte do Rio, uma cidade, ou vilarejo, alguma coisa parecida com Mag, Ma-gue, Mágé, não-não, Yussef voltava a procurar a caderneta, anotado em árabe e português, Ma-gé, Ma-gue, de novo o apelo à miraculosa caderneta, espécie de abre-te-sésamo, infelizmente não tinham o endereço, ou não encontravam o endereço, de que maneira lhes escapara, só o nome e a palavra perdida no meio de esparsas anotações. Magé suficiente, alguém entre os patrícios devia conhecê-la, conhecer a irmã de Yussef, já o "irmão", que vivia pelo norte — e o que seria o norte do país, onde, pelo amor de *Allah*, se localizaria ele, sumido no tal do norte, qual a dimensão do país e no país a dimensão do norte, e no norte o ponto exato, a rua, o número da casa, não tinha a menor idéia, o tamanho de qualquer extensão de terra, tendo por base o Líbano, era uma falácia, o Líbano lá era medida de comparação!

As crianças foram acomodadas. Mãe, pai, irmão da mãe estão na sala, alvos da curiosidade da família que os abrigou. Insaciáveis, desatentos ao cansaço, querem mais e mais informações. No meio da conversa a mãe se desliga, imagina o que teria sido da vida deles se, por acaso, o Yussef não se lembrasse do endereço na caderneta, anotado por inspiração de *Allah*, por teimosia do patrício, e se o outro patrício, talvez parente distanciado, tão prestativo, não estivesse em casa, ou tivesse mudado, ou tivesse morrido, por sorte estava e nos recebeu tão bem, podia estar e nem receber, afinal o ser humano é imprevisível, mas ele, ali diante dela, fica zangado quando o Yussef volta a falar na pensão, vira-se para a mulher, diz: Latifa, vê só o que me pede, e a mulher: Nagib, entendo, Nagib reclama com zanga, repete, de jeito nenhum, só que faltava, onde se viu, vocês vão é ficar aqui mesmo até encontrarmos a Sada, tem lugar bastante para todos na casa, vamos conversar, vamos matar saudades, vocês vão nos pagar falando da terrinha, dos conhecidos, dos parentes e amigos, queremos saber das últimas novidades, a mãe volta ao devaneio, novidades de meses atrás, faz quanto saíram do Líbano, a travessia até Marselha, ali o imprevisto, a demora inesperada, mas para os patrícios eram novidades fresquinhas, de ontem, de agora, e diziam, hoje não, hoje vocês são só nossos, sem se lembrarem do cansaço da viagem, amanhã sim, amanhã chamo outros patrícios, também vão querer notícias, nesse meio tempo, prometo, vamos encontrar Sada, sim, parece, não tenho certeza, ela continua em Magé, não conheço ela pessoalmente, tenho amigos que conhecem, o Nacib, mora aqui perto, andou mascateando uns tempinhos por aquelas bandas, e o Jorge, dono de uma casa de comércio na rua ao lado desta, a Sada compra mercadorias dele, amanhã mesmo a gente se informa, sem se lembrar de que já era amanhã, e sem transição retornava com mais perguntas, me digam, a *maksuna* do meu tio Zarur vai bem, não cansava de insistir, quando não era ele era a mulher, a mãe cabeceava, perdia-se, e lá surgiam nomes e nomes, de outros parentes dos quais só agora se lembravam, de conhecidos, de desconhecidos, espantavam-se se mãe ou pai diziam não, este-não-conheço-não, arregalavam os olhos, erguiam as mãos para o alto, viravam-se um para o outro, como é possível, vinham com outras explicações que pouco ou nada esclareciam, vararam a noite sem se darem conta, agora também o pai cabeceava, cunhado do pai pediu licença, foi fazer companhia aos sobrinhos, mas os parentes patrícios ignoravam o cansaço, nem se davam conta.

4

Conhecer

Impossível dormir o necessário, recuperar as forças, refazer-se do cansaço, das emoções, das expectativas. Cedo o movimento pela casa, os ruídos, o som das conversas naquele estranho idioma. E o quarto improvisado para Hanna e as crianças voltou a ser copa.

Logo nesse primeiro dia, pela tarde, o pai quer sair, convidou Hanna; para onde, pergunta o patrício, atento ao diálogo. E o pai: por aí, conhecer um pouco da cidade, vamos, seria bom, melhor que irmos sós.

O patrício acompanhou-os. Voltaram até o cais da Praça Mauá, atentos ao movimento do porto, navios que atracavam ou partiam; depois mais para o centro da cidade, admirando-se com aquele Rio de Janeiro do qual não tinham a mínima idéia ou noção. Tomaram um bonde, chegaram à Praia do Flamengo, o mar batendo quase nas casas, outro bonde, ziguezaguearam, o patrício informou, estamos indo em direção a Santa Teresa, explicou o que era, lá de cima a visão de uma cidade que se espraiava pela orla marítima, por morros, por vales, o patrício tentou explicar o que representava o Rio, capital da República, as peculiaridades do povo, mistura de raças, de vozes, de hábitos, de costumes, ali havia de tudo, retrato do país, síntese do mundo.

Comeram uns bolinhos no boteco, tomaram uma pinga e foi preciso esclarecer o que era aquela bebida queimante, pinga, escandindo as sílabas o patrício repetia, pin-ga, queria que eles repetissem, extraída da cana-de-açúcar, também chamada caninha, cachaça, aguardente, nada havia de parecido no Líbano, melhor, havia, era uma espécie de *arak*, sem o tom leitoso, iguais os efeitos para quem não sabia parar. Ali com a pinga, começava a primeira lição de português e de Brasil. Estavam para sair quando entrou um portuário, pediu uma pinga, jogou um gole no chão, o patrício teve que explicar o ritual, era para o santo.

Outra lição foi sobre o método árabe de comerciar, com a pechincha como norma, que se tornaria tão popular quanto o quibe, logo incorporada aos usos e costumes do país. O giro levou-os à loja de um patrício — e aí ouviram, pela primeira vez, uma expressão que não demora passariam a utilizar, o jura-bra-deus-freguês-mim-vende-barato, o patrício disse conhecer Amiun, cidade agradável, bonita, não sabia de Kfarssouroun, pertinho, mas não conhecia, nem tivera curiosidade em conhecer, diziam que era uma coisinha de nada, o que desagradou o pai, cioso de seu chão natal. O patrício prosseguia, no que foi secundado pelo outro, boniteza mesmo é o Rio, nada existe de igual no mundo, uma tentação — e no "tentação" mil sugestões. Ainda mais agora, com a nova Copacabana, as banhistas, as noites, os bares.

No outro dia, pai e Hanna disseram que estava na hora de arriscar, saírem sós, não adiantou prevenir, pode ser perigoso, podem se perder, retrucaram, mais do que vir do Líbano não deve. Fizeram um trecho do mesmo trajeto do dia anterior para se acostumar, voltaram à Praça Mauá, sem se explicarem aquela atração, depois tomaram um desvio, sempre a pé, andaram, pararam, atentos ao movimento, às pessoas, pegaram um ônibus, que os deixou no fim da linha, esperaram outro, refizeram o caminho, desceram antes do ponto final, foram até uma igreja, não da religião deles, ficariam sabendo que era a Candelária, rodearam-na, porta aberta, entraram, vazia a essa hora, abismados com a suntuosidade, com as imagens, gostariam de saber se havia alguma igreja ortodoxa pela cidade, saíram, ali perto um bar. Entraram para fugir do calor, apontando pediram uma pinga, um quibe, quibe não tinha, tentou explicar o garçom, nem ele sabia que diabo de comida era, indicou um bolo dentro de um armário de vidro, estavam com fome, provaram, devia ser peixe, curiosos apontaram para outro, de gosto estranho, por meio de sinais perguntaram o nome, o dono do bar disse, bem devagar, pa-mo-nha, pamonha, não entenderam, ele repetiu, pamonha, então se esforçaram e ambos ao mesmo tempo disseram, ba-mona, um garçom riu, apontando-os, fregueses abanaram a cabeça e riram, pai e Hanna não souberam o porquê dos risos, só depois viriam a compreender o duplo sentido da palavra, pagaram, o patrício havia trocado o dinheiro que traziam pelos mil-réis da terra e explicou o valor da moeda.

Outro ônibus, iam se aventurar até mais longe, não só nas imediações da Praça Mauá, na Cinelândia, no centrinho da cidade; foram até o Largo do Machado, mais ainda, Flamengo, Copacabana, as ondas batendo na calçada, o odor da maresia voltava, o casario disperso, caminharam, a praia parecia não ter fim, cansados sentaram-se à beira-mar, a imensidão azul atraía-os, o brilho da areia, o mar verde-azulado, raros banhistas e passantes.

Nesse meio tempo já haviam decorado meia dúzia de palavras, favor, obrigado, que quase sempre pronunciavam brigado, bonito, custar quanto, ond'stou. Andaram um pouco mais — e de repente se deram conta, estavam perdidos. Para que lado ficava a rua do patrício? Qual ônibus tomar? Será que iam na direção correta? Ou se afastavam mais? A meia dúzia de palavras insuficientes para pedir ajuda, se orientarem. O que fazer? Outra vez salvou-os a milagrosa caderneta com o endereço, ao se dirigirem a um carro de praça.

Ficaram menos de três dias na casa do patrício. Tão logo a notícia se espalhou pelas ruas, pelo bairro, de longe vinham outros conterrâneos, buscavam saber dos seus lá na *maksuna* tão distante, difícil a comunicação, um dizia escrevi não responderam, outro, estou para escrever me falta tempo, chegavam perguntando, de onde são vocês, ah-ah, de Kfarssouroun, de Amiun, logo desanimavam, ou se animavam, mesmo que não fossem das duas cidades, afinal o Líbano tão pequeno, o Yussef parecia conhecer quase todo ele, Amiun merdinha menor até que Magé, todos têm que se conhecer, podiam e deviam ter notícias das pessoas de sítios mais distantes, diziam, tenho o primo de um primo que mora em Amiun, o Skandar, sabe quem é, a resposta, esse primo do primo acho que sim, descrevia-o, era ou não era, a discussão crescia, uns aceitavam, outros murmuravam ou se irritavam ao ouvir uma negativa, reclamando, impossível desconhecer a família Mansur, como não ouviram falar do meu primo Gibran?

Havia os que indagavam do domínio turco, quando terminaria aquele maldito império otomano, admiravam-se ao saber que acabara, agora os franceses mandam no pedaço chamado Líbano e os ingleses na Síria. Então punham as mãos na cabeça, abismados, quando foi, como foi, por que foi, de nada soubemos. E o pai esclarecia, depois da guerra de 1914, falava de um tal Lawrence, figura mítica, aventureiro, dominava a língua como um verdadeiro árabe, fingiu-se de amigo para que lutassem contra os turcos, acenando com a liberdade, não só falava o idioma, também os dialetos, conhecia a história árabe, o longínquo passado, as lendas, as tradições, era fascinante e dominador, atravessou o deserto em suas caminhadas, depois sumira sem dar explicações.

Só uns poucos corroboravam as palavras do Yussef, acrescentavam mais informações, a obrigatoriedade do idioma francês, mudanças nos hábitos e costumes. Cobravam: por que nada lhes dissera, por que só agora... Respondiam: alguém perguntou? De repente começavam a discutir em português, esquecidos de que os recém-chegados desconheciam o idioma; melhor, o pai já sabia, e passara para os demais, o significado de algumas palavras, a mãe rira com o pin-ga. Agora, para aliviar o ambiente, disse luz — e explicou como chegara à palavra *nur*, que começara a lhe revelar o Brasil. Então o patrício, os demais iam lhe dando as primeiras lições, colocando água em um copo diziam, copo, mostravam a mão, mão, apontavam para a água, água, mesa, e batiam na mesa, aquele ali amigo, a-mi-go — e esclareciam o significado das palavras.

Logo havia os que interferiam, apressavam-se em contar de que maneira tinham chegado, a luta dos primeiros tempos, as dificuldades com a fala insidiosa. Por exemplo, "não" podia ser "sim", você não gosta disso, e a resposta "sim" era que não gostava, enquanto "pois não" podia significar "sim". Exemplos se multiplicavam — o que, em lugar de ajudar, por enquanto atrapalhava.

Insistiam na sorte do pai, encontrara um homem honesto, aquele negro risonho e atencioso, que além do mais sabia ler, podia ter topado com alguém sem escrúpulos que os levasse para longe, se apossasse de tudo que traziam e os abandonasse; outro interferia, vamos lá em casa, por favor, é perto, minha mulher não pode sair, adoentada, mas faz questão, conversar com vocês, ver vocês, não aceita que eu conte o que contaram. Ter notícias mas também ouvir, entenderam, ouvir quem fale a nossa língua pura, sem interferências, aqui sem querer vamos misturando árabe e português, vai lhes acontecer logo-logo o mesmo.

Vinham gentes de todas aquelas ruas dominadas pelos árabes, Alfândega, Primeiro de Março, Rosário, adjacências, até mais longe, de bairros residenciais. Novos patrícios corriam aos bandos, davam as boas-vindas, colocavam-se à disposição, desejavam sucesso, pediam informações minuciosas, exclamavam aos gritos, por *Allah*, *hahib*, os meus me esqueceram, não mandaram nada, nem um bilhetinho, um pouco de *zahtar*, uma lata de azeite, umas azeitonas tão mais saborosas, e as tâmaras, ah, as tâmaras, na carta que faz algum tempo recebi diziam que o portador da encomenda que fiz seria o primeiro que viesse para cá. E o pai, a mãe, explicavam, outra vez, o que lhes acontecera, não podiam ter trazido, não tinham como, ou nem conheciam a pessoa citada, o máximo que podiam fazer era falar da situação no Líbano, das dificuldades, da procura, pelos jovens, de outras terras para viver.

Na autobiografia o pai diz:

De manhã, meu parente quis saber mais notícias da terra natal. Depois do desjejum, convidou-me a ir com ele aos Correios e Telégrafos, onde enviou um telegrama à minha irmã. Pedi-lhe, então, que fosse comigo até a Alfândega, para trazermos a bagagem que eu havia deixado no depósito.

༺༺༺

O caminho, para a família, começava a ser desbravado. E nos três dias passados no Rio, o patrício-parente, homem bem informado, procurou explicar ao pai a realidade brasileira.

Começou já durante a caminhada. Fala sobre o momento que o país atravessa. Pára. Recua. Vê que ia se precipitando. Antes é necessário que o patrício tenha uma idéia geral do Brasil, da extensão territorial, das diferentes regiões, da colonização, dos imigrantes. Isso se torna mais fácil quando Yussef quer saber como poderá ter notícias e se comunicar com o irmão do norte. Que norte, qual norte, onde o norte — é a primeira pergunta. A que ele não sabe — nem tem — como responder. Difícil uma explicação mais lógica, convincente. Medir o Brasil, em termos de extensão territorial, com o Líbano? A maneira mais simples: dizer que só o Rio de Janeiro comporta vários Líbanos.

A lição prossegue. Yussef é um homem curioso, sedento de saber. O patrício diz do difícil momento que o país atravessa, tenta explicar o que foi o governo Arthur Bernardes, marcado por crises, sob estado de sítio; fala de Washington Luís — e aí quer fazer o pai entender o permanente domínio do país por uma oligarquia, sempre nas mãos do eixo São Paulo e Minas Gerais, o chamado café-com-leite.

De que maneira revelar tudo isso? A luta dos 18 do Forte de Copacabana? E os quatro anos da Coluna Prestes varando o Brasil?

Já se começa a murmurar: movimentação no sul — e o sul fica perto da Argentina, onde a mãe, Tamina, disse que mora o pai dela. É difícil chegar lá, quem sabe um dia... Difícil não é. Nem perto do Rio. Nada em termos de Brasil é perto. Se bem que menos distante, para terem idéia, do que o tal do norte, onde está (ou deve estar) o irmão de Yussef.

A movimentação no sul vai significar Getúlio Vargas. Mas prever o futuro não vale.

Tudo é absorvido pelo pai, ainda que, de momento, não passem de palavras soltas, imprecisas. Só mais adiante, juntando-se a outras, irão adquirindo conteúdo.

5

Gente

Nesse meio tempo o telegrama chega a seu destino. Sada não demorou.

Assim é relatado o episódio na autobiografia do pai:

> No terceiro dia, minha irmã veio ver-nos e levar-nos para sua casa. Indescritível sua alegria ao encontrar-nos. Beijava-me e à minha esposa e às crianças. Sentava-se alguns segundos, para voltar a levantar e afogar-nos com seus beijos. Que irmã afetuosa, sensível e amorosa! Arrumamos nossas coisas, agradecemos tudo que haviam feito por nós e nos despedimos, indo para a estação do trem, onde adquirimos os bilhetes.

∽∽∽

Sada não queria acreditar no que via. Impossível, um sonho, um milagre. Não fazia muito tinha recebido carta. Lera que a família do irmão ia deixar o Líbano. Destino: Estados Unidos, chamados pelos irmãos de Tamina. Quais motivos e razões... Teriam tempo para explicações tão logo estivessem em Magé.

Ei-los no trem. O patrício foi acompanhá-los até a estação. Já saudoso, pedia que voltassem logo, quem sabe ficariam no Rio, tão maiores as possibilidades de comércio, sim, claro, era o que todos faziam, ou começavam fazendo, pouco importa a profissão que exerciam na terra natal, talvez tivessem que começar mascateando, era o costumeiro início, depois... se a sorte ajudasse... quem sabe... ficava nas reticências. Parava, pensava: no caso de Yussef, podia abrir uma escola, árabes ou filhos de árabes tinham vontade de aprender o idioma.

O trem deixa a estação. Começa a acelerar. Acenam para o patrício, que vai diminuindo, sumindo. Quase todos os lugares estão ocupados.

O trem: microcosmo do Brasil. Desde pessoas enfatiotadas, nariz empinado, fala impostada, até humildes trabalhadores, roupas de brim amarfanhadas, alguns de chinelos ou descalços, chapéus de palha. Brancos, negros, louros, mulatos, morenos, velhos e moços, homens e mulheres, comunicando-se nos mais diferentes sotaques, quietos uns, mal respondem ao que lhes perguntam, falastrões outros. Conversam, riem, se debicam, entre eles passa um gurizote vendendo guloseimas, se dirige a Sada, conhecem-se, aponta para os que estão perto dela, pergunta, pela expressão e pelos gestos, bem como pela resposta da irmã, o pai intui qual o diálogo. Sada vira-se para o irmão, para a cunhada, explica, o rapazote está curioso — e não só ele.

A paisagem muda, aos poucos se afastam do centro do Rio, atravessam bairros pobres, casebres; nas ruas mal-e-mal entrevistam gentes assemelhadas às do trem, não às mais bem-postas, ali mesmo raras. Não demora sentem que se inicia a subida.

Aquela estranha família chama a atenção pelo trajes, pelas ininteligíveis palavras entreouvidas, pelo comportamento. Encolhida, ocupa dois bancos. Querem se fazer entender por sinais, sem a interferência de Sada. Não têm como. Sentem-se observados, analisados. Primeiro se entreolham, o pai, a mãe, o tio; procuram acalmar as crianças; depois ficam atentos a um jovem casal à frente deles que se acaricia, como se estivesse sozinho, à velhinha ao lado que lhes acena e sorri cochichando para a irmã do pai, ao senhor que fuma um cigarro de palha e lê jornal, ao menino que atravessa o corredor correndo. Retribuem ao aceno da velha, nada podem dizer quando ela lhes dirige a palavra, deixando de lado a possível intérprete; percebem, pela entonação, que é uma pergunta, com certeza curiosa quer saber deles, de onde estão vindo, para onde vão, o pai se esforça, gesticula, aponta para o próprio peito, diz árabe, palavra que já aprendeu com o patrício, um "árabe" que sai arranhado, difícil de se compreender, novos gestos explicam que nada entende do idioma da velha, Sada conversa com Tamina. O pai está constrangido. Chama a atenção de Sada, que o salva do vexame maior. Em rápidas palavras, apontando-os esclarece; a velha se dá por satisfeita, recosta a cabeça, murmura, também ela já passou pelo mesmo quando veio da sua terra, a Espanha, fecha os olhos, diz, faz muito, não demora ressonar.

Voltam a conversar entre eles. Insaciável, Sada quer saber mais, Yussef responde às indagações, Tamina dá o seio à filha menor, pai com a filha do meio no colo, Hanna tenta acalmar o mais velho, o sobrinho inquieto quer se soltar, não pára, curioso nos seus três anos, tudo observa, escapa das mãos do tio, desvia da tia, corre pelo trem que balança, novo mar, procura a janela, ver casas, ruas, árvores, gentes, carros de boi, cavalos —

tudo correndo. Ou não? Será só o trem que corre? Ilusão de ótica. Agora o tio consegue alcançá-lo, ele esperneia, depois se acalma observando as gentes, que esperam o trem para que possam atravessar a via férrea, cruzar os trilhos — e logo sumir.

Agora o trem atravessa bom trecho sem casas, só mataria; continua subindo, depois de ter parado em duas modestas estações. O ar é mais leve, friozinho gostoso substitui o calorão lá de baixo.

A subida até Magé, uma revelação. Não se cansam de admirar a paisagem luxuriosa, as curvas tão fechadas que parte do trem se perde, some, a mataria cerrada, as árvores enormes, compactas, as quedas-d'água por vezes mal perceptíveis, o contínuo subir, o trem coleando — como não se cansam de admirar os tipos exóticos. Ou melhor, mais correto, exóticos seriam eles!

O balanço do trem lhes lembra o mar. Sonolento cochilam. Acordam. Há quanto tempo estão ali? Querem saber. Diz Sada: falta pouco. Que queda-d'água é aquela? Tão bonita! Onde estão?

Não demora o trem começa a desacelerar. Será nova parada? Não. Magé se aproxima.

Tamina está inquieta. Pensa: e os parentes da cunhada, como nos receberão? Sada, bem, já se conheciam do Líbano, desde meninotas, o tempo decorrido insuficiente para que uma tivesse esquecido a outra. De repente, num ápice se lembra, até agora não tocaram no assunto, só Yussef de raspão, e o cunhado lá do norte, terá Sada notícias dele, teriam como encontrá-lo? E depois? Se aqui não der certo, vão continuar ciganeando? Em qual direção? Norte? Ou sul? Não lhe disseram que indo para o sul caminharia para perto da Argentina? E na Argentina não seria mais fácil encontrar o perdido pai? E depois?

Depois? O futuro. A incógnita.

Agora, acabamos de perdê-los em mais uma curva. Quem sabe a derradeira.

Nova etapa começa.

Vamos deixá-los no sacolejante trem, que se aproxima da estação de Magé.

Recuemos no tempo.

6

Amor

Afinal, Tamina e Yussef superam todos os obstáculos. Outra vez, como tantas antes e tantas depois, o amor se mostra mais forte, tudo vence, aquele amor surgido do inopino, quando ela tinha 11 anos e ele, 14. A oposição de ambas as famílias de nada adiantou.

⌇⌇⌇

Na autobiografia, o pai assim anota o primeiro encontro:

Larguei meus amigos e os folguedos e corri para casa, que ficava bem próxima de onde eu brincava. Quando me acercava da porta da entrada vi, junto a ela, duas mulheres paradas, uma de cada lado e, no meio, uma menina pequena, a qual tinha nas mãos uma carta que lia com toda correção.
   Estaquei e fiquei ouvindo sua leitura escorreita, sua voz suave e maviosa. Quando aquela voz soou em meus ouvidos, senti como se uma corrente elétrica percorresse todo o meu corpo.

Acometeu-me um estremecimento e as batidas do meu coração se aceleraram. Quanto mais ela se aprofundava na leitura e eu em ouvi-la, mais aumentava o ritmo das minhas pulsações.

Magra, cútis morena, olhos cor de mel, nos quais resplandecia a luz da inteligência. O cabelo castanho caía-lhe pelos ombros, cobrindo-lhe as costas até a cintura. A beleza fulgurava em seu rosto. O pescoço assemelhava-se ao de uma gazela ligeira.

⁓⁓⁓

Yussef se dedica com intensidade ao trabalho. Só tem uma idéia fixa: unir-se a Tamina. Fácil não será. Além dos problemas da família, existem outros: a instabilidade do país, as dificuldades de emprego, a inquietação que o domina, planos que nunca dão certo. São empecilhos que precisam ser superados, entraves a vencer.

1923. O casamento.

Yussef, agora sim, tem que assentar a cabeça. Dedica-se com mais intensidade ao trabalho. Ou à busca de trabalho. Tamina incentiva-o, ajuda-o. Não demora, um ano passado (1924), são três bocas para sustentar; logo, outra.

A vida, que não era fácil, a cada dia se torna mais difícil. Insofrido, Yussef pula de emprego para emprego, sem se fixar, desentende-se com patrões, não aceita imposição, sem conseguir substancial melhora. Tamina ajuda no que pode. Em vão. Evitam apelar para os parentes. Que não têm situação melhor que eles. Tamina é mulher forte, decidida, não quer dar motivos para que os seus, ou os parentes do lado do marido, possam continuar com as insinuações, os cochichos, "eu não dizia", "não podia dar certo", "está vendo, teimaram..."

Uma idéia vai se insinuando, surge, toma vulto. Transmite-a ao marido: Yussef reluta em aceitá-la. Ela não desiste. Tem irmãos nos Estados Unidos, já se comunicou com eles. Se a situação lá não é excelente, é boa, prometem ajudá-los.

Yussef titubeia. Teme deixar sua terra, sua gente. Aventurar-se. Tamina persiste. Diz, naquela sua maneira suave porém firme: que futuro teremos aqui, *habib*, não só para nós, também para nossos filhos?

E os recursos? Agora não é apenas o marido, mas também os parentes, os amigos, os conhecidos, os patrícios, a comunidade. Os recursos para a viagem, para os primeiros tempos até a adaptação, até que vocês sintam o país, se instalem, saibam se comunicar, o Yussef consiga emprego? Qual emprego? Que mercado de trabalho existirá para ele?

Tamina não se deixa convencer, tem resposta pronta, como se desde sempre, desde aquela primeira troca de olhares viesse arquitetando tudo, não só o casamento, jamais casaria com outro, mas o cortar raízes com a terra natal, com os seus. Partir.

E lá um dia Yussef, não de todo convencido, mas incapaz de resistir aos apelos da mulher, se dirige até Trípoli, para tratar dos trâmites legais, do preparo da papelada.

Não é fácil. Nada fácil. Mas, empurrado pela mulher, também já convencido, prossegue, mesmo quando novos obstáculos se lhe antepõem.

7

Nome

De que maneira se escolhe um nome? A opção por este ou aquele se justifica como? Quando surge a decisão? Durante o namoro? O noivado? Ao saber-se da gravidez? Exigência da mãe? Do pai? Pressão da família? Sugestão de parentes e amigos? Consenso? Consulta a livros que esclareçam e orientem? Data e hora de nascimento importam? E o mês? Existem signos? E a astrologia? E superstições? E o Santo do dia? O que significa um nome? Quando adere ele à pessoa? Por que, então, os pseudônimos? Devem-se às insatisfações pela escolha? Há alguma influência do nome na vida da pessoa? Valeria a pena deixar a decisão para a própria?

Tudo isso, e muito mais, poderia ser levantado na tentativa de uma explicação para o nome do primeiro filho do casal. E aduzir outros componentes: a numerologia, a quantidade de letras e sílabas, o significado do nome, a raiz dele, premonições, sonhos.

A mãe, tão logo engravidou, fixou-se em um nome. Consulta Yussef. Ele concorda. Justificativa não havia. Fora uma súbita inspiração, nome usual, comum, embora para a região não tão comum quanto Jorge, tradição de quase todas as famílias. Mas eles não pensavam em ficar em um filho só. Mais tarde, sim, teriam tempo para o Jorge. Comunicou-se às famílias. Uns acharam normal, afinal, primeiro filho, a mãe deveria ter lá suas razões, havia um longínquo antepassado com o mesmo nome, a quem por vezes todos se referiam.

O nome escolhido era para menino. Qual a certeza de Tamina? — perguntava-se. E se fosse menina? Ela abanava a cabeça. Nem pensava nisso, tinha certeza, ia ser menino. E se não fosse? Tamina concedia: bem, se não fosse, escolheriam quando nascesse. E ria. Incrédula.

Já às vésperas do parto, a mãe com dificuldades para se locomover, com ânsias, sentindo dores, a criança se mexendo na barriga, Yussef·chega, ela pressente, tem algo a dizer, não sabe como, não quer incomodá-la, senta ao seu lado, passa-lhe as mãos no rosto, no cabelo, carícia suave, encosta a cabeça na barriga estufada para sentir a criança, pensa, vira-se e sem encará-la diz, Tamina, impossível; Tamina, pontinha de inquietude, mas prevendo o que virá, pergunta, impossível o quê, *habib*? E Yussef, necessitando desabafar, o sonho, de novo, voltou, sempre o mesmo, não me larga. Te lembras, logo no início da gravidez?

Não é de hoje, nem de ontem. Faz tempo. Foi logo no começo. Algo que parecia não se fixar, entre impreciso/incisivo. Segredo só entre o casal. Que não quer comentar, prefere evitar até nas conversas do dia-a-dia.

Sonho ou pesadelo. Mal-estar. Angústia, às vezes Yussef acorda no meio da noite, custa a recuperar o sono, vira-revira na cama, nem volta ao tema com a mulher, para não incomodá-la.

Explicação lógica não existe. Embora a tendência, que irá se aprofundando, para um vago misticismo, herança dos seus, Yussef tem mente lúcida, racional, lê muito e estuda, procura se informar, questiona-se sobre o ser humano e sua destinação, agora aquilo. Que não o larga, mesmo quando não é no sonho, mesmo quando desperto, mesmo quando se passam dias (ou semanas ou meses) sem que volte, a coisa ali com ele, dentro dele, verrumando, fustigando.

Tamina está atenta. Percebe a inquietação do marido. Lembra-se bem da primeira vez, quando, quase sem querer, num balbucio tímido, como quem revela algo indevido, ele lhe diz: mulher, Tamina, me escuta com atenção, me ajuda, tenho que te contar, tive um sonho esquisito, não posso deixá-lo só comigo, tenho que compartilhá-lo contigo, com quem mais, fique entre nós, temos de decidir.

A mulher se assusta. É o tom da voz, é a expressão do rosto, é o leve tremor por todo o corpo do marido. Chega-se a ele, abraça-o, diz, me conta, vamos, desabafa, entre nós não deve existir segredo, não foi o que resolvemos desde o começo, hein?

As palavras, agora, vêm num jorro, desabafo que precisa ser compartilhado, discutido, resolvida a dúvida. Conta: deitei, mal adormeci e ele aparece, é um velho muito velho, é um vulto que desconheço, mas que deveria conhecer de antes, muito antes, ele flutua, se aproxima, se fixa, desce, senta-se a meu lado, repete as mesmas palavras, sem mudar uma vírgula, no mesmo tom, que começa com um sussurro antes de se firmar, a voz se alteia intimidativa, ou não, aliciante, nem sei explicar, diz, ouça bem... não esqueça, vocês não podem dar o nome que escolheram para o menino que vem aí, sim, garanto, vai ser menino, bonito, forte, saudável, mas se não derem o nome que determinei tragédias irremediáveis se abaterão sobre todos, a criança em especial, ela não terá vida sadia, é inevitável, está escrito, esqueçam-se do Antônio, não precisam dar explicações a ninguém.

O pai faz uma pausa, respira, abraça mais a mulher, beija-a, apalpa-lhe a barriga, atento ao mexer do filho pronto para sair, questão de dias, ou horas, sabe-se lá, suspira resignado, encara Tamina, atônita, conformada, já acatou a decisão, o pai repete: antes de sumir o velho diz sempre o nome que devemos dar à criança, garante que vai ser um menino, um saudável menino.

Assim foi feito.

∽∽∽

Na autobiografia, sob o título de "O nome real", o pai faz questão de gravar o acontecido:

Acho que quem ler isto me acusará de mentir ou exagerar.

Mas volto a jurar, por tudo que é mais sagrado, que tudo se passou exatamente dessa forma.

Três meses após nosso casamento, um feriado depois do almoço, coloquei meu travesseiro sobre a esteira no meio da casa e recostei-me para fazer a sesta. O sono venceu-me e dormi. Sonhei.

Vi um ancião venerável entrar em minha casa. Sua idade, cerca de oitenta anos. Alto e elegante, o rosto fulgurava como o de um jovem. Tinha uma barba alva como a neve do Líbano. O aspecto era o de um Santo. Chamou-me pelo nome:

— Yussef!

— Que desejais, senhor?

— Tua esposa está grávida e dará à luz um menino, ao qual chamarás Salim.

E depois de um breve silêncio:

— Não te esqueças. Chama o menino de Salim.

E quando ia partir, voltou a lembrar-me. Quando saiu, aspirei e senti como se o perfume do incenso permeasse o ar.

Ao acordar contei o sonho à minha esposa, que riu, dizendo-me que era apenas um sonho.

Dias depois contei meu sonho ao meu vizinho Iskandar e lhe disse:

— Vamos aguardar para ver se se concretiza.

8

Incógnita

Por mais que insistissem, os filhos jamais viriam a saber com exatidão como fora o primeiro encontro a sós dos pais. O máximo que eles diziam era: bem cedo. Talvez um segredo tão deles que desejassem preservar, talvez a timidez em se expor, talvez, no mais íntimo, pensassem, isto é tão nosso, tão pessoal e intransferível que nem mesmo com nossos filhos devemos partilhar. Retraíam-se, mudavam de assunto. Só bem mais tarde, já mortos os dois, a autobiografia do pai viria a esclarecer os primórdios daquele amor eterno, revelar recônditas emoções.

Constrangida, a mãe ria, procurava elidir o problema, dizia: eu estava quieta no meu canto, esse Yussef foi me descobrir lá na Amiun, ou na Kfarssouroun, eu nem sei o que fazia na terra dele; e o pai, eu, Tamina, mulher, que eu, com um simples olhar e uma leitura tu me fisgaste — e repetia uma expressão árabe, *alemah*, que significa "mulher instruída", tu, sim, tu me apareceste um dia e nunca mais tive tranqüilidade, até que... o "até que" significa tudo, as lutas, as dificuldades, a vida compartilhada, as horas boas e más. Calavam. Rememorativos. Ficavam a se olhar com ternura, de novo desviavam-se do tema. Neles permanecia aquele amor fulminante. Para sempre.

Os filhos não se cansavam de ouvir as diferentes versões (afinal, reconsideravam, nem tão diferentes), de um e de outro, quando conseguiam apanhá-los separados. Respondiam, sempre, num tom misto de zanga, de brincadeira, de seriedade. Agora, no que ambos concordavam é que, mais do que a do pai, a família da mãe não queria aceitar o namoro. Ela — voz do pai —, filha de família tradicional (embora empobrecida — voz da mãe) e arrimo dos irmãos, órfãos de mãe, pai sumido pela Argentina, sem dar notícias; ele (voz do pai) sem vintém, família sem tradição, um Yussef ninguém (nem tanto — voz da mãe). Bem mais tarde isso se demonstrou não ser verdadeiro: afinal o pai tinha uma casinhola de pedra, a família possuía um terreninho, talvez umas cabras.

O certo é que os destinos se cruzaram. Estava escrito. *Maktub*. E pronto. Os dois persistiram no propósito de se unirem. Yussef não mede esforços, sempre que pode, e mesmo sem poder, para ir até Amiun — que nem é tão distante assim, melhor, nada tem de longínqua, fica a um estirão de Kfarssouroun. Ou o amor é que faz as distâncias se encurtarem? As distâncias se aproximam pelo desejo de ver a amada, pela imaginação. E também Tamina inventa desculpas para ir até onde se encontrava o amado.

Se a incógnita do encontro (dos encontros) permanece, se a luta para se unirem também, o final, claro, é mais do que conhecido. A prova está ali, na vida em comum, nos filhos, no transplante em busca de novas terras, nas dificuldades compartilhadas com ânimo. O casal supera os entraves. Se une. Não demora o primeiro filho; logo as duas meninas. Depois, já no Brasil, os demais.

História de amor idêntica à de milhares, antes e depois. Tão antiga e sempre tão nova. Dois jovens que perseveram, rompem barreiras, casam. Claro que os parentes (todos? alguns?), de ambos os lados, jamais desistem, continuam a repetir diante das múltiplas dificuldades, aqueles "bem prevenimos", "loucuras de jovens que não ouvem os mais velhos". Mas a observação não é pertinente. Não queriam o casamento por vários motivos: os do lado da mãe, porque não julgavam o pai suficientemente bom para ela, tinham outro candidato, ou nem tinham; os do lado do pai, porque temiam as críticas e também tinham (teriam?) alguém para ele. Outros componentes complicavam a trama: do lado da mãe, os irmãos menores de quem só ela cuidava, havia a possibilidade de todos irem para os Estados Unidos, ao encontro dos parentes; do lado do pai, além de querê-lo casado com uma contraparente vizinha dali mesmo, necessitavam do trabalho dele para ajudar no sustento da casa, as leituras que fazia à noite durante os serões da família, das cartas que lia. Afinal, era o único alfabetizado, que tão bem sabia ler, escrever, contar.

Crise. Dificuldades. Por todo o Líbano, raras as oportunidades de trabalho, empregos escasseiam. O marido sai em busca do que fazer, não tem nenhuma especialidade, mas várias habilidades; a mulher cuida da casa, atende os irmãos.

Yussef nunca fora homem acomodado. Trabalhara como ajudante de pedreiro, professor substituto de primeiras letras, assessor (seria esta a expressão correta?) de padre, cuidara de umas cabras vadias, fora operário de uma fabriqueta de azeite — e ali sua fama de encrenqueiro se ampliara. Não levava desaforo para casa, sangue quente. Depois de rápida discussão com o patrão, partira para cima do homem com uma faca, ameaçando, te sangro! A custo fora contido. Conseqüência imediata: mandado embora, ludibriado, sem receber o pouco que lhe deviam. A notícia logo circulara pela redondeza, chegara a Amiun, novo motivo para cochichos, juntando-se à discussão que tivera com o bispo, que lhe devia dinheiro.

Diziam: coitada da Tamina, bem que prevenimos, teimosa, merecia melhor marido, tão prendada. Ela não concordava, amando cada vez mais aquele querido e teimoso Yussef; ele não desistia, voltou a trabalhar como remendão com um velho conhecido, foi cuidar de umas cabras, procurou lecionar.

Tamina, com seus grandes olhos sonhadores, sua sensibilidade, a voz macia e doce, porém firme nas decisões, é quem melhor sabe administrar a família, começa a procurar saída para o impasse, lembra-se do convite dos irmãos morando nos Estados Unidos, onde estivera uns tempos. Sabe que, se não estão ricos, têm boa condição financeira e estabilidade. Consulta o marido: *habib*, Yussef, e se a gente... o marido não se mostra entusiasmado, recusa, depois reluta, ter que começar, como tantos, em outro mundo do qual nada sabe, deixar sua terra, os seus, sua pequena *gana*, aldeia, virar *garib*, estrangeiro em terra estrangeira. Mas a situação se complica, aumentam as dificuldades, o desemprego, a animosidade contra ele, de temperamento tão explosivo. Tamina insiste, fala das possibilidades, os irmãos poderão encaminhá-los, ela já se adiantou, fez consultas, a resposta positiva, sim, viessem logo, um casal jovem que deseja trabalhar teria todas as chances de sucesso, e de futuro promissor para si e para os filhos, nos Estados Unidos trabalho é o que não falta. Yussef continua relutante. Fala por metáforas. Diz: mulher, Tamina, conheces a história, aquela dos dois sábios, em dado momento a discussão azeda, um diz para o outro, não sejas parado, arrisca vai, e o outro, não é bem assim "arrisca vai", queres uma prova, levanta uma perna, agora sem baixar levanta a outra, retruca o primeiro, mas assim eu caio, não vale, e a resposta, entre séria e trocista, vês, pois é isso mesmo, para se ir adiante é necessário primeiro levantar uma perna, baixar ela, só depois levantar a outra. Eu não quero levantar as duas, cair.

Consultam parentes, amigos, conhecidos. Há indecisão: uns favoráveis, meu primo Naum arribou em pouco tempo, mandou buscar a família, tem casa, tem carro, tem terras, tem loja sortida, tem tudo; outro adiciona, e minha prima Samira, se lembra dela, não conhecia ninguém, agora está rica, manda dinheiro para os seus, só não vai para lá quem não quer, esse "lá" é indefinido; não demora alguém contrapõe, meu tio, coitado, depois de anos de mudar de uma região para outra, voltou sem nada, se queixando de tudo, nem dinheiro para a passagem tinha, mandamos daqui.

Três anos se passam. Estamos em 1927. A família cresceu, e a decisão está tomada: vão partir.

Se Tamina, a mulher, tem irmãos nos Estados Unidos, o marido, Yussef, lembra, tem irmã e irmão no Brasil, país imenso, de infindáveis possibilidades, a irmã numa tal de Mague, Mag, Mage, no Rio de Janeiro, o irmão no tal do norte, um norte que não conseguem vislumbrar. Em dado momento a mãe lembra que, também na América do Sul, onde fica o Brasil, perto do Brasil, na tal de Argentina, está o pai dela, em Rio Quarto, por certo nas imediações de alguma parte do Brasil. Ou será longe? Não sabem. No momento isto é de somenos importância. Importante é a decisão, que se torna, a cada dia, mais urgente. A situação no país, insuportável.

Maktub. E está escrito. Vão partir. Optam pelos Estados Unidos. Embora exista outro empecilho: a cota para orientais está esgotada. Terão que se aventurar. Entrar, como tantos, pelo México, de contrabando. Paciência! Tamina já esteve nos Estados Unidos, conheceu muitos patrícios que fizeram o trajeto, existem pessoas que trabalham com isso, sabem como fazer a passagem, os irmãos insistem, venham, queremos recebê-los, somos mais bem situados do que os parentes de Yussef no Brasil, quase nada sabem daquele pai perdido na Argentina.

Começam os preparativos. Examinam os recursos de que dispõem, do que podem se desfazer, os custos da viagem, dinheiro para os primeiros tempos, pedem a ajuda de parentes, a mãe recorre aos irmãos nos Estados Unidos, chegando lá tudo será mais fácil, o pai escreve para a irmã no Rio de Janeiro, dando a nova.

1927: estão prontos para a grande aventura do transplante.

9

Partida

A decisão tomada em caráter definitivo: partiriam. Impossível continuar no Líbano. Inflexíveis às ponderações dos parentes, de amigos que procuravam demovê-los, patrícios apontando para exemplos ali diante deles, os Maksud, que haviam retornado sem nada, mais pobres, o Mery, desiludido, mãos vazias, coração amargurado, estranhas doenças.

Tudo em vão. Retrucavam com as notícias dos outros, tão bem realizados, felizes na nova *maksuna*, ricos.

Havia algum tempo Yussef lidava com a papelada, enquanto Tamina, esperando para breve outro filho, o terceiro em quatro anos, cuidava dos poucos haveres, se desfazendo do que era possível, dando o que não tinham como levar, vendendo o que representaria algum recurso adicional.

Um dia Yussef chega em casa transtornado. Desaba numa banqueta, esconde o rosto entre as mãos. Tamina interrompe o que fazia, aproxima-se, preocupada. E ouve o que lhe é transmitido aos arrancos: negado o visto para o México. Na primeira investida, fazia algum tempo, fora detectada uma infecção ocular no pai. Prescrito tratamento seguido à risca, não apresentara resultados. Duas ou três vezes volta para novos exames. Estava melhorando; não o suficiente. Continuasse, no serviço médico davam receitas. Agora a palavra final: desistisse, inútil arriscar, a vistoria rigorosa, não desembarcariam no México.

Inconformada a mãe. Estavam com tudo pronto. Não queria, não podia se entregar. Discute com o marido. Tem que haver uma saída. E ele: estava lá alguém que ia viajar, me disse que é mais fácil para a América do Sul. Necessitavam de imigrantes, mais gente, sem tantas exigências. E Tamina: então está decidido. Temos duas opções, teus irmãos no Brasil, meu pai na Argentina. Yussef reluta. Quem sabe é o destino, quer que fiquem na terrinha, sairiam das dificuldades, paraíso na terra não existe, vai ver era um sinal. Tamina não se conforma, teima, sem aceitar negativas contra-argumenta, tem sempre resposta para tudo. Convence o marido. Decidem pelo Brasil. Yussef retorna a Trípoli. Tudo se resolve. Quase nada a se modificar nos papéis. O próximo navio demora um tanto, é o que desejam, dá tempo de o novo filho nascer.

Em janeiro nasce. Menina, a segunda menina. É preciso que se espere até que Tamina esteja em condições de viajar — tempo exato da saída do navio. Tudo está pronto, a papelada, a bagagem, decisão firmada — se bem que a discordância dos parentes continue, querem que desistam daquela loucura. Em vão. Até Yussef, antes indeciso, duvidoso do sucesso da empreitada, não mais abre mão da viagem. Sonha com aquele Brasil do qual só tem vaga idéia, resultante das raras cartas da irmã Sada.

A anotação na autobiografia de Yussef pouco esclarece. Eis um trecho:

— Para que país tem a intenção de viajar? — inquiriu.
— Para o México.
A entrada naquele país é muito difícil, para quem tem qualquer problema de inflamação na vista. Devo avisá-lo de que, em lá chegado e sendo examinado por um médico governamental, se o diagnóstico for alguma doença ocular, principalmente inflamação, sua entrada será impedida pelo governo, que o deportará no mesmo navio em que fez a travessia.

O destino nem era o México. Pelo México, chegar aos Estados Unidos. Só que tal explicação nem podia ser dita. Solução: o Brasil; ainda que toda a documentação necessária para a viagem fosse providenciada em Trípoli, também porto, mais perto de Kfarssouroun, o navio partia de Beirute. A primeira parada em Alexandria. A despedida dos parentes e amigos é assim relatada:

No outro dia, todos os parentes e amigos já tinham conhecimento da data e horário de nossa viagem. Reuniram-se para as despedidas.

Ah, que instante de majestade, aquele da despedida! A pessoa dá adeus aos familiares, parentes, amigos, vizinhos; às casas, aos solos, às pedras, ao céu, à água, a tudo aquilo a que se afeiçoou na mocidade. Nasceu, cresceu, desabrochou, tendo sempre ante os olhos a sua visão, sempre aspirando seu ar. É uma hora portentosa e triste!

Mais de sessenta minutos levamos dizendo adeus, os olhos mareados não podendo conter as lágrimas, que rolavam livres pelas faces, o coração batendo desalentado. Ao entrarmos, os lenços brancos agitaram-se em despedidas. Levantei o meu, bradando: adeus, adeus, que Deus permita que voltemos a nos reencontrar.

Era abril, o navio desatracava. Yussef e Tamina não despregavam os olhos da terra que se ia afastando. Hanna cuidava do sobrinho mais velho. As duas meninas nos braços dos pais.

Yussef assim descreve a emoção que os domina, a estranha sensação da partida:

Fixávamos as montanhas até que desaparecessem de nossas vistas enevoadas pelas lágrimas, produtos da amargura da separação. O navio ia rápido e logo, com a graça de Deus, estávamos entre céu e mar. Ao chegar a noite, um marinheiro francês veio até nós, falando também em árabe:

— Venham jantar.

Até Alexandria a viagem transcorreu tranqüila. Mas os contratempos da viagem não haviam terminado. Ao chegarem ao porto de Marselha, desembarcam, são levados ao hotel de propriedade da companhia de navegação. E aí a indesejada surpresa, ao ouvirem do gerente, um árabe da cidade de Jbeil, a novidade:

— Sejam bem-vindos. A sorte determinou que ficarão por dez dias nesta cidade. Se houvessem aportado horas antes teriam viajado hoje.

— Como assim?

— O navio, que vai para a América do Sul, saiu há apenas duas horas. Por isso, terão que aguardar o próximo, o que será em dez dias. Mas não fará diferença já que as despesas correm por conta da companhia.

Foram informados de que o navio com o qual retomariam a viagem era italiano e se chamava *Formoza*.

Fazia diferença, sim. Era mais um transtorno, naquela viagem tão cheia de transtornos. Yussef e Tamina jamais esqueceriam os dias passados em Marselha, só embaralhavam datas, incidentes, episódios.

10

Opção

Se bem que os dados não deixem qualquer resquício de dúvida, embora a versão do pai em sua autobiografia *Minha vida* seja a real, durante décadas outra versão foi inculcada na mente dos filhos. É a que acaba por prevalecer, mantém-se presente, ganha foros de verdade. Recusa ceder o lugar que lhe cabe na história e no seio da família.

No seu indesmentido fatalismo/misticismo, o pai repetia, ao relembrar os dias de Marselha, "a gente põe e o destino dispõe". Num processo complexo de reelaboração, até para ele, a inflamação nos olhos de Hanna, o cunhado, era mais grata, não tinha os componentes desagradáveis do outro incidente no qual se envolvera e, na sua boa-fé, fora lubridiado, perdendo o pouco que possuíam.

O relato do Yussef é minucioso. Diz:

Nossos papéis haviam ficado com o diretor da companhia. Três dias após nossa chegada, mandou chamar-me.

— Analisei sua documentação e verifiquei que não está de acordo — disse-me. — Primeiro, sua viagem era para o México e, agora, está indo para o Brasil.

Relatei o que me acontecera com o médico em Trípoli e como transferi a documentação, por sugestão dele e dos funcionários.

— Meu amigo, eles cometeram um erro com você. Aconselho-o a renovar seus documentos aqui, sob pena de não poder viajar.

— Muito bem, faça como achar mais conveniente.

Iniciamos então as providências para os novos documentos, que ficaram prontos em dois dias. A companhia mandou-me a conta: 400 francos. E eu possuía 600; assim, só me sobraram 200 francos.

Fiquei pensando no que iria fazer. De que maneira chegaríamos ao país estranho, sem conhecer o idioma e onde talvez não conseguisse encontrar os parentes? Ou, quem sabe, não tivessem possibilidade de ajudar-nos. Esta pequena importância seria suficiente?

Disse-me minha esposa:

— Não te preocupes, vou mandar imediatamente um telegrama para meu irmão, nos Estados Unidos, contando-lhe o que aconteceu, e ele nos mandará o que puder.

— De maneira alguma. Deus nos ajudará.

— Não, vou escrever ao meu irmão. Vem comigo até o diretor.

Fomos até lá e expusemos a situação. Ele nos pediu o nome e o endereço da pessoa em questão. Fornecemos-lhe; depois de 10 dias chegava a resposta, acompanhada de 1.000 francos.

A companhia nos informou que o navio em que partiríamos havia chegado. Deveríamos estar prontos no dia seguinte. Em 30 de abril de 1927, às 5 horas da tarde, embarcamos. O navio moveu-se, zarpou. Era enorme e o número de passageiros atingia 2.000, de todo tipo de pessoas. Direção: América do Sul.

∿∿∿

Este o episódio, tão claro, que durante décadas foi obscurecido. Quais motivos permanecem ignorados. A versão que se tinha difere, não na essência.

Vamos a ela:

O navio parte, deixando a família em Marselha. Evaporava-se o sonho da América do Norte. Diante da insistência da mãe junto às autoridades, a resposta era a mesma: lamentavam, até compreendiam o drama que o transtorno provocara, mas era lei. Poderiam prosseguir a viagem sem o irmão dela, sem o Hanna. A inflamação dos olhos um impeditivo, não se cansavam de repetir; é a lei, eram eles e não eram eles, o serviço de vigilância portuário atento, taxativo, sem a cura completa não tinham (melhor, ele não tinha) como sair dali. Repetiam: os demais sim. Mas Tamina jamais deixaria sozinho e perdido em Marselha aquele irmão solidário, que prontamente resolvera acompanhá-los — e o pai concordava, claro que não, saíram juntos, continuariam todos juntos.

Estavam em uma pensão perto do porto, mal conseguindo se fazer entender, o pai tentava, a contragosto, o pouco de francês que sabia e abominava, a mãe seu precário inglês, vez por outra esbarravam em alguém que sabia árabe, era uma *hanã*, uma satisfação, eram exclamações, eram abraços, um dizia, *kifak, mabsut*, outra retrucava, que *mabsut, insaln*, homem, como posso estar satisfeito, e o primeiro, o que fazes tão longe de teu chão? Explicavam, e discutiam, procuravam alternativas, todos mostravam-se solidários, estavam ali tentando ganhar a vida, pouco ou nada podiam ajudar, davam orientação, conselhos, que se cuidassem, prometiam voltar, se iam, dizendo *salam aleikun*. Raros voltavam.

O serviço médico de terra informara, o tratamento não devia ser longo, talvez o mal nem fosse contagioso, não era infecção, uma simples inflamação bem localizada, mas sabem como são rigorosas as leis marítimas e bem mais ainda quando as doenças são nos *ghains*, nos olhos, normas portuárias penalizavam donos de navios que as desrespeitassem. O comandante, os oficiais, os de mar, os de terra, para quem apelavam tinham a mesma resposta, sim, lamentamos, compreendemos o drama de vocês, mas nada podemos fazer para atenuar, aliás nem entendiam as razões pelas quais o restante da família, pai, mãe, três crianças pequenas, não prosseguia viagem, sabem, o Hanna poderia seguir depois, em outro navio que se destinasse ao mesmo porto, da mesma companhia de navegação, com uma boa conversa nem perderia a passagem. Tudo inútil. Sempre a mesma resposta, impossível, não podiam de qualquer forma abandonar o irmão e cunhado, como deixá-lo ali, o que seria do Hanna, jovem e desprotegido, o tio das crianças que não titubeara por um segundo em segui-los?

O navio partiu.

Agora passavam os dias (quantos?) na pensão, pouco saíam para olhar o porto, de movimento tão intenso, o chega-e-sai de navios, passavam com receio por praças, por ruas, economizavam o máximo, compravam leite, pão, queijo, frutas, uma garrafa de vinho, faziam as refeições no próprio quarto onde os seis se acomodavam, contando os trocados, por quanto tempo agüentariam, teriam como esperar o próximo navio, ou o seguinte, a mãe logo escrevera para os irmãos nos Estados Unidos, relatando o transtorno, pedindo ajuda, quem sabe, de novo, poderiam socorrê-los, mas quanto tempo levaria para obter resposta?

Logo Hanna está melhor, quase bom. Agora é esperar. Só que a espera começa a se tornar insustentável. Contam-recontam os trocados, que escasseiam. Para quando a resposta ansiada, certamente não por má vontade dos parentes, mas pela própria dificuldade nas comunicações. Já teria chegado a carta, a *hatab*? Um telegrama é expedido. Necessário tomar decisão rápida. O pai foi, de novo, até o porto se informar. Voltou desanimado, o próximo navio para o México sem data prevista, e o contato do México para levá-los aos Estados Unidos continuaria valendo? Não tinham como ficar à espera, nessa dúvida, e mesmo que a ajuda chegasse seria gasta nas dívidas com a pensão. Nesse meio tempo, como fariam para se alimentar?

Reuniram-se. Vamos deliberar: e se retornássemos ao Líbano? Não! Um não unânime, jamais dariam esse gostinho aos parentes, que haviam sido contrários à viagem, criticavam-nos, besteira isso de *tagarra*, de viajar, viajar para quê, digam, que melhorar que nada no novo mundo, repetiam exemplos, o primo Iskandar voltou na mesma depois de anos, pior de finanças e com doenças desconhecidas, ficassem na terrinha, a situação tendia a melhorar, tinham-não-tinham um pedaço de chão, melhor que nada, podiam tirar dali a subsistência, quantos ali possuíam, como eles, uma *maksuna* que dava tâmaras tão saborosas, uva e maçã, gêneros alimentícios, cabras para o leite e a carne, Yussef podia arranjar um emprego fixo, deixar de pular de um lado para outro, já estava mais do que na idade de se assentar, lembrasse dos filhos, não era formado em nada mas era habilidoso em várias atividades, podia continuar lecionando de noite em cursos de alfabetização, de dia trabalhando numa fabriqueta. Tamina também, tão prendada, boa dona-de-casa, econômica, além de cuidar dos filhos podia ajudar costurando ou dando aulas particulares. Parentes e amigos formavam um coro, pensa *imra'a*, costuras tão bem, sabes ler e escrever, tens como ganhar uns dinheirinhos. Eles retrucavam: não adianta, estamos decididos, davam exemplos de patrícios que haviam se saído bem, os próprios irmãos da Tamina — e eles foram para lá sem nenhum apoio, e rebatiam: não é nosso caso, meus irmãos estabelecidos nos Estados Unidos são donos de boas casas, de bons negócios, de empregos seguros, garantidos nos trabalhos, não tiveram muita dificuldade para conseguir o *green card*, nas cartas prometiam para a irmã, para o irmão, para o cunhado, daremos firme apoio nos primeiros tempos, até que vocês se fixem, se estabeleçam, a mãe não cansava de repetir, meus irmãos acenam pra gente com boas perspectivas, não se esqueçam de que estive lá uns tempos, vi como é o país, o Yussef pode ensinar árabe para os sobrinhos, para muita gente, para a colônia que não quer perder a ligação com a terra natal; depois, se o Yussef não estiver satisfeito ou ganhando o suficiente, se vê o que conseguir num país tão grande, e Hanna, por seu lado, irá trabalhar com os irmãos, não se preocupem; não adianta, estamos decididos, e a entrada no país garantida. A família chegaria, como tantas outras, via México, tudo já previsto, contatos estabelecidos, até mesmo a pessoa que iria recebê-los ao chegarem em terras mexicanas, eis o nome, e a mãe empurrava um papel com o nome, um tal Pablo Habib, certamente um patrício que falava árabe e já tinha prática, não teria maiores dificuldades em introduzi-los de contrabando nos Estados Unidos, como era comum — e do outro lado da fronteira, a esperá-los, um dos irmãos.

Não contavam era com o imprevisto.

Por vezes a discussão em Marselha ameaçava recrudescer, o pai, não podemos recuar, não dou aquele gostinho a ninguém, como enfrentar parentes e amigos, a mãe caía no choro, soluços profundos, o tio culpando-se, como se ele próprio tivesse provocado a doença, entre tantos logo o contemplado, dezenas de vezes chegava até o espelho, olhos inflamados, se bem que a cada dia a melhora fosse perceptível, a vermelhidão diminuía, lágrimas pingavam menos, ele pensava, e se eu pudesse ter escondido a doença? De nada adiantava o "se", o navio se fora, isso sim, era o autêntico "se", a realidade palpável, concreta, que não tinham como ignorar.

Foi de repente, num lampejo, quando o desespero começou a miná-los, que o pai se lembrou da caderneta onde andara anotando endereços, por vezes ficava se questionando: foi mesmo assim de repente, ou um fato qualquer teria acionado um mecanismo interior, fazendo com que viesse à tona a lembrança?... quem sabe a conversa com um árabe que pronunciara a palavra Brasil, quem sabe ao comprar café, o dono do armazém informara, é café do Brasil. Não tinha como saber, o que no momento pouco importara. O certo é que procurou a caderneta. Abriu-a. Lá estavam, em árabe, uns garranchos que deviam ser português, a varinha mágica, o nome da localidade da irmã, onde Sada morava, Mag-Ma-gue-Ma-gé. Para o pai, aquele Mag, Ma-gue, Ma-gé, Rio de Janeiro, Brasil, pouco dizia em termos de localização. Ou nada. Mera referência a lembrar onde residia a irmã. Só que agora, embora não contivesse o endereço completo, podia ser a tábua da salvação. Era. E do Brasil, ao contrário de Magé, tinha vaga idéia, país tropical, fabuloso, fantástico, de índios, de negros, de mistura de raças, imenso, tão misteriosamente misterioso que, diziam, dava dinheiro em árvores, país do qual, de tempos em tempos, recebia notícias da irmã que havia muito, não sabia ao certo quanto tempo, para lá se dirigira no rastro do irmão do norte, aventurando-se sozinha — e se estabelecendo sem encontrar o tal irmão do norte.

O pai se vira para a mãe, para o cunhado, empurra a caderneta, instrumento mágico que lhe abria as portas de um novo mundo, mostra os garranchos, nos garranchos a visão de um outro futuro, é o destino, diz, como se estivesse encontrando (ou já tivesse encontrado) a saída que busca, a solução para o impasse, achei, Brasil (um Brasil que só ele podia entender), por que não vamos para o Brasil, melhor, vamos é para o Brasil, sem ainda, naquele momento, saber como fazê-lo, quais os passos necessários, se havia navio atracado com saída para logo, se conseguiriam vistos, quando o navio partiria para o Brasil, se Magé fica perto de um porto, se o dinheiro que tinham bastariam para as passagens, para eventuais despesas. A receptividade para o projeto não foi a esperada, Hanna mantinha-se distante da discussão, discreto e calado, com medo de complicar mais, continuava se considerando o único responsável pelos transtornos, por tudo que lhes acontecera, a mãe teimava, vamos esperar, os recursos pedidos não demoram, queria ir ao encontro dos irmãos. Queria um pouco de segurança ao chegar, sonho acalentado os Estados Unidos, murmurava, Yussef, *habib*, por *Allah*, podemos esperar um pouco, o dinheiro que temos dá para duas-três semanas de pensão e alimentação, nesse meio tempo... por que a gente vai se precipitar... o que sabemos de Brasil...

O pai interrompe-a, que não, pelos cálculos dele a carta ainda nem chegara ao destino, e o telegrama podia se extraviar, que resposta teriam, e os recursos necessários, caso fossem conseguidos, afinal não sabiam qual a situação financeira dos cunhados, frisava a palavra caso, demorariam bem mais do que o tempo de duração do restinho do dinheiro que tinham nas mãos, impossível economizar mais, seus objetos pessoais seriam retidos pelo dono da pensão até que providenciassem pagamento. Não, não havia outra saída, ia depender, primeiro, de um navio que rumasse para o Brasil, segundo, que o que tinham fosse suficiente para as passagens, terceiro, que conseguissem o visto de entrada — e o pai já se imaginava viajando, desembarcavam em busca da irmã, que os acolheria com carinho, também do irmão do qual não tinham referência, a irmã certamente sim, em Kfarssouroun falava-se no norte do Brasil, onde afinal era o tal do norte, claro que perto da irmã de Magé, por certo ela saberia, talvez se correspondessem, se visitassem.

Allah akbar, mulher, Tamina, tem navio que sai para o Brasil logo, é nosso destino, *maktub*, está escrito, o dinheiro que temos dá para a passagem e ainda sobra alguma coisa para os primeiros dias, até chegarmos a Magé — é o pai que entra, abraça a mulher já conformada, para logo acrescentar, todo entusiasmo, agora é procurar o consulado do Brasil, conseguir os vistos, o fato de termos parentes morando lá ajuda, facilita, não demora estaremos a caminho do nosso destino. A decisão, como contestar, foi aceita, era a mais racional para sair do impasse, mesmo porque não existia outra opção cabível, agora todos os três torciam para que desse certo, para que a autorização de entrada no país fosse concedida e ficasse pronta em tempo de tomarem o navio. Sim, o fato de ter uma irmã com residência fixa, já estabelecida, facilitava; depois, pelo que o pai havia ouvido dizer, não existia limitação de entrada, o país imenso, com intermináveis vazios, necessitando de mão-de-obra para o campo, para o interior, para a cidade, para tudo, país rico com amplas possibilidades para os que desejassem iniciar vida nova e não temessem trabalhar para valer. Qual imensidão territorial nunca chegara a avaliar com precisão, compará-lo com o Líbano impossível, mas ainda assim tinha certeza de que iriam localizar, com facilidade, não só a irmã Sada, que sabiam morar em Magé, mas, sem muita dificuldade, o irmão, de quem jamais tivera qualquer referência, sumido no ar, apenas se sabia que viera para o Brasil, sem jamais dar notícias e nunca foi localizado.

Mesmo aceita a decisão, afinal a mais viável, a mãe continua insegura. Ao se decidirem pela mudança estava convencida de que iriam ao encontro dos irmãos, tudo já exaustivamente examinado, avaliado, programado — até mesmo a arriscada entrada no México. Agora, reconhecia, tinha de refazer a cabeça, o marido estava certo, não havia outra saída, um risco ficar aguardando (o quê, até quando?) em Marselha. Sim, Yussef tinha razão. Só o Brasil. Vamos para o Brasil.

Não foi difícil conseguir os vistos nos passaportes. Na azáfama dos últimos preparativos, a mãe viveu como um sonho, levitava, parecia-lhe repetir os preparativos do Líbano, e lá no fundo, talvez de forma inconsciente, um restinho da esperança, mesmo depois de adquiridas as passagens, quem sabe ainda dá para chegar a carta dos irmãos anunciando que virá o dinheiro, a inflamação nos olhos de Hanna desaparece, quem sabe, Yussef, *habib*, podemos retomar o projeto inicial, há tanto acalentado, mais seguro. Mas ela sabia que não, tinha que se conformar, tinha de aceitar as regras do destino, tudo na minha vida assim, durante a viagem talvez viesse a chorar, talvez chorasse escondida no Rio, até mesmo em Magé, até se conformar, talvez se recriminasse por não ter resistido um pouco, talvez, mais adiante, voltasse a sonhar com a possível retomada do projeto original. Enquanto rearrumava a bagagem ia pensando, sim, nada impede que do Brasil se vá para os Estados Unidos. Estava conformada, mas não convencida. Será mesmo que está escrito, era o destino, ou a gente podia, querendo mudar o destino, traçar um novo rumo?

Era ainda abril quando partiram de Marselha.

11

Ma'karun

Foram-se os dias de incerteza, de intranqüilidade. Decisão tomada, acabam de embarcar no navio italiano, o *Formoza*, que começa a se afastar do porto de Marselha. Quieto, comovido, preocupado, Yussef observa Tamina ao lado com a caçula no colo, Hanna atento às outras duas crianças. Não demora perdem o porto de vista, Marselha se afasta, simples mancha. Começam a se acomodar, o navio bufa, balança, acelera.

Num passe de mágica, Tamina está na casa de Biguaçu (ou pode ser de Florianópolis), emocionada fala do enjôo que a toma. Yussef (agora José) logo a interrompe, irônico brinca para desanuviar o ambiente, diz, mulher, Tamina, nem deu tempo de chegar no navio, longe ainda do mar alto, e já começas a enjoar. Deixa isso para mais tarde, para o macarrão. Constrangida, Tamina ri, retruca, o que posso fazer se é a sensação que sinto quando me pedem para falar na viagem, não é só no navio mal ele desatraca, mas até agora e aqui, mais forte do que eu.

Propícia a noite para os desabafos, as rememorações, à medida que pai e mãe envelhecem. Nem há necessidade dos filhos provocarem. Mãe senta-se para um pequeno descanso da labuta diária, pode ser na sala ou na cozinha, pende os braços, relaxa, os olhos ao longe começa, incansável vai adiante, as *dikras* jorram, em alguns momentos o pai intervém, interfere para um reparo, um adendo, uma retificação, um acréscimo ou uma subtração, uma brincadeira, diz, essa tua lembrança é incorreta, que imaginação dessa minha Tamina, te contém, mulher!

O português será sempre carregado, talvez precário, embora o casal já saiba ler e escrever no idioma do país. Até o fim da vida iriam ter dificuldades com algumas palavras, bresente, borcaria, barrato, misturando expressões portuguesas com árabe, jura bra freguês, *maksut, salam* pra você, algumas vezes a mistura nem era na frase, mas na própria palavra, "baisa" em lugar de casa, mistura de *bait* e casa, em outras interrompem o que iam dizer em busca de um termo exato — ou um correspondente, deslembrado o português e esquecido o árabe.

Como agora. Tamina precisa se lembrar de algo referente a Marselha, não consegue.

Ela ri, abana a cabeça, de novo pára. Perde-se em si mesma para achar o que procura. Olha sem ver para os objetos, pratos e talheres por retirar, para a mesa, para a fumaça que se evola do fogão a lenha, para a noite lá fora, para as árvores farfalhantes, folhas verde-escurecidas balouçando ao sabor do ventinho maneiro que começa a aumentar, identificando-os com noite, vento, mar, que durante dias, quase um mês, enfrentaram, e num sorriso que sempre a remoça, diz, o pai de vocês está brincando, foi uma viagem tranqüila, claro que o navio joga mais, por vezes ameaça de vendaval assusta, ondas se encrespam, lambiam o convés, acomodações precárias, beliches desconfortáveis; demorava-se na relembrança, será que era tamanha a diferença de um navio para o outro, ou o pai estava certo, este é maior, cabiam nele quase duas mil pessoas, Tamina volta, e então as acomodações, divididas em primeira, segunda e terceira classes, ou isto inexistia, tudo o mesmo, não se recorda, não quer se recordar desses detalhes, puxa agora pelo pai, absorto na leitura do jornal, chama-o, Yusé, mistura de Yussef e José, o pai reclama, mulher, Tamina, o que sei eu, me deixa ler, sei que tínhamos as passagens mais baratas, Tamina queria, sem poder, ter mais nítida a *dikra*, inútil, a lembrança de que se recordava para valer, jamais esqueceria, era da comida, sempre a mesma, macarrão, macarrão pela manhã, macarrão ao almoço, macarrão no lanche, macarrão à noite na janta, macarrão como sobremesa, macarrão como remédio, macarrão como aperitivo, macarrão nas mais diferentes modalidades, com temperos variados, mas o mesmo gosto, lhe parecia, seja com queijo, com lingüiça, com salame, com frango, com peixe, com carne, com alho, com verduras, com azeitona, com o diabo, mas sempre e sempre o mesmo macarrão — e durante anos a mãe não conseguia nem proferir ou ouvir a palavra macarrão, logo tinha ânsia de vômito, engulhos, quanto mais vê-lo diante dos olhos. E num processo inexplicável de transferência passa a repugnância para os filhos.

Outra vez ela sorri, enxuga os olhos, se cala, afunda no passado, vira-se, pergunta, Josef, *habib* (jamais usou a palavra querido, era sempre *habib*), o que foi mesmo que ocorreu até a gente chegar no Brasil, não consigo me lembrar, uns lapsos incompreensíveis dominando-a, havia como que uma compacta nuvem de macarrão tudo toldando, encobrindo, impedindo-a de varar o bloqueio, nuvem pegajosa, era só nuvem e era macarrão que escorria sumarento tudo invadindo, e que influenciava a família, parentes, patrícios, amigos, a ponto de durante bom tempo ser uma espécie de signo identificador a marcá-los, e prato interdito na mesa dos Miguéis. Mesmo porque, ainda que fosse prato acessível, de custo reduzido, nas épocas de maiores carências e dificuldades, a comida constante era lentilha com arroz, enfeitada com cebola frita, prato substancial, chamado em árabe *mjadra*, que os filhos, enjoados de tanta *mjadra*, acabaram denominando mijadra.

O pai resmunga, larga o jornal, o resmungo outra marca de sua personalidade, exagerada essa mulher, essa Tamina, nem havia macarrão assim, até gostoso, bem preparado, mas também evitava o prato, marca registrada da culinária italiana que se espalhara pelo mundo, como mais tarde aconteceria com o quibe árabe, a bacalhoada portuguesa, o *eisbein* alemão, a feijoada brasileira.

Agora o pai provoca, intica, mulher, Tamina, não te lembras de mais nada, ou não queres te lembrar do que acontecia no navio, e a mãe, não, não mesmo, nos momentos em que a lembrança do macarrão me invade, me esforço, só que tudo some, quero estar no navio sem a permanente nuvem pegajosa, quero ver as ondas, quero ver as nuvens, mais que tudo quero lembrar das crianças, quero ver o Hanna, não consigo, tudo some coberto pelo mole e grudento macarrão. E o pai, nem da parada em Dakar, e a doença posterior do filho mais velho, febre sem explicação, talvez devido ao calorão, para que fomos descer do navio, calor que desconheciam, deixando-os exânimes, febre que logo aparece e os transtornara, o menino largado, o febrão perdurou mesmo depois do navio deixar a cidade, uma cidade que afinal mal viram, da qual não tiveram a menor idéia, diante deles negros sorridentes oferecendo bugigangas, persistentes insistindo, com gestos e expressões aliciadoras demonstram que o preço podia baixar, que o produto era excelente, que tinham que levar uma lembrança da terra, como último argumento ensaiavam palavras em árabe, em francês, em outros idiomas.

Houve momentos em que temeram pela vida do filho. Foi preciso chamar o médico de bordo, mas só como última instância, logo se lembraram do incidente anterior, o que poderia representar a presença de um médico, o temor de... reconsideraram, não, agora o próximo porto era o Brasil, até lá o menino tinha que arribar, ficar bom.

O médico veio uma e mais vezes, fazia sinais de que não havia perigo maior, a crise ia passar, passara, deu a entender que a preocupação dos pais era natural, também ele tinha filhos, só que deviam tê-lo chamado antes, além do calor terrível talvez água contaminada que tivessem tomado nas andanças pela cidade de Dakar. Explicavam que quase nem houvera andanças, talvez uma fruta, com certeza não tinham lido os avisos para que se precavessem. Ler como, se não devia estar escrito em árabe, ou mesmo que estivesse, não prestariam atenção, também podia ter sido conseqüência de uma guloseima qualquer, sabe como é, fazia sinal em direção ao estômago, o organismo já enfraquecido pelos dias de Marselha, pelos intermináveis dias no navio, crianças são mais sensíveis. Também se recuperam com mais facilidade, com a medicação indicada logo estaria correndo. Entendiam-se através de mímicas, de uns arremedos de árabe, de francês, de inglês, o médico tarimbado por incontáveis viagens, atendera passageiros das mais diferentes nacionalidades, italiano falante e viajado, de largos gestos, dominava um pouco de nem sabia quantos idiomas, até servia de intérprete, sempre bem-disposto, sempre pronto a atender quem dele precisasse, conhecia o Líbano, estivera no porto de Beirute, bonita cidade, até em Trípoli, ao entrar no beliche abanava o braço, passava a mão no rosto do menino, media a temperatura, dizia *kifak*, *mabsut*, ou então *salam aleikun*, e o pai retrucava, *iah*, *Allah akbar*, o médico conhecia a África, trabalhara lá, conhecia a França, não apenas Marselha e Paris, conhecia os Estados Unidos, não, não o Brasil não, só portos, Recife, Salvador, Rio, tinha idéia do país, mas como explicar, patrícios lhe escreviam, queria visitar o Brasil, impossível nesta viagem, destino a Argentina, lá ficaria uns dias, quem sabe na próxima vez, quem sabe, só para conhecer, não gostava da demora em terra num único lugar, andejo.

12

Temor

Tarde. Quase noite.

A terra cresce, avança, se aproxima. Começa-se a perceber o contorno das praias, pássaros sobrevoam o navio, a água verde-azulada indo e vindo torna-se mais escura, as elevações e depressões dos terrenos se entremostram no lusco-fusco, um miúdo casario, as diferentes tonalidades de verde das árvores, manchadas, de repente, pelo colorido de uma flor que não demora vai se perder na escuridão que rápido se fecha.

Ainda não conseguem situar-se, os passageiros se interrogam, mas tudo lhes diz que estão chegando a uma ilha, será?

Em pouco o navio fundeia. No tombadilho, ansiosas, as pessoas acompanham a manobra de atracamento, os gritos dos marinheiros, a orientação do prático. Pertences de mão ao lado, mães buscam os filhos, mulheres os maridos, amigos os amigos feitos durante a longa travessia de quase um mês. Curiosos, observam as figuras em terra, que se delineiam, não mais simples manchas, mas logo voltarão a sê-lo, começam a sumir no escuro que se anuncia. Interrogam os demais, pensam intrigados, será isto o tal de Brasil? Não parece. Mal fazem idéia do país para onde se dirigem, as informações que têm são inconsistentes, fala-se, sempre, de forma vaga, da extensão territorial, incalculável, na riqueza do solo, onde se plantando tudo dá, de negros e índios, da variada (e rarefeita) população, todas as etnias, dos espaços vazios, das excelentes oportunidades para qualquer um que queira trabalhar com afinco. Exemplos pululam.

Tremor nos lábios, olhos marejados, a mãe não se cansa de olhar para a terra, teme nem sabe o quê, rememora os momentos de tensão, de expectativa, a inesperada demora em Marselha, a doença do filho, vira-se para o marido, pergunta, vamos descer de noite, imagina-se já em terra, indecisos no rumo a tomar, esperam orientação, que venham todos a ser atendidos pelas autoridades, civis e militares que deverão ir chamando os imigrantes pelos nomes, para examinar a documentação, ver se tudo está em ordem, depois será o exame de saúde para liberar a permanência no território, murmura-se que aquilo poderia demorar dias, duração incerta a tal de quarentena, e é preciso ficar atento para não perder a vez quando chamados, nada conheciam do país, dos hábitos, dos costumes, do idioma — e se houvesse alguém com o mesmo nome do marido, outro Yussef, ou se fosse chamado só pelo sobrenome estranho, Michel?

Primeira decepção: à noite não se desembarca, não se pode, de acordo com as leis, deixar o navio, é preciso aguardar a bordo, só amanhã pela manhã.

O temor que a toma é de todo tipo, inquietação que não a deixa. E vai durar: quantos dias a tal de quarentena, que parcela de Brasil seria aquela onde aportaram, claro, não podia ser o país de que ouviam falar, para onde tantos patrícios, antes deles, tinham vindo. E como fariam para se comunicar com Sada? E ali, com as pessoas que deveriam interrogá-los? Sim, ela sabe palavras do inglês, do russo, o Yussef, rudimentos de francês que se recusa a pronunciar. Alguém teria condições de entendê-los? O que sabiam de outros idiomas seria suficiente? Ou alguém falaria árabe. Com extrema alegria — e alívio — ouviriam, faladas por outrem, palavras que havia muito só eles pronunciavam. Mas o temor maior era outro, era pelo Hanna. Estaria completamente curado da inflamação? E se não estivesse?

Amanhece. Começa o desembarque.

O que lhes chega é uma verdadeira babel, os mais diferentes falares se cruzam, palavras esdrúxulas lhes agridem os ouvidos, sotaques e pronúncias que não têm como identificar. Qual deles o do país para onde se dirigem, a que acabaram de chegar? Como se fazerem entender se não existirem intérpretes? Os documentos que têm em mãos bastam para serem aceitos? E se tivesse havido alguma confusão em Trípoli, em Beirute, em Marselha? No consulado ou durante o embarque? Os passaportes estariam corretos, depois daquele vai-não-vai para os Estados Unidos?

Tamina puxa o marido pela manga, pede, Yussef, por *Allah*, olha de novo, olha; e ele, no intuito de acalmá-la, tira mais uma vez os papéis do bolso, volta a ler o que está escrito, em árabe e em francês, procura adivinhar se algo vem em português, parece que não, e lá está: Consulado do Brasil em Marselha, visto de autorização para entrada no país sob número 397, em 14-04-1927.

Ainda assim a mãe mal consegue (ou nem consegue) manter-se calma, a emoção não a deixa, volta sempre, e voltarão no decurso dos anos os momentos de tensão e angústia a que por vezes se soma outro componente retroativo. Tudo está ocorrendo: ei-los no tombadilho, eis o aviso para o desembarque, eis a descida, eis a chegada ao cais, estranhos seres logo os rodeiam oferecendo objetos de utilidade desconhecida, quinquilharias, guloseimas, refrescos, comidas exóticas de forte odor. Os filhos choramingam agarrados à saia de Tamina, Yussef procura alguém a quem se possa dirigir, Hanna tem a sobrinha no colo.

Sim-sim, se repete a mãe, querendo afastar o temor, o tremor, como quem afasta persistente mosca que teima em importuná-la. Quer extrair a grossa película de medo que a envolve, que a todos envolve, sim-sim, animavam-se reciprocamente, mutuamente, não se deixem atormentar pelo temor, não receiem, tudo vai dar certo, daqui para diante temos o fascinante novo mundo brasileiro, vamos ganhá-lo, repetem o "tudo vai dar certo", mas a própria mãe não se convencia, e no fundo, embora fingissem para animá-la, certamente Yussef e Hanna pensariam como ela, o que viemos fazer aqui, teimosia besta, o que estamos fazendo aqui, como fomos acabar aqui quando nosso destino era outro, mas quem manda no destino, está escrito, por que nos arriscamos, bem poderíamos ter resistido, insistido, aguardar um pouco mais não custava, prosseguir no rumo traçado ao resolvermos sair de nossa terra, *maksuna* querida, ou então nela permanecer, entre os nossos, passaríamos dificuldades, por certo, mas quem não passa, e aqui quem nos garante?

Tamina estaca o pensamento, quer se concentrar no presente. Aos temores/tremores que a tomam, vendo o tempo escorrer lerdo e grosso sem que o Yussef fosse chamado, se sobrepõe outro, que não a abandona nunca, outro mais concreto — e se não tivessem referendado o visto de entrada reexpedido em Marselha, e se Hanna ainda não estivesse inteiramente curado da inflamação na vista, e se o serviço de fiscalização sanitária fosse mais rigoroso do que lhe haviam afirmado e lhes dissessem o mesmo de antes, lamentamos, sabem, o problema da visão, não podem permanecer no país, vão ter que prosseguir viagem (para onde?) ou retornar ao porto de origem — e qual seria o porto de origem, Trípoli, Beirute, Marselha? Voltar para onde? Qual porto, se não tinham recursos, se não vislumbravam outro caminho, se os 1.000 francos do irmão iam sumindo, se o que viam eram portas fechadas, trancadas, intransponíveis?

Tamina está temerosa. O tempo se distende, perde sua lógica, adquire outra dimensão, incomensurável. No entanto nem um dia se passara até que o marido fosse chamado, até que mostrasse os documentos, escritos em árabe e francês, até que todos fossem conduzidos para os exames de rotina, até que se conseguisse fazer entender através de gestos, de expressões, de uma palavra em francês, outra em inglês, até que Yussef, Tamina, Hanna, as três crianças fossem liberados — era a bendita liberação —, e lá estavam eles sendo encaminhados a uma lancha que os levaria para outra parte, para a Praça Mauá.

E agora? Agora era continuar aventurando, chegar até a cunhada, depois como os *iahud*, judeus errantes, prosseguir, poder se estabelecer. E então, para se autocontrolar, para que os demais não percebam sua apreensão, Tamina se vê repetindo uns versos de Khayam, o poeta que Yussef tanto cita: "Procura compreender/ raciocina se estiveres calmo/ e no pleno uso da razão:/ Que roupa vestias/ quando chegaste a este mundo?/ e que riquezas levarás/ para o outro?" É isso, se diz, somos jovens, temos saúde, decidimos, não temos retorno, por que agora tais pensamentos me intimidam?

Na autobiografia, o pai faz questão de registrar uma coincidência que parecia acompanhá-los desde que tomaram o navio *Formoza*:

Soou a campainha para o almoço. Pensei em minha esposa, com fome. Graças a Deus ela iria alimentar-se e, conseqüentemnte, ao bebê. Sentamo-nos à mesa e, quando a refeição foi servida, ela disse, enjoada:
— A comida do navio chegou aqui antes de nós. Não consigo digerir isto. Macarrão, macarrão, só macarrão.
— Mas tens que comer, por ti e por causa de nossa filhinha.
Ela tentou engolir um pouco e levantou-se da mesa insatisfeita.

Era de tardinha quando foram liberados, deixando a Ilha das Flores. A lancha já os aguardava. Embarcaram — e pouco depois desciam no cais da Praça Mauá.

13

Mascate

Nos longos serões de inverno, já em Florianópolis, primeiro nas casas alugadas da Praça 15 de Novembro, ou da Chácara do Espanha, Rua Lacerda Coutinho, depois na própria da Rio Branco, morta a mãe, o pai, necessitado de companhia, vivendo de rememorações, nem é preciso incentivá-lo, basta um gesto de mão, um movimento inesperado, um som que lembre música árabe, uma frase perdida, e logo tudo transborda, como numa torrente. Ele deixa o radinho de pilha de lado, repete um pequeno poema de Hafiz: "Vem, amemos e bebamos à margem do rio/ Afoguemos em nossas taças o nosso desassossego/ A vida tem a duração da rosa:/ dez dias preciosos/ Que o dourado laço do riso prenda,/ então, esses dez dias." Espera que alguém se manifeste. Como o silêncio continua, ele contrapõe outro, de Saadi: "O bom jardim freme de inquietação quando o vento lhe agita as palmeiras/ O lavrador ganancioso desejaria colher sem haver semeado." Abana a cabeça, diz é preciso ouvir a vida, o rumor da vida, ouçam este de Khayam e pensem nele: "Sê feliz um instante/ pois a vida amigo, / é apenas esse instante."

Desatado o fluxo da memória, fragmento de um caso puxa outro, não demora outro mais, tudo por vezes interrompido para por vezes retornar dias depois, ou não retornar nunca, sempre deixando rastros que se avolumam para formar um todo, que acaba por se transformar na saga da família.

Eis uma palavra solta no ar, eis uma voz, eis novo som, eis uma visita que chega e informa, recebi carta de *maksuna*, tudo igual na terrinha, eis um trecho lido, eis uma revista árabe (às vezes árabe/francês) mandada do Líbano, eis o jornal da colônia editado em São Paulo (aqui já há parte em português) — e de repente o pai não se encontra ali, entre os filhos, mais adiante nem entre os netos, fala para todos que estão presentes, sim, quer se comunicar, mas fala também para si mesmo, na ânsia de não esquecer, no desejo de lembrar sempre, o passado puxa-o de forma irremediável.

A palavra mascate, por exemplo, tem um poder mágico, faz com que recue até a chegada a Magé. Esclarece, antes: não importa o que uma pessoa tenha sido ou queira ser, pouco importam sonhos, desejos, aspirações, fantasias. Ao chegar ao Brasil, libaneses e sírios, árabes em geral, começam mascateando, trouxas ao ombro, sorri e acrescenta, só bem mais tarde irão tomar conhecimento do outro significado da palavra trouxa. Se estão se dando bem e o mascatear dá certo, vão deixar de ser trouxas, não demora adquirem um cavalo, uma carrocinha, depois podem ter uma vendola, um armazém, loja de tecidos, quem sabe uma fabriqueta; bem poucos enriquecem, mas as novas gerações acabam por esquecer os sacrifícios dos pais, dos que não tiveram *nasib*, some a voz dos perdedores, dos *tarragada* que não deram certo, dos *fakir*, os pobres, e o que fica, para os que estão querendo aventurar, é a fama dos raros que fizeram fortuna na boa terra, animando outros para que se aventurem, pois se a derrota se mantinha esquiva, a vitória era trombeteada.

O pai pára. Reconsidera: será que riqueza traz felicidade? Basta? Ou não? Melhor a realização pessoal, alguém ser aquilo que sempre desejou.

O pai avança e recua.

Acabou de chegar a Magé. Recebido pelo cunhado, pelos sobrinhos, por patrícios. Vão se acomodar na casa da irmã, durante quanto tempo não podem saber, dias, semanas, meses, até que tenham dominado um português mínimo, um linguajar rústico, algumas palavras-chave, frases que comecem por mim vender *rakis*, se atrapalha, e lá vão eles saber o que é *rakis*, explica barratinha, eu jurar bra Deus, freguês, freguesa, mais fácil lidar com mulheres, acessíveis, repetem aliciando-as, tudo barrata, vê, por *Allah* non pude abaixar, mim perde dinero senhora, tecida tam bom, munto, passar mão, macio, forte.

Os primeiros dias são de aprendizado. Não demora, trouxa ao ombro, de ônibus ou a pé, só ou acompanhado de um patrício, parcas palavras de um português macarrônico, desde que pudesse se fazer entendido e vender seus produtos lá ia o pai em busca de algum lucro, de experiência, de recursos para continuar investindo. As compras são feitas no empório de patrícios, em consignação, para pagamento posterior, quando fosse possível; passados dias, semanas, o pai logo desiludido, cansado das caminhadas, do nenhum resultado prático, da poeira que solerte se infiltra por todo o corpo, vendera quase nada.

Num torna-viagem amargurado, volta para a casa da irmã, reúne-se com a mulher, Tamina, o que vamos fazer, e ela, paciência, sabíamos que não ia ser fácil, temos que continuar, vira-se para a irmã, Sada, não tenho jeito, mas por outro lado não vê saída, a irmã procura animá-lo, dê um tempo, imaginasse o que ela passou, mulher e sozinha, felizmente agora... indica patrícios bem situados, Yussef retruca, vai ver eles têm mais sorte, maior inclinação para o comércio.

Aos filhos pouco interessa essa filosofia, essa súmula da imigração, esse bosquejo que pode englobar uma história da grande maioria; porfiavam em perguntar mais da vida do pai, da mãe, dos problemas de adaptação à nova terra, da tarefa da mãe na retaguarda, queriam que o pai contasse a saga pessoal, como foram os primeiros dias de Magé, se custara a aprender rudimentos do português para se fazer entendido nas saídas para o trabalho, quanto tempo levara até a primeira sortida mascateando, o porquê da brusca interrupção e mudança para Santa Catarina.

O pai pede tempo, pede um copo de água, pede um cafezinho, suspira, respira, se mexe, faz pouco deixou de fumar, sente falta, ainda mantém aquela caixinha circular onde, depois de cortado o fumo de corda, esmagava-o nos pregos até desmanchar, pensa na palha de milho, no ritual de preparo do cigarro, acendê-lo, nas primeiras tragadas, fumaça se evolando em espirais que se perdiam lá em cima, reconhece, foi um sacrifício, foi, um corpo necessitado da nicotina, vício de quase meio século, mas o pai disse para os filhos, para os parentes, para os amigos, prometo, o médico mandou, não mandou, pois vou deixar — e deixou.

Estamos quase em fins de maio de 1927. A família em Magé. Sada, curiosa, não se cansa, quer se informar de tudo sobre o Líbano. Agora quer é saber como Yussef conheceu Tamina, qual a família dela, tem vaga idéia, quer se certificar. O pai brinca, a responsável, em parte, és tu. E ela: como?

Em *Minha vida*, o pai conta o diálogo que tivera com a irmã, quando Sada lhe faz a pergunta direta:

— De quem é filha a tua mulher?
— Então não sabes quem é ela e filha de quem? Mas se tu és a causa da minha felicidade. Tu foste quem interveio para que eu tivesse essa companheira fiel, essa jóia preciosa, esposa perfeita.
— Mas meu irmão, eu te deixei uma criança, ainda. Como posso ser a causadora da tua felicidade?
— Ouve, então! Lembras-te do teu companheiro de viagem, quando vieste para cá, o tempo que perderam em Marselha por haverem sido enganados por um dos outros companheiros?
— Sim, claro.
— Pois minha esposa é exatamente a filha do teu companheiro.

༺༻

Esgotadas as novidades, dias depois examinam as perspectivas, avaliam o que lhes sobrou, Tamina pensa em se desfazer de uma das jóias, herança da família, Yussef pede que espere, agüentariam com o que restou depois da complicada viagem; Sada e o marido se prontificam em ajudá-los, as acomodações na casa não são as ideais mas permitem que se alojem até que se aclare a situação. Pai e mãe ajudam nas tarefas diárias, ele quer logo aprender português para sair, ela se desdobra na cozinha, na arrumação e limpeza da casa, no cuidado dos filhos e dos sobrinhos, o pai teima, que lhe dêem logo lições de português, quer dominar coisas básicas, a fim de que ele e Hanna comecem a mascatear. O aprendizado é rápido, tumultuado. Pai e mãe têm facilidade em aprender, mais ele, com noções do francês, menos ela, embora algum conhecimento do inglês e russo.

Além disso, em muitas ocasiões, quando há necessidade mais premente, são os gestos, a universal linguagem das mãos, dos dedos, da expressão fisionômica, de sinais cabalísticos, de toques nos braços, nos ombros, de anotações em pedaços de papel, de movimentos ao exibirem um tecido, preço ao lado facilita os contatos. Louvam a qualidade do produto apertando e largando para mostrar que não amarrota, puxam fio que custa a se romper, insistem no breço barrata, que nas primeiras tentativas é bar...rra...ta, depois barrata, mais adiante barata, até alcançar o barato, o mim jura bra freguês mim non ganha vintém, breça mas barratinha non existe, compra vai, ajuda patrício, num arrepende. Aceitavam não apenas dinheiro como outros produtos em troca, gêneros alimentícios, aves, frutas, verduras, que pegariam na volta.

Filhos pedem: fala da primeira investida, pai.

O pai atende, não se faz de rogado, embora já tenha, vezes sem conta, falado da primeira, da segunda, da terceira, de tantas outras.

A primeira investida foi para Petrópolis, perto, acompanhado de um parente, que dominava os segredos da profissão, e não só dominava, gostava de mascatear, de conhecer novas gentes e novas regiões, sabia a melhor maneira de chegar-se às pessoas, bater nas casas, ser recebido, logo pedia uma caninha, um café.

Explicou como o pai deveria agir. Cada país de origem pedia um modo, bom perguntar logo a nacionalidade, indagar dos primeiros tempos deles ou dos antepassados, dos problemas de adaptação; ensinava, nunca dê o preço certo da mercadoria, para realizar a venda precisa pôr um preço sempre mais alto, depois ir cedendo, pechinchar se chama, faz parte de um jogo milenar, que a maioria dos levantinos domina bem, afinal descendem dos fenícios, exímios negociadores, que no longínquo passado percorriam os sete mares.

Mais do que negociar, sentir nessa primeira investida o meio ambiente, os costumes, as tradições arraigadas, ver de que jeito agia o parente. Depois o pai, sempre curioso, pediu, vamos conhecer um pouco da cidade? Foram. Percorreram Petrópolis, pai queria se informar, conhecer a terra onde o imperador morara, foram ao Museu Imperial, olhar os objetos expostos, que guardavam parte da história do país.

Da segunda vez ficaram pelas imediações de Magé, subiram até Teresópolis, antes mantiveram contato com uma população pobre, ao contrário da de Petrópolis (e mesmo Teresópolis), onde existia um poder aquisitivo maior, onde novos-ricos do Rio compravam terrenos ou casas para fins de semana. O parente ficava à distância, o pai se aventurava; qualquer dificuldade maior o parente aparecia para ajudá-lo, explicar. Primeira lição: era mais fácil negociar com os pobres.

Não demora muito, talvez três meses, e o pai já consegue se comunicar o suficiente para arriscar sortidas sozinho, ou em companhia de Hanna, o cunhado. Além do aprendizado com parentes, Yussef saía pelas ruas de Magé conversando com quem encontrasse, anotando expressões, tentando adivinhar palavras que desconhecia e que lhe seriam úteis, repetindo-as até lhes reconhecer o sentido, gravar o significado. Ficava folheando o *Jornal do Brasil*, chegando ao reconhecimento de palavras pelas ilustrações, via um cavalo, procurava acertar qual das palavras era cavalo; a mãe acompanhava-o, deixava o pai irritado e intrigado pela maior facilidade que tinha em reconhecer logo a palavra certa. Apelavam para que os patrícios os ajudassem, só que a maioria era de analfabetos, nem árabe sabiam, analfabetos em dois idiomas, sobrava então Sada, a irmã. Os demais se aproveitavam do pai e da mãe na leitura de cartas que chegavam do Líbano, para respondê-las.

Quase sempre em dupla, Yussef e Hanna se aventuram até Nova Friburgo, com seu ar germânico, chegam a Macaé, à região dos campos, às plantações balouçando ao vento, o verde do canavial batido pela aragem lhes lembrando o mar calmo ou encapelado, onde tinham passado dias e dias (semanas, meses, nem lembravam — ou nem queriam lembrar — mais).

O tempo se distende, lembranças vão e vêm, um fio se rompe, outro se ata, se bifurca, flutua, nostálgico o pai limpa os olhos, não quer revelar as fundas emoções que o dominam, pára. Recomeça. Não parecia haver lógica ou coerência no que lhes chegava — apenas uma coerência e uma lógica interior, profunda e verdadeira, por vezes mesmo em passagens surreais, fantasiosas ou fantásticas.

O pai está em Nova Friburgo mais uma vez, agora sozinho, acaba de negociar com uma alemã, vendera-lhe roupas, tecidos, ela pouco sabia do português, ele menos ainda, encerrada a venda o alemão apareceu, comunicava-se melhor, levou-o até os fundos do terreno, boa parte plantado, ao fundo árvores intocadas, mataria, falou da chegada ao Brasil, dos problemas de adaptação, com esforço o pai apreendeu que o homem era ligado à faina agrícola, preocupara-se em buscar terras férteis para o plantio, tivera sorte, não podia se queixar, eis os campos lavrados, daí em diante o pai perdeu parte das explicações, até que o alemão apontou para um galho, onde um macaco pulava de um lado para o outro, careteava, bicho manso, da casa, acostumado a ver gente, o alemão colheu umas bananas verdoengas de um cacho ali perto, o macaco veio pegá-las mas não se deixou apanhar, ágil saltou para outro galho mais alto, com as bananas nas mãos, descascou-as, começou a comê-las, jogou as cascas em cima dos dois homens, que riram ameaçando-o.

Chamado por alguém, desviado de seu rumo, o pai interrompe seu relato, que é retomado noite (ou noites) depois. Só que (parece) não está em Nova Friburgo, encontra-se em área não identificada da Baixada Fluminense, esqueceu o lugar exato, é noite, o cansaço domina-o, de novo veio só, Hanna quis se aventurar também só, é um cansaço estranho de todo ele, físico e mental, há dias mascateia sem qualquer resultado, quase nada vendeu, a mochila pesa mais do que deveria, um peso que lhe curva a espinha, dor no ombro, dor no pé que não cicatriza, dor que lhe turva os sentidos, vontade de largar tudo, sentar-se à beira da rua, tudo esquecer.

Adiante vê uma luz. Caminha até ela. Bate na porta, passos se aproximam, passos fortes cadenciados, a pergunta, quem é, o pai necessita se comunicar, palavras lhe fogem, bolo na garganta, esqueceu o pouco que sabe do idioma, insiste na batida, a porta se abre, o vulto se delineia, tem uma espingarda na mão, aponta-a, o pai vê o rosto forte, bigodão, agressivo, sulcos no rosto de quem trabalha a terra, olhos inquisidores, arma engatilhada para se prevenir, sotaque que indica não ser natural da terra, brasileiro por certo não, o pai está ao mesmo tempo temeroso e tentando adivinhar, árabe claro que não, talvez espanhol, quem sabe português, os dois se olham, se avaliam, o velho intui tudo, num átimo baixa a arma e convida, entre, o pai entra sem titubeio, a voz lhe volta, quer se explicar, nem há necessidade, ao fundo da peça uma lamparina a óleo bruxoleia.

Acaba pernoitando ali, deixam para o dia seguinte o exame do que está na mochila e a possibilidade de comerciar, agora o que o pai quer é descanso, dormir em um canto qualquer. Esqueceu até a fome, mas o velho ainda não jantou, chama a mulher, que põe mais um prato na mesa, convida, insiste, tem que nos acompanhar, não demora estão abancados, só aí percebe a fome que tinha, a comida é pão feito em casa, é feijão, é arroz, é carne assada, tudo acompanhado de água e da inseparável cachaça. O cansaço devia, em parte, ser devido à fome, o pai mastiga com voracidade, o velho pergunta que tal, também não pára, é garfada atrás de garfada, é caninha para acompanhar a bóia.

O pai acabou de comer, mas não de ser servido; fez um gesto com a mão, chega, então se lembra de perguntar, munto bom comida, carne munto gosto, por *Allah*, que é o carne, o velho ri quieto, olha para a mulher, que não pronunciara uma palavra o tempo todo. Terminada a refeição, o homem apanha a lamparina, leva o pai até os fundos da casa, mostra o couro, o pai não acredita no que vê, é uma alucinação, só pode ser, pede-lhe que aproxime a lamparina, é, sim, não há duvida, tem uma ânsia incontrolável de vômito, logo um jorro incontido e tudo volta, curva-se para não lambuzar a roupa, procura não atingir o velho, que pasmo não consegue compreender o que está acontecendo.

O pai faz uma pausa, encara os ouvintes, sorri, muda de assunto, até que alguém mais curioso, que ainda não conhecia a história, pergunta, por que o vômito, qual a razão do vexame, se ele havia gostado tanto da comida. E o pai, depois de mais silêncio, à espera de que a pergunta seja repetida, num suspense que prenuncia Hitchcock, responde, é que eu via ali, diante de mim, o macaco de Nova Friburgo, me olhando, careteando; eu nunca havia comido nem sabia que se podia comer carne de macaco.

14

Assuntar

Não, não estava dando certo. Apesar dos esforços que faziam, com os parentes ajudando-os, orientando-o nas sortidas para a mascateagem, o resultado era quase nulo. Iam além: indicavam produtos que tinham melhor aceitação, quais regiões com possibilidade de razoáveis negócios, e os possíveis compradores. Havia imigrantes, por ali, de variadas nacionalidades, cada qual com seu jeito peculiar, sua psicologia, sua maneira de reagir, precisavam saber chegar-se até eles, o alemão mais direto, o italiano mais maneiroso, português e espanhol parecidos, judeus e árabes não dispensavam desconto. Por vezes pai e tio ainda saíam juntos; em outras, cada qual para seu lado, marcavam encontro em ponto preestabelecido, ali avaliavam o que haviam conseguido vender, talvez um pudesse passar para o outro o que ainda estava intacto nessa mochila e quase esgotado na outra.

No início até a comunicação era difícil, utilizavam-se de sinais e gestos, eram recebidos com desconfiança, mais um turco e suas bugigangas; pouco depois já começavam a dominar a arte do bom comércio, o regateio com um sorriso, quase todos queriam desconto, logo souberam o que era e o que significava aquele muito caro seu turco ladrão, ao que retrucavam, engolindo parte da ofensa, turco non, mim árabe de Líbano, carro non, munto do barrato freguês, mim jurrar bra Deus, tecido de bom, vê, begar, non encolhe, boder lavar, num mancha, durra bra burro.

Ao retornar prestavam conta aos patrícios, devolviam o que não tinham conseguido vender, sabiam o que levar na próxima investida, muitas vezes encomendas: me traga um par de sapatos número 41; eu quero um corte de tecido estampado pra vestido, coisa boa e barata; será que me consegue uns talheres e um facão?

Nunca era substancial o que arrecadavam, mas a receita permitia que tivessem algum lucro, gasto mínimo, dava até para irem guardando uns trocados. Sonhar com o futuro armazém, a futura loja. Ainda assim o pai sentia-se desconfortável, abominava mascatear, e o tio Hanna queixava-se, não era para aquilo que viera, não cansava de falar nas saudades da *maksuna*, embora verdade, não saberia dizer para o quê viera, reclamava para a irmã, Tamina, vocês deviam ter-me deixado, eu depois iria ao encontro de vocês nos Estados Unidos, ou ficaria mesmo em Amiun, de todos era o que mais se queixava, ou o que mais se manifestava, a mãe dizia, agora não adianta, estamos aqui e pronto, quem sabe mais adiante retomaremos o projeto, necessitamos é decidir, impossível continuar por tempo indeterminado na dependência dos parentes, não que estes se queixassem.

O pai chegava estafado, infeliz, nem tanto pelas longas caminhadas, pelos imprevistos, pelas dificuldades em se fazer entendido, era mais um esgotamento de todo o seu ser, diante da luta infrutífera.

Até que numa noite, depois de revirar insone na cama, o pai diz, mulher, Tamina, me lembrei, tenho parentes na tal de Santa Catarina, primos, os Salum, os Amim, te recordas, quem sabe vou até lá, muito longe não deve ser, e num humor negro raro nele, depois do que andamos e enfrentamos nada pode ser longe, vou assuntar, quem sabe o destino quer que a gente continue, quem sabe! Não obteve resposta.

No outro dia perguntou para a irmã, Sada, tens idéia de onde fica a tal de terra Santa Catarina? Ter ela tinha, sabia até o nome da capital, Florianópolis, chamou outros parentes, que pouco acrescentaram, confirmando que ficava ao sul, já perto da Argentina. E Yussef para a mulher, Tamina, vê só, cada vez caminhamos mais em direção ao meu sogro, teu pai, quem sabe...

A idéia não mais o abandonou. Afinal decidiram. O pai iria mesmo assuntar. Escreveria aos parentes, se bem que nem endereço tinha. Imaginou a cidade, aquela Florianópolis não devia ser muito grande, talvez do tamanho de Amiun, ou Magé, pouco mais, pouco menos, onde todos se conheciam, tinham a obrigação de se conhecer. Não custava arriscar. O pior que lhes podia acontecer era a carta nunca chegar ao destinatário — ou não obterem resposta.

Chegou. Teve. Sim-sim, que o primo viesse, seria uma alegria e uma satisfação recebê-lo, ter notícias dos parentes e da terrinha. Procurariam ajudá-lo, Santa Catarina, um estado promissor, com boas possibilidades para quem quisesse trabalhar, aberto aos imigrantes, grande maioria de alemães, também muitos italianos, alguns árabes e gregos. Podia ficar na casa de um deles, examinar Florianópolis e municípios vizinhos, estudariam a mudança, uma atividade à qual se adaptasse, o comum era, no início, mascatear, depois o comércio. E onde não era?

15

Equívoco

Depois de prolongadas discussões, de conversas, de consultas, de concordância da mãe, de discordância da irmã, de dúvidas do tio, o pai se decide pela viagem. Apela para o parente que tão bem os recebera no Rio. Quer que lhe compre uma passagem. Destino: Florianópolis.

Ei-los no cais da Praça Mauá. 1927 chega ao fim. O pai se despede. Explicara o que pretende. Embarca. O naviozinho começa a se afastar do porto. O pai segue com olhar curioso o recorte da praia, a baía da Guanabara que vai se distanciando, o navio no rumo sul. Circula no tombadilho, recosta-se à amurada, relembra outras partidas e chegadas, troca breves palavras com viajantes, já consegue se comunicar com certa facilidade, num português canhestro, no som gutural característico dos árabes, por vezes ainda sente dificuldade em completar uma frase, palavras lhe faltam, traduz para português o pensamento em árabe, completa o que quer dizer com gestos, sinais. Também já consegue ler, embora perca parte do que lê.

A primeira parada é em Santos, São Paulo, porto maior do que o Rio, navios enormes atracados, carregando ou descarregando mercadorias. Alguém lhe explica, maior estado do país em população, em força política, em riqueza, reduto de imigrantes italianos na maioria, mas também de outras nacionalidades, inclusive árabes, de forte comércio. A demora não é muita, passageiros sobem e descem. Sempre costeando, prosseguem, o tempo ajuda. A parada seguinte é em Paranaguá, no Paraná. E logo um marinheiro, que já andara por outras partes do mundo, que lhe dissera conhecer Trípoli, informa, estamos nos aproximando de São Francisco, terra catarinense, depois Itajaí, a seguir Florianópolis.

Florianópolis. Parentes aguardam-no. Durante os primeiros dias o mesmo desfile dos patrícios, as mesmas perguntas, todos vinham vê-lo, convidavam-no, nos visite, preparam uns quibes, uma esfiha, *malfufe* com folha de repolho. Logo no segundo dia levam o pai para admirar a nova maravilha, que a todos empolgava, a ponte havia pouco inaugurada, gigante de ferro e aço com mais de 800 metros, obra mais do que necessária, acabara com a tortura que era demandar a Ilha de Santa Catarina, onde se encontra a capital, Florianópolis, ou sair para o continente, a travessia na dependência dos humores do tempo. O governador que tivera a audácia de autorizar a construção morrera antes de ver a ponte construída. Daí, como homenagem, o nome, ponte Hercílio Luz.

O pai quer é informações sobre o estado, as possibilidades, o que um homem como ele, de nenhuma qualificação específica, mas com variadas habilidades, poderia fazer. Não, retruca, nenhuma vocação para o comércio, menos ainda para o mascatear. Parentes riem, brincam, não vêem outra saída. Pelo menos no início. Depois, quem sabe. Todos ali (a colônia é pequena, se compõe de meia dúzia de famílias) começaram mascateando, trabalham no comércio. Não têm do que se queixar. Alguns já donos de bens, de boas casas, como aquela que o hospeda, mandam dinheiro para os filhos que estudam no Rio, Curitiba, Porto Alegre. Nenhum pensa em retornar ao Líbano. Sim, sentem saudades. Mas ir, só a passeio.

Percorrem o pequeno núcleo central da cidade, sentam-se sob a figueira da Praça 15 de Novembro, o pai admira-se vendo os bondes puxados a burro, carros de cavalo para passeio. Vão até o Miramar, ao Mercado Público ver as baleeiras atopetadas de peixe fresco, que antes de meio-dia, não tendo sido vendido, é distribuído entre pobres e menos pobres, ou então inutilizado. Gêneros alimentícios continuam chegando nas baleeiras, apesar das carroças e caminhões que atravessam a ponte.

O primo onde pára convida-o: vamos a Biguaçu? E explica: meu irmão Abraão mora lá. Foram. Visitou mais duas ou três famílias de libaneses, trabalhando no comércio. São outros primos, outros patrícios. Jamais poderia imaginar o que o futuro lhe reservava ao percorrer a única rua, ao olhar as poucas casas, ao deter-se no riozinho que cortava a cidade, ao contemplar a pracinha, a igreja, o casarão assobradado, ao descansar na casa do primo Abraão.

Não, não tinha como decidir. Num dia pensava, melhor mesmo retornar ao Rio de Janeiro, insistir na vida de mascate, depois abrir uma vendola, um bricabraque com um pouco de tudo, perto da irmã, em Magé ou arredores; no outro dia, reconsiderava, e se eu mandasse chamar a família, quem sabe, consultava os parentes, ouvia a opinião dos patrícios, também dispostos a ajudá-lo, chame, não se arrependerá, querem que o pai fique, te muda pra cá, Yussef, há muito o que fazer, podes contar com o nosso apoio nos primeiros tempos, até que te firmes; e, por falar nisso, podiam contar com ele, podiam, necessitam mandar notícias para os parentes, eram quase todos analfabetos, sabe ler e escrever com fluência esse Yussef, que cabeça, onde se viu, nem bem chegou e já lê e escreve também em português.

Outra vez o imprevisto, que parece dominar a trajetória da família. Por mais que se esforce, pai não consegue esclarecer o mal-entendido, o equívoco, as razões da confusão, de que maneira foi interpretado o telegrama, o *bargiia* que passou para a mulher em Magé, bem verdade que em português, o pai ditou o que queria transmitir, mas tudo deve ter saído truncado, seria de propósito ou incompetência, nunca conseguirá tirar a limpo. O certo é que, enquanto o pai pensa em retornar ao Rio, a família desembarca em Florianópolis.

Um imprevisto impedira a viagem para os Estados Unidos, agora outro, o tal telegrama mal interpretado, inexplicável equívoco, fazia com que acabassem em Santa Catarina. *Maktub*! Estava escrito.

16

Gringo

Primeiro núcleo de colonização alemã em Santa Catarina, tentativa frustrada de implantação de uma colônia germânica no estado (o que só viria a se concretizar anos depois no Vale do Itajaí, com o dr. Hermann Blumenau), em São Pedro de Alcântara remanesciam imigrantes buscando sobreviver do tamanho da terra, da criação de gado leiteiro, de aves. Raros contatos tinham com São José, sede do município; menos ainda Florianópolis, a capital. A ida à sede ou à capital era uma aventura, viagem adrede preparada, motivo de discussões, avaliações, para serem resolvidos problemas, negócios há muito pendentes. Levavam pedidos de parentes e amigos, depois dizendo lá não volto tão cedo, da outra vez tu vais em meu lugar.

Pois foi em São Pedro de Alcântara, quando a cidadezinha ia para cem anos, que a família Miguel acabou por se estabelecer. O fato permanece controverso. Logo ali? Por mais que os pais quisessem explicar, por mais que os filhos pesquisassem, não conseguiam uma razão lógica que os satisfizesse. Quais os motivos da escolha; de que maneira Yussef tomara conhecimento da localidade escondida, perdida num desvão; será porque ali não havia outra loja de nenhum patrício; e as que existiam, de alemães, não eram satisfatórias; houve alguma indicação, orientação? Talvez.

Em sua autobiografia, o pai registra, de maneira sucinta:

> Minha casa ficava perto da igreja local, que estava em construção. Dos habitantes da cidade, se não todos, pelo menos 90% eram de origem alemã. Poucos deles falavam o português. Era um povo devoto, sincero, cheio de fé e de uma obediência cega ao dirigente religioso.

Yussef começara mascateando. Passava por Santo Amaro da Imperatriz, Bom Retiro, subia mais, ia até São Joaquim, Lages, descia, atravessava São Pedro de Alcântara, tudo tão tranqüilo, povo laborioso, dali a São José, a Palhoça, antes de retornar a Florianópolis. Processo o mesmo: mercadorias tomadas de parentes e de patrícios, a prestação de contas tempos depois, devolvido o que não tivera condições de negociar, trazendo encomendas, pedidos que variavam, era como se continuasse a mascateagem pelo estado do Rio de Janeiro, a mesma técnica, a mesma fórmula, mostrava, dizia o breço barata, discutiam o preço, pediam, seu Zé, na próxima viagem me traga um corte de tecido, coisa bonita, tenho um casamento, não demora não, mais outro, preciso de umas ferramentas, enxada, foice, martelo, mais outro, tem como conseguir açúcar branco, sal, querosene? Este último item não havia como, impossível dar jeito, um risco. Mas seu Zé, ou o Turco, prometia resolver, com alguém que viesse por aquelas bandas de caminhão ou com uma boa carroça. Se a vocação para tal tipo de trabalho não existia, a necessidade fazia com que se adaptasse.

Começou a maturar a idéia de se fixarem. Por que não em São Pedro de Alcântara? Existiam lá comerciantes, mas os pedidos ao pai, da própria comunidade, até de donos de venda, eram tantos, e tão freqüentes que, depois de uma consulta aos seus, acabou decidindo; animavam-no, vai, vamos, tem tudo para dar certo.

Alugar casa se mostrou fácil. Logo a família se instalou, nos fundos a residência, na parte da frente, antiga praxe, meio adaptada, a venda, que tinha um pouco de tudo. E quando pediam o que faltava, o pai logo providenciava.

O início foi promissor. A mãe caçoava, Yussef, estás me saindo bom comerciante; o pai dizia rindo, a necessidade obriga. Até já se fazia entender, com dificuldade, certo, mas aquela mistura de alemão, árabe, português funcionava. Bem verdade que o árabe era minoritário, uma pitadinha. Crianças entravam dizendo *mutter* pedir, me dá um litro de *milch* e três *brot*; pouco depois, um adulto entrava brincando, adicionava à conversa um *kifak*, em vez de como vai.

Não demora a casa comercial do Yussef/Josef se torna conhecida, afreguesada; havia perspectiva de adaptação ao meio, alemães e descendentes vinham conversar com o pai, compravam coisas, trocavam outras, depois ficavam só papeando, curiosos queriam saber de que maneira do Líbano (e lá sabiam eles onde ficava o Líbano, menos ainda Amiun ou Kfarssouroun!) chegara ao Brasil, do Brasil à perdida São Pedro de Alcântara? O pai brincava, retrucando, da mesma forma que vocês vieram da Alemanha; e um, eu não, meu avô; e o pai, então teu avô, de onde mesmo, ah, Hamburgo, é o mesmo.

A igreja, sonho da comunidade, começara a erguer suas torres. O pai ajudava financeiramente; o tio trabalhava na construção. Sim, o pai e a mãe concluíam, a escolha fora acertada, melhor opção, naquele momento, impossível. Em meados de 1928 o futuro parecia se abrir para eles, se desenhava risonho — e lá um dia a mãe dá a notícia: está grávida. Para o início de 1929 a família será acrescida de mais uma boca, um árabe/brasileiro, melhor, um brasileiro/árabe estará berrando, era preciso mandar logo a notícia para os parentes no Líbano e nos Estados Unidos, escrever para Sada, em Magé, avisar em Florianópolis.

E de repente, sem qualquer explicação, sem lógica visível, sem nenhum fato aparente que justificasse ou provocasse, a reclamação dos demais comerciantes, solerte de início, escancarada a seguir, dois ou três ou quatro, nem meia dúzia eram, diziam, estamos sendo prejudicados, a queixa ao padre, esse estrangeiro, esse turco, chegou ontem e nos tomou a clientela, sem se lembrarem que também eles eram imigrantes, ou filhos ou netos de, passaram a chamar o pai de turco e gringo. Deslembravam-se de que eram chamados de galegos. O boicote começou. Maior a mágoa, acompanhada de decepção, quando ficou sabendo do sermão do padre nas missas dominicais, até nas novenas. Logo os fregueses sumiam intimidados, o padre recriminava-os, por que, em lugar de procurarem as casas de comércio dos conterrâneos, procuravam a do gringo? Pela primeira vez, sim, o pai tomava conhecimento desse termo, era assim tratado. Não "turco" — que já o deixava indignado, embora houvesse uma explicação. Não bastava o domínio turco que durante tanto tempo... tanto tempo... Aí o pai reconsiderava, raciocinava, virava-se para Tamina, para Hanna, havia sem dúvida uma certa lógica no "turco", a Turquia dominara seu país durante séculos. Agora, por que o *gringo*, para o qual não encontrava qualquer explicação?

De um dia para o outro, a casa de comércio do pai vazia, sumidos os amigos de papo. Os poucos que ainda se arriscavam a procurá-lo, quando um gênero faltava, não era encontrado em nenhuma outra casa e dele necessitavam com premência, faziam-no a medo, com receio de serem vistos, denunciados, recriminados. E se desculpavam com o pai, pediam segredo, sabe como é, seu Zé Gringo (por vezes ressurgia um seu Zé Turco), nada temos contra o senhor, seus preços são mais baratos, os produtos de boa qualidade, nos trata bem, quando não tem o que queremos logo o senhor providencia, ainda por cima nos dá prazo pra pagar e aceita permuta, espera a safra, mas o padre... titubeavam, paravam, gaguejavam, sem coragem de prosseguir.

A situação começa a se tornar insustentável. Dívidas se acumulam. Até do aluguel. Pai não vê solução. Pouco ou nada adiantaria procurar o padre em busca de explicações, mostrar que, ali, eram iguais, todos imigrantes; inútil o esforço do tio se esfalfando na construção da igreja, mourejando dia e noite, a mãe se dando mais com as mulheres, auxiliando no que podia. De um momento para o outro Hanna/João se tornou companhia indesejável; parceiros da mesma idade, que antes o procuravam para um passeio, um papo descontraído, um baile no clube paroquial, um aperitivo, uma pelada, agora evitavam-no; por último, embora a igreja continuasse necessitando de mão-de-obra, e aquela era de graça, ele foi dispensado. Chegou pela manhã e lhe disseram, não precisamos mais de seus préstimos.

O ano, 1928, chega ao fim. Também a gravidez da mãe. Também a urgência da mudança. Mas é preciso aguardar o parto. O primeiro brasileiro da família nasce em fevereiro de 1929.

O parto é normal. Um menino forte e sadio. O nome escolhido, Jorge, tradição nas famílias árabes.

Logo que a mãe se mostrou em condições de retomar as tarefas diárias, e pôde olhar pelo que restava da casa de comércio, atenta aos múltiplos afazeres, o pai saiu em busca de outra localidade onde se instalar. Enquanto isso, o tio, sem perspectivas, desgostoso, desiludido, pensa no que fazer, qual destino seguir. Quer mudança drástica. Para onde, não sabe.

Iam continuar ciganeando. Seria sina? Seria maldição?

17

Taira

Taira está inquieta. Tenta, procura, se esforça; não consegue entender o que acontece. Desde pequena com a família, dela fazendo parte, integrando-a, compreendendo-a, aprende até o linguajar arrevesado com que se comunicam. Sente-se perplexa. Atilada, esperta, se o pai diz *naiá*, já sabe que é carne crua; se em lugar disso dizia *nakhia*, era cozida. Fareja algo inusitado. Buscou a mãe. No lugar do costumeiro afago, um brusco sai pra lá. Foi até o filho mais velho, com quem sumia em passeios pelos arredores, iam até o campinho nos fundos, não longe da casa, subiam a elevação do terreno e desciam rolando na grama, tão gostoso, provoca-o, e não merece atenção. Inútil o esforço. Vai até as meninas. Parecem não enxergá-la. Apenas o neném, Sayde o nome, de meses, não se afasta quando dele se aproxima. Também pudera, o coitadinho nada entende, só quer comer, mexer os braços, choraminga feito bobo, ri, dorme.

Taira fica circulando pela casa, sai até a frente, se detém na estrada poeirenta, tudo tranqüilo, nenhum movimento nesta hora, volta, estranha mais, objetos são descidos dos lugares costumeiros, caixas abarrotadas, malas entupidas com roupas, o pai determinado, ordenando, vamos-vamos, não temos muito tempo, molengas, que demora, aqui não, ali, assim, a mãe reclamando, José, me deixa trabalhar em paz, pede que os filhos menores saiam para a rua, não atrapalhem se não podem ajudar, diz irritada, vão brincar vão, e o pai secundando-a corrobora, mulher, Tamina, vê se essas crianças tomam tenção, por *Allah*, aquele tem idade se não para ajudar pelo menos para tomar conta dos menores, e até a Taira, nela também tu dá um jeito logo.

Não, não é de hoje, Taira percebe, sente, procurando compreender, vai pra vários dias o movimento incomum, a desarrumação, a bagunça, o entra-e-sai, pessoas conhecidas vinham dar palpites, interferindo, seu Zé, ali fica melhor, não, ali não, dizia outro, me deixa dar uma mãozinha, que pena que se vão, são fases ruins na vida da gente, eu também tive, logo melhora, passa, paciência, até dona Joaninha se intromete, abana a cabeça, coça os cabelos brancos, repete, dona Tamina, a senhora precisa embrulhar bem os copos com jornal, forrar eles por dentro, colocar peças de roupa entre um copo e outro, senão chega tudo quebrado, lamentava que fossem embora, nem é pelo aluguel da casa, já tenho quem queira ela, mas pela companhia, vizinhos tão bons, prestativos, a gente logo se deu bem, fez amizade, como se velhos conhecidos, vou sentir falta, mudava de assunto, recebi carta do Regis, vem logo por aí com novidades, perguntou por vocês, mandou lembranças, de novo muda de assunto, tão pouco tempo faz que vieram para cá.

A tarde cai, o trabalho vai adiantado, um final de tarde igual aos outros, o crepúsculo incendiando o anoitecer, leve aragem, mas um fim de tarde incomum pela perspectiva de mudança, a derradeira dormida na casa, nessa casa, a ceia improvisada.

Taira pressente que as crianças também estão indóceis, tanto quanto ela, Fádua, a mais velha, pergunta para a mãe, é hoje que vamos embora, é, a resposta não vem, Hend, a outra menina, quer a boneca, não sabe dormir sem a boneca, será que foi encaixotada, o filho mais velho faz um tempão saiu com Jorge, primeiro brasileiro da família, agora voltam com rosto, roupas, mãos, tudo sujo de barro vermelho, chega ressabiado, sabe, pai e mãe vão reclamar, se ficassem só nisso, pode vir um tabefe, andou mexendo no barro, tentando criar bonecos, fantásticas figuras, animais imaginários, mitológicos, o pai se vira para a mãe, exclama, mulher, Tamina, por *Allah*, esse moleque não aprende, não tem jeito, já está com idade de ajudar, nem quero isso, fica é atrapalhando, e ainda leva o irmão, vai-vai, tira ele da minha frente, limpa ele antes que eu dê uma surra, se bem que merecia, não bastou o outro dia — e o filho teme, treme à lembrança, se recorda nitidamente, sim, eis a imagem que se delineia, foi por causa do remédio, mais de semana o febrão danado não o larga, dor no estômago, dor de cabeça, a recomendação do farmacêutico seu Taurino, a quem o pai fora procurar em Biguaçu, óleo de fígado de bacalhau nele, dois dias chega, tomou uma colherada, gosto terrível, cuspiu, vomitou, disse, mãe, piora em vez de melhorar, o pai rebate, não é veneno para curar tão rápido, nem veneno age assim, vem-vem cá, o filho não vinha, recuava, relutava, teimoso fugia, então vais ficar trancado no quarto até obedecer, um dia, dois, três, o quanto for necessário, amiguinhos vinham chamá-lo, inticar, riam, abanavam, sussurrando tanso, falavam das brincadeiras, das correrias pelo campinho, com as descidas e os tombos, das caminhadas pelo cerrado de árvores copadas, dos encontros com o indiozinho xucro, das corridas de cavalo, dos banhos de rio, a Taira acompanhando-os, agora ela arranhava a porta, os amiguinhos açulando-a insistiam, vem, vamos ver os homens jogando restos de comida no rio, os peixes vorazes, em seguida os homens atirando as bombas, e os peixes, de todas as colorações e tamanhos, surgindo à flor da água, sendo agarrados os que podiam ser agarrados, boa parte sumindo rio abaixo, encalhando nas margens, guris se apressando para pegá-los, Taira se atirava, nadando apressada para pegar o que podia, voltando vitoriosa e entregando os peixes para alguém da família. O rapaz agora enjaulado imagina tudo, até que o pai surge na porta, a mãe choraminga, acompanha-o, os demais filhos observando à distância, e o pai, ar de zanga, diz, vamos fazer um trato, tomas o remédio por dois dias, se não der certo páras, se prometes te solto, responde, o rapaz titubeia, pensa, reluta, e num repente, prometo, ao lado do pai a Taira, olhos súplices, como que saudosa acena, aceita, vai, uns olhos úmidos e doces provocando-o, parece dizer cadê nossas brincadeiras, todos expectantes aguardam, volta a abanar a cabeça e repete-responde aceito, reitera, prometo, mas só se me deixarem tomar o remédio sozinho, não quero ninguém perto olhando, a mãe abana a cabeça, cutuca o marido, o pai concorda, que sim, que sim, que a mãe viesse logo com a dose. Saíram todos, ele tentou, bem que se esforçou, tapou o nariz, impossível, era e não era o gosto, também o cheiro, também a consistência, também a cor, dava engulhos, ânsia de vômito, tontura, tortura, não viu outra saída, abriu a janela, jogou o remédio fora, julgando-se muito esperto. Desconfiado, o pai apareceu, disse, mostra a língua, abre a boca, vamos, aproximou o rosto do filho, olhou, cheirou, gritou para a mãe ao mesmo tempo que agarrava o filho pelos dois braços, Tamina, mulher, vem cá ligeiro, te apressa, vem, vê o que este moleque aprontou, o que fez, está querendo enganar a gente, pensa que somos palhaços, tolos, o que faço com ele, me diz, não tomou o remédio coisa nenhuma, espertinho, hein! O pai pensou um pouco, foi até a janela, abriu-a, gotas de remédio ainda escorriam pela parede, pingavam no chão, colérico explodiu, espera que te ensino, deu-lhe um pescoção, depois uns tabefes na bunda, saiu, deixou a mãe tomando conta, voltou com um revólver, com o vidro do remédio, com a colher, a mãe apavorada, nunca vira o marido assim, gaguejou, Yussef, e o Yussef-José ao filho, tu não quis beber por bem, mentiu, trapaceou, bancou o espertinho de merda, vais tomar por mal, de qualquer jeito, a mãe começa a chorar, a implorar, os filhos em volta apavorados, o pai inflexível, o rapaz não tem dúvidas, com um puxão arrancou-se das mãos da mãe, escapou do cerco do pai, saltou a janela, corrida desabalada para a mataria, Taira atrás na mesma corrida, como se estivesse brincando de esconde-esconde, o pai gritando pára, pára senão atiro.

Cedinho a mudança. Não adiantou os filhos pedirem, implorarem, a mãe apoiá-los. Taira ficou. Acompanhou-os um pedaço, foi mandada de volta, relutou, num torna-viagem triste, retomou caminho, outra vez enxotada, não queria obedecer, mas obedeceu, quase se arrastando, olhos suplicantes. Logo a estranha caravana se perde numa curva, a família de novo ciganeando, destino outro município, não-não, o mesmo, só que agora a sede, agora Biguaçu, onde tudo recomeçaria, sempre esperanças renovadas de melhores dias, vãs esperanças, sempre sonhos e sonhos se diluindo, embora dissessem para si mesmos e para os outros, desta vez vai dar certo, dar certo, certo.

Mal decorrera uma semana, talvez menos, quatro-cinco dias, ainda estavam na arrumação, quando Hend, a filha mais nova, brincando em frente à casa de Biguaçu, assuntando em busca de companhia, tentando relacionar-se, grita, Taira, Taira, repete mais alto, Taira. Ninguém presta atenção. Durante aqueles poucos dias, o pai fora cobrado, imploravam; mas ele, implacável, impedira a vinda, nem queria ouvir falar no assunto; inconformados, os filhos ficavam pensando na Taira, que bom se estivesse com a gente, nada custava tê-la trazido, fazia parte da família, fazia sim, desde bem pequenininha, logo se grudara a eles e eles a ela, tão carente, tão amorosa, de onde teria surgido, de repente na porta da casa de Alto Biguaçu, incorporada de imediato.

Agora foi preciso que a filha repetisse, retomasse o grito com mais força, corresse ao encontro da Taira, que a Taira aparecesse na porta, se atirasse ao encontro dos outros.

Sim, era a Taira, barrigona se arrastando no chão, ofegante, pouco demoraria a ter filhotes. Foi uma festa, a emoção, profunda, insondável, tomando conta da família, até do pai, que para não demonstrar sua alegria logo inventava um trabalho qualquer de última hora, tenho que ir consultar um parente, o Abrahão. E Taira pulava, lambia-os, rodeava-os, gania, voltava a pular quanto podia, rolava pelo chão.

Viajara dezenas de quilômetros, guiada pelo faro, por um sexto sentido, ao encontro dos seus. Não mais os abandonou, o pai o primeiro a relatar a façanha, fantasiando com seu poder de fabulação tirado da constante releitura das *Mil e uma noites*, que começara a contar desde cedo para os filhos, nos serões noturnos, e que a todos marcaria para sempre, passou a acrescentar novos ingredientes à aventura da Taira, tão pequena, tão preta, tão esperta, tão tantas coisas, com a mancha branca na testa, herança da estirpe, e que fizera jus ao nome árabe, Taira, a voadora, o pai repetindo nos serões da casa-de-residência-bodega-loja-venda-armazém-bar, para os familiares, para os patrícios, para os fregueses contumazes que vinham em busca de um gênero alimentício, de um corte de fazenda, de uma pinga, de um papo, de notícias do Brasil e do mundo captadas da Rádio Nacional do Rio de Janeiro através do rádio Phillips, mágica engenhoca havia pouco adquirida para espanto das gentes.

Por vezes a mãe intervinha, exagera esse meu marido, o pai pouco se importava, voando nas alturas da desenfreada imaginação, estava em plena elaboração mítica, era e não era a Taira real, eram e não eram fragmentos extraídos de leituras, de uma literatura oral vinda com ele do distante Líbano, virava-se para seu João Dedinho, delegado-alfaiate, gabava-se, nunca vi nada mais esperto que essa bichinha, para o preto velho Ti Adão, só vendo pra acreditar, quem diria, fingi que não queria trazer ela só pra mostrar o que é a amizade e querência, para o pescador Serapião e o filho abobalhado que qualquer dia vai descobrir o tesouro que flibusteiros enterraram entre São Miguel e Biguaçu; gozativo insinuava, leva a Taira, leva ela, resolve logo o problema; para o prefeito, seu Fedoca, descoberto o tesouro resolve-se também o problema de caixa da sua administração; para tantos outros, modificava hoje o que explanava ontem, realidade e fantasia se fundindo, formando um todo único e indissolúvel.

※※※

Anos depois (quantos: quinze, vinte, vinte e cinco?), já em Florianópolis, na casa própria da Avenida Rio Branco, o pai viúvo, filhos casados, morando com a filha mais velha e uma empregada, eis a Taira ressurreta.

Manhã? Tarde? Noite? Pouco importa fixar com precisão. Importa o fato. Melhor que seja à noitinha.

Taira chega. Maneira e tranqüila, como quem sabe o que busca, entra pelo portão apenas encostado, arranha a porta da casa, late de mansinho, quase um chamado, pai grita pela empregada, que não ouve ou se demora preparando a refeição na cozinha, amarrada ao rádio que lhe traz novo capítulo da novela, o pai ergue mais a voz, reclama, vem, vem logo ver o que é, a filha mais velha fora, em visita à outra irmã, a empregada corre, abre a porta, leva um susto — e como se tivesse saído para espairecer ou fazer suas necessidades, bem-educada que é, Taira, a voadora, entra, toda festeira, chega-se até onde o pai se encontra, no seu cantinho de sempre, perto da janela, bengala ao lado, radinho de pilha na mão.

É idêntica à outra. Baixa, preta, a mesma risca branca na testa, marca registrada, amorosa e exibida, apenas um tantinho mais nova, nela também se revelam misturas de raças, plebéia com *pedigree*. Esfrega-se no pai, encosta-se nele, lambe-lhe a mão, alça-se para olhá-lo de frente, faz festa. Atônito o pai não sabe como reagir, o que fazer, qual atitude tomar, esquecido chama a filha mais velha, Fádua, vem aqui, filha que ainda e sempre mora/morará com ele, olha quem chegou, diz para a empregada, estás vendo, é ela, o pai parece sem nenhuma surpresa, com se estivesse esperando a volta.

Passa-se algum tempo. Fádua chega, admira-se, não quer crer, abaixa-se, faz uma carícia, que logo é retribuída, sem demora se convence, exclama, mas pai, é a Taira, e o pai, claro que é, e a filha, de onde terá surgido, e o pai, do passado que ressurge, sei lá, e a filha, é ela sim, e o pai, que dúvida, e a filha, e agora pai, e o pai, veio em busca da gente, por *Allah*, e a filha, que vamos fazer, e o pai, *maktub*, está escrito, não tem "agora" nenhum, não tem "fazer" nenhum, espero que fique com a gente de novo. Nenhum dos dois diz mais nada, mas ambos pensam, sim, é o passado que retorna, que ressurge, que nos invade, bom se a mãe, a mulher, Tamina, estivesse aqui, também retornasse, como iria ficar contente, é preciso avisar os outros filhos, logo, o pai pega o telefone, a mão lhe treme, emoção ou alucinação, disca um número, e os outros, vai repetindo a mesma frase, vocês precisam passar logo aqui, tenho uma surpresa, um milagre, não vão acreditar no que aconteceu, quem voltou, e os filhos ficam em dúvida, o que terá acontecido, que tipo de doença, o pai raramente fala com tamanho entusiasmo, mais alarmados quando explica sem explicar bem o que é, será alucinação, será arteriosclerose, mas não faz muito o pai passou por um *check-up*, tudo bem, se telefonam, se inquietam, repetem, os últimos exames do pai não revelaram nada anormal, temos que ir ver.

Logo que podem, lá estão — e para eles também não resta dúvida, um alívio perceber que o pai continua bem, é mesmo a Taira, e a Taira aceita ser a Taira, atende pelo nome, melhor, deixemos de besteira, é a Taira, mistérios da natureza, basta chamá-la e imediatamente atende, já tomou posse da casa, percorreu-a toda, descobriu o seu cantinho preferido, na sala, no jardim, no quintal aos fundos.

Passa, de novo, a fazer parte da família; como da outra vez em Biguaçu é festejada, é apresentada aos parentes, aos patrícios, aos amigos.

Até que um dia, ano ou anos passados, some da mesma maneira inesperada como surgira. Ninguém se conforma. O pânico toma conta de todos: impossível, Taira nunca ia longe, vizinhos e amigos são acionados, a criançada sai em busca, colocam-se anúncios nos jornais. Tudo inútil.

Algum tempo depois (e o tempo só é contado, só existe em termos da aparição e do sumiço da Taira), a segunda filha, Hend, está passando em uma rua do centro, perto da Praça 15, quando ouve latidos que parece identificar — e de repente é atropelada, lambida, arranhada, rodeada. Um escândalo.

Nunca se ficou sabendo ao certo se Taira havia escapado para um dos giros pelas imediações da casa, em busca de namoro, namoradeira incansável, ou se alguém a roubara. O certo é que, de novo, ei-la, ali estava, como a primitiva que, prenha, fizera questão de percorrer longo trajeto em busca de sua família. E igual à primitiva, ei-la prenha. Mal saindo de uma gravidez entrava em outra.

Taira teve várias ninhadas de variados pais, nobres ou plebeus, que perpetuaram a linhagem.

18

Biguaçu

1932/1943: em Biguaçu. A família aumenta. Os filhos crescem. Tempo de definição de vida. Período conturbado. No estado. No país. No mundo.

Biguaçu: uma rua principal — e única — corta a cidade em duas partes distintas, de um extremo ao outro. Ruelas de ambos os lados. Na periferia, pouco distante do centro, arruados, alguns bairros. O grupo escolar Professor José Brasilício de Souza, à beira da rua principal, para quem vai em direção a Florianópolis. A farmácia de seu Taurino e da dona Francesca, perto da pracinha central. A livraria do poeta cego João Mendes (Biguaçu, o teu céu tem mais bonança! Igual a ti, nenhum, oh!, meu torrão), bem próxima da alfaiataria do seu João Dedinho, também delegado. E a barbearia do Lauro, ponto de encontro preferido da rapaziada. A padaria do prefeito seu Fedoca (Alfredo Silva), pra perto da ponte, no rumo de São Miguel. A ferraria e pensão do seu Frederico Bunn, quase em frente à casa do pai, alugada de um parente. A fabriqueta de bebidas Marte, refrigerantes em especial, dos Mendes. A casa de dois andares (assobradado luxuoso para os padrões da terra) dos Reitz. Nela, em 1936, se hospedou o líder integralista Plínio Salgado, recebido com foguetes e fanfarras. As casas dos patrícios Abrão, Abrahão, Abrahãozinho, Joãozinho (este casado com a professora dona Mariazinha). Perto uns dos outros. Formavam a colônia. Um pouco mais distante, seu Salim. Ao contrário dos outros, envolvidos no comércio de tecidos e gêneros alimentícios, era dono de bar-restaurante. Dos bebericos. Das noitadas. Todos patrícios. Ou parentes. Ou parentes de parentes. A casa do correio. Em frente à do pai. Morariam ali seu Joãozinho e dona Mariazinha? A casa da telefônica. Dos Martinellis? Na pracinha. O casarão do clube social da cidade. Na pracinha. A igreja e seu contestado pastor de almas. Na pracinha. A prefeitura. Na pracinha. A delegacia-cadeia. Na pracinha. O bar-bilhar no tradicional casarão dos Born (dois andares, bailes na parte de cima). Na pracinha. A vendola do também poeta, lírico-humorístico, Geraldino Azevedo ("Não é esta a Biguaçu de outrora/ Pois esta outra então me parecia/ Ter mais sorrisos ao dealbar da aurora/ E mais encantos ao findar do dia"). Na pracinha. O campinho de futebol (Ah, as peladas de antanho! Ah, o chute mortal no último instante da partida! Ah, a gloríola de quinze minutos do primogênito do seu Zé Gringo!). Também no terreno dos Born. Caminho para Alto Biguaçu. A chácara do italiano seu Galliani. Perto da segunda casa do pai. O muro. Alto. A difícil escalada. As frutas roubadas. Tão mais saborosas. Gostinho especial. A ira do homem ganancioso. Que preferia vê-las cair e apodrecer. Ou não? A primeira residência na chegada a Biguaçu. Alugada de seu Abrão. Ou seria seu Abrahãozinho? Ou seu Abrahão? Nunca seu Joãozinho. Nem seu Salim. A segunda. De quem mesmo? Mais para perto da ponte de ferro. Local de maravilhosos mergulhos. Ou perigosos. Depende da época. O rio Biguaçu. Insignificante. Merdinha. Calmo. Tranqüilo. Um fio de água. Os banhos de rio. A tranqüilidade rompida. As repentinas explosões de fúria. Enchentes. A qualquer chuvinha mais demorada. Lá nas cabeceiras. Tudo arrastando. Feroz/veloz. Daí os populares versinhos: "Choveu-choveu/ Biguaçu encheu." Atribuídos a quem? O mictório na pracinha. Perto do ridículo riacho que desembocava no ridículo rio. Ridículo ou ribombante. Os versos do poeta satirista Geraldino, adversário (e contraparente do prefeito Fedoca). Seriam dele ou de um anônimo? Como os anteriores. Estes sim — afirmava-se — dele. Sem dúvida. Do mictório. Não do prefeito — conforme a glosa dos muitos glosadores plantonistas. Versinhos repetidos até a exaustão: "Biguaçu é terra boa/ Terra de muita coisinha"... Provocado, o senhor prefeito, gago incurável (ou gago por conveniência, conforme alguns), deblaterava contra os maldizentes. Falava da importância da obra: di-di-gigam-didi-gaag-se-sem-não-er-era-ne-ce-s-ssssááá-ri-a. E de repente engrenava: digam na minha frente se são machos, têm coragem. Bufava. Suspirava. Ameaçava. Afirmava: sei quem foi. O poeta rebatia, tão *nesciassária* que o perfeito prefeito foi quem procedeu à inauguração da importante obra obrada com tanto sacrifício. Tendo o sublime sacrifício-privilégio de dar uma mijada-prima. Ao que um popular, por necessidade, ou de propósito, mera gozação que se amplia, reclamava: eu é quem deveria inaugurar o mijitório, tava tão precisado, emborquei nem sei quantas cervejas na festa, afinal tudo a leite de pato, a bexiga não agüentava mais. Ao lhe informarem que não era mijitório, mas mictório, dogmático rebatia, dedo em riste, não sei por que estas frescuras, me expliquem seus sabidões, já que são donos da verdade, sabidos arrotando sabença pela bunda, eu mijo, não mico. Passou a ser o Mico, seu Mico. O micador. Do outro lado da ponte: o Prado. Caminho de São Miguel. Que já fora sede do município. Daí a mágoa. O questionamento. Devia continuar aqui. Primeiro núcleo de colonização açoriana. Não se conformavam com a mudança. Um dia vamos recuperar o que é nosso de direito. A igreja de São Miguel. O casarão assobradado. Ou assombradado. Ou sombrio. Ou fantasmagórico. Lembrança dos bons tempos de glória. Diziam: cadê coisa parecida na atual sede? Na palavra *sede* uma ponta de escárnio. Apontavam para a praia. Ali pertinho. Para o mar. De águas quentes e tranqüilas. A pesca artesanal. As sortidas na noite escura. Ou enluarada. Boas também para namoro. Mais para o norte, o caminho para Ganchos. Os três Ganchos. Antes, na entrada de Tijuquinhas, o aqueduto, águas cristalinas varando pedras, subindo, despencando do outro lado, tentando mover (ou movendo, sabe-se lá!) a velha engenhoca. E numa elevação, na entrada de São Miguel, para quem vinha de Biguaçu, bem a cavaleiro, a casa do misterioso, intimidador, fascinante preto velho Ti Adão.

    Nesta Biguaçu, mítica e real, se fixou a família. Se firmou a família.

    Biguaçu passa a ser a terra dos Miguéis.

Mas a luta pela sobrevivência continuava. Na autobiografia, o pai anota:

> Aluguei, então, uma casa na cidade, rua principal, mudando meu comércio e minha família para lá. Os negócios estavam ruins e as despesas superavam os ganhos. Pensei em viajar e vender no interior, para ajudar. Arrumei minha mala, coloquei-a no dorso do cavalo e saí pelo vasto mundo de Deus, através do sertão. Saía na segunda-feira pela manhã e retornava no sábado à noite, vendendo o que me era possível. Passava o domingo em casa e me preparava a próxima viagem.

Não havia outra saída. De novo, o mascatear. Fosse em que parte do Brasil fosse.

19

Sina

Do Líbano para o Brasil: três filhos. De Magé/RJ para Florianópolis/SC: os mesmos. Ainda pequenos, somando, juntos, menos de oito anos. A permanência é curta. De Florianópolis para São Pedro de Alcântara: ali nasce o quarto filho, primeiro brasileiro da família. Mal teve tempo de nascer, já estão em Alto Biguaçu. Ou seria antes Rachadel — depois Alto Biguaçu? Pouco importa. Qual a razão da dúvida que permeia o pensamento? É um desses lapsos inexplicáveis. De qualquer maneira, em Alto Biguaçu, mais um. Temos cinco. Os dois últimos em Biguaçu, perfazendo um total de sete filhos. Formando uma quase perfeita escadinha. Que se distende entre o penúltimo e o último. Na mudança para Florianópolis, o caçula, temporão, está com três anos, e o mais velho com dezenove.

Sina da mãe: mudar sempre com filho pequeno. Batalhadora, animosa, decidida, Tamina não deixa de ter uma palavra de estímulo diante das dificuldades (se bem que, quando só, possa fraquejar). Animava-se ao contar histórias naquela sua maneira peculiar ou repeti-las. Como a da carta que lhe chega de uns contraparentes.

O carteiro bate à porta, um dos filhos atende, grita, é carta do Líbano, José não se encontra, certamente em uma de suas viagens pelo interior. Sôfrega, a mãe acorre. Abre-a. Começa a ler e a rir: ao terminá-la, ei-la gargalhando, um gargalhar que a remoça e lhe traz lágrimas. Os filhos rodeiam-na: quais os motivos, ao mesmo tempo, do gargalhar e das lágrimas.

Tamina não se cansará de repetir a história, ler a carta, ou resumi-la, por vezes adicionando ao conteúdo saborosos condimentos.

Era de uns parentes ou patrícios, podiam ser de Amiun, de Kfarssouroun, de Trípoli, de Beirute. Isso pouco importava. O que importava é que escreviam pedindo ajuda, com complicados circunlóquios antes de chegarem ao ponto central. Imploravam: quero saber se a prima Tamina (que *Allah* atenda a ela e a todos os seus) pode nos fazer um grande favor, tem como mandar notícias de uns primos (ou irmãos, tanto fazia) extraviados, moravam no Brasil, isto era certo, insistiam, temos certeza disso, e pras bandas de um tal de Mato Grosso. Perguntavam: mantém contatos com eles a prima, mantém, vocês costumam se encontrar, se vêem com freqüência, como os ingratos iam de vida, esperamos que bem, no que trabalhavam, e se o primo Yussef, sempre tão prestativo, não podia dar um pulinho de Biguaçu até o tal do Mato Grosso, reclamar em nome da família ansiosa, dar um bom puxão de orelha, onde já se viu aquele silêncio de meses, ou seria de anos, pedir por favor que mandassem ao menos notícias, não deixassem de escrever, nem que fosse um bilhetinho, juntassem uma foto, respondessem às cartas, aos rogos, estavam todos na terrinha preocupados, não pediam nada, não queriam mais nada, afinal, do Brasil, o que é que se dizia mesmo?, o que se sabia do Brasil é que era uma terra selvagem, de negros, de bugres, de índios antropófagos, de bichos perigosos, de cobras que comiam um homem inteirinho, de doenças mortais, o que podia ter acontecido com os nossos, melhor saber do que ficar na dúvida, *Allah Akbar* não permita uma desgraça, sim, Deus é o maior, vai protegê-los, mesmo que sejam uns irresponsáveis e uns ingratos, não davam notícias, nem mandavam um dinheirinho, mas isso era o de menos, não chamavam para o Brasil, conforme combinado, parentes à espera de viajar, sonhando com a viagem, ou então... e nesse "então" e nessas reticências estavam inscritos, por igual, a mágoa e o pavor, preferiam fixar-se no "ingratos" que pouco ligavam para o sofrimento da família, talvez já os tivessem esquecido, e voltavam a reiterar, por favor, prima Tamina, pelo que mais queres, por teus filhos e teu *habib* Yussef, quem sabe se tu, caso o Yussef não possa, por favor *habib* prima, dá uma chegadinha no tal do Mato Grosso e nos manda logo notícias, aqui vamos todos bem, rezamos sempre por ti, pelos teus, te mandamos lembranças, todos saudosos de vocês, que loucura deixar a terrinha, mas compreendemos, outro dia estive com teu irmão Tufik, está indo mais-ou-menos, não é doença não, mas desanimado, foi ele que nos deu o endereço de vocês, informou que vocês estão indo bem de saúde, ele só estranhou, todos estranhamos, tantas mudanças, parece que vocês foram mordidos pelo bicho do sangue fenício, não param, judeus errantes, o que será isto, quem pára não progride, e o Hanna que nem está mais com vocês, pra onde se foi, e por quê, reiteravam o "por favor", o "dá um pulinho" — e a mãe ria naquele riso largo e bom, olhos brilhantes marejados, não cansava de repetir a palavra "chegadinha", lembrando-se que também ela pensava no país como uma chegadinha de um lugar para o outro, mesmo agora não formara idéia precisa do tamanhão da terra.

1932: chegada a Biguaçu. A família se instala na casa de um patrício, a qual se encontrava para alugar. A casa: na frente a vendola, nos fundos a acomodação da família, ali pertinho o rio. Ao lado, o casarão dos Reitz, tendo atrás uma engenhoca de melaço, o cheiro atingindo-os dia e noite. Quase em frente, a ferraria e pensão do seu Frederico.

Em todas as mudanças, o mesmo: o pai abre a vendola de secos e molhados e mascateia: faz ambas as coisas ao mesmo tempo. A mãe cuida da casa, cuida dos filhos, cuida de ajudar o pai no miúdo comércio, cuida de animá-lo, se desdobra quando o pai, tendo comprado uma carrocinha e o cavalo Sultão, se demora mercadejando pelo interior do município.

Logo depois da chegada a Biguaçu, um ano se tanto, a mãe de novo grávida: pela primeira vez os filhos tomam clara consciência do fato.

Meados de 1933: eis Fauzi, o novo filho. Parto normal. Agora são seis, uma escadinha, quatro rapazes, duas meninas. Demoraria outros sete anos, até 1940, para que o caçula, Samir, a mãe já beirando os 40 anos, nascesse. Foi uma gestação difícil, parto demorado. Os demais filhos atentos ao rumor que vinha do quarto, ao entra-e-sai das comadres com bacias de água quente, com panos quentes, cochichando, o pai inquieto, sem saber de que maneira ajudar, como se fosse o primeiro filho, enxotava as crianças, vão-vão, não atrapalhem, já pra rua, brincar, deixem a mãe em paz. Os filhos ficavam sem apreender com precisão o que estava acontecendo, atentos aos gemidos, ao sussurrar, às mulheres atarantadas, àquela demora incompreensível até para o pai, ao temor de algo que não sabiam explicar, à expectativa que a todos angustiava.

Num dado momento, quanto tempo depois ninguém saberia dizer, horas, dias, ouvem um grito prolongado, seguido de choro. Logo uma das mulheres aparece, rosto suado, sorridente informa, é mais um menino, agora está tudo bem, vocês têm mais um irmãozinho, entre, seu Miguel, pode ver dona Tamina e o neném. Samir será o nome.

A lenta passagem dos anos. A rotina. O adaptar-se. A dúvida: o que é e o que não é rotina? O mundo em convulsão. O país em convulsão. Esperanças (e existiriam?) se esboroam. Tudo em vão. É um viver morno, sem perspectivas. Os sonhos de melhora com a vitória do Getúlio, sumidos. A inexorável seqüência de acontecimentos que vão marcando a nação: a revolta paulista de 1932; a chamada Intentona Comunista de 1935; a decretação do Estado Novo, em novembro de 1937; o *putsch* integralista em maio de 1938; a aproximação de Getúlio com a Alemanha, namoro que duraria anos. Enquanto o pai ia acompanhando os acontecimentos que ocorriam no país, discutindo-os com os freqüentadores da venda, atento à proximidade da guerra, Franco na Espanha o primeiro indício.

Será que reflexos de tudo isso se faziam sentir, de maneira clara, em Biguaçu? A vendola do pai, núcleo aglutinador, onde se vinha discutir os acontecimentos da terra, informar-se do que ocorria pelo país e pelo mundo. Tudo chegava, de forma intermitente, pelas ondas do Rádio Phillips, captando o noticiário de emissoras, em especial a Rádio Nacional, do Rio de Janeiro, ou nas páginas dos jornais *O Estado* e *A Gazeta*, de Florianópolis.

O pai vai, aos poucos, se tornando o centro daquele acanhado universo. As conversas se emendavam até tarde da noite;

queriam a opinião dele, pessoa tão sabida o seu Zé Gringo (ou Zé Turco, isto dito às escondidas), que além do complicado idioma escrito pelo avesso, da direita para a esquerda, logo dominara também o português, não só falava com certa fluência, como lia e escrevia. Também a dona Tamina, alguém lembrava, adicionando, também ela, que cabeça boa. Se não era de muita discussão, sabia tanto quanto o marido. Os filhos se envaideciam dos pais, colegas de escola comentando: ontem, lá em casa, meu primo, intrigado, dizia, como é que pode, seu Zé e dona Tamina já sabem ler tão bem e escrever em português, e a minha irmã, que nasceu aqui mesmo, é analfabeta, teve que sair da escola, não adiantava; outro retruca, vê só, temos tantos entre nós que nada sabem e vêm uns turcos pra nos dar lição. Vergonha!

Seria o suficiente, aquela sabença, para a vida prática? De que adiantava o apregoado conhecimento do português e do árabe, os rudimentos do inglês, do francês, até do russo, se no dia-a-dia tudo dava errado?

20

Avô

As crianças tinham inveja das outras, quando estas falavam dos avós carinhosos, dos brinquedos que ganhavam, das visitas que faziam.

Um dizia: fui na casa do meu avô, sublinhava o avô, fiquei lá dias, tão bom; outra: a avó me mandou presentão, dinheiro pra uma bicicleta, já comprei, precisam ver; um terceiro: pra mim foram brinquedos novinhos, doces. E os de vocês, por que nunca falam neles, onde moram, por que nunca vimos eles, nem foto pra mostrar têm, morreram é?

Pediam que a mãe explicasse, depois iam ao pai, necessitavam saber, qual a razão, hein, qual o motivo, hein, insatisfatórias as parcas explicações, todas as crianças têm que ter avós, não é? Algumas crianças da vizinhança às vezes empunhavam até quatro; e eles nem um único.

Pouco adiantava a mãe querer provar, vocês têm sim, só que estão longe, ou então dar exemplos: os primos dos primos do pai, aquele mesmo que alugou a casa pra gente, também os dele não têm avós perto, ou então que ela mal tivera pais, e perguntava, vocês podem se queixar, podem, não estamos aqui sempre juntos, não estamos? E dava exemplos, a mãe dela, morta cedo, e ela, com menos de 12 anos, passando a fazer o papel de mãe dos irmãos menores, o pai perdido no mundo, raras vezes dava notícias.

Se a mãe dava alguns esclarecimentos, o pai era ainda mais parcimonioso. Raro falava da família dele, por mais que os filhos insistissem; apenas contava da irmã de Magé, do irmão do norte nunca localizado, embora a busca prosseguisse.

Já adultos, ou quase, pouco adiantava puxar pela memória: os filhos não tinham qualquer lembrança de uma referência explícita (ou mesmo implícita) dos pais aos seus, que haviam ficado em Kfarssouroun. Era como se nunca tivessem existido. Há uma retificação: do pai do pai nenhum sinal visível, como se realmente jamais tivesse existido; da mãe do pai, sim, a avó materna uma figura distante, esmaecida, esfumada, mas quando os filhos insistiam, ou numa ocasião em que o pai estivesse mais nostálgico, ele murmurava, coitada, a avó de vocês era de parcas palavras, severa, braba, sofrida, mourejando que nem moura. Depois o pai faz uma pausa, puxa lá do longínquo ontem uma lembrança que logo se esgarça, não deseja se tornar nítida; sem muita convicção acrescenta: sabia, também, ser carinhosa, preocupada com os filhos. Baixinho diz: me lembro dela uma noite sentada à beira da cama, cantando em surdina para me adormecer, não, histórias quase não, só cantigas de ninar.

As crianças do seu Zé Turco, Zé Gringo, seu Zé, seu Miguel,

dona Tamina, sentiam-se diminuídas, desamparadas com a ausência de avós, inexplicável falta. Iam, aos poucos, inventando avós, dando-lhes personalidade, uma fisionomia própria, só que, por vezes, mutável, adaptada às circunstâncias, recriando-a à medida que cresciam. Por vezes se assemelhavam aos das outras crianças, por vezes lembravam seres míticos, resultantes de uma complexa alquimia extraída de conversas a que se adicionavam personagens de livros, da fantasia menor ou maior de cada qual. Diziam: logo eles vêm nos visitar e trarão ricos presentes, chegarão em luxuosos carros, coisa rara à época em Biguaçu (e mesmo Florianópolis), nos tiram da pobreza, mãe não precisará se matar na trabalheira, pai na vendola ou mascateando.

Em outras ocasiões fabricavam-inventavam cartas da Argentina, dos Estados Unidos, da Austrália, do México, até do Líbano. Numa elaboração minuciosa, fundiam avós de amigos com figuras entrevistas em jornais, em revistas, em álbuns, em livros ilustrados, adaptações que não pudessem ser identificadas. Insatisfeitos com a colagem, que não se corporificava nem para eles mesmos, ampliavam a fantasia, agora eram personagens adaptadas de histórias que pai e mãe contavam; mais adiante a tão simpática avó dos livros de Monteiro Lobato.

Não, Ti Adão não podia ser o avô, Ti Adão era negro retinto, ex-escravo, já pintalgando devido à idade, na terra dos pais inexistiam negros. Como, então, (re)criar um avô, como resolver o complexo problema de se fabricar um avô, um avô condizente? Necessitavam de avós para se sentirem iguais aos outros, para se integrarem naquele universo, que era e não era o deles, quem sabe uma espécie de Ti Adão branco, com a mesma cabeleira branquejante, o mesmo riso, a mesma alegria de viver, a mesma imaginação, a mesma palavra fácil.

E tios, cadê os tios? Aí sim, a resposta vinha pronta, gritavam a uma voz: temos, aquele um que acompanhou a família desde o Líbano, tio da parte da mãe, ficou uns tempos com a gente, depois se mandou para Porto Alegre, expunham com orgulho o único retrato, mais real do que a imagem que dele lhes sobrara, o tio de estatura meã, rosto redondo risonho, terno escuro completo, chapéu pardo encobrindo cabelo e testa; escamoteavam que morrera de maneira tão estúpida e inexplicada, reiteravam, para os incrédulos, que estivera em Biguaçu, saíra com eles pela cidade, levara-os ao circo. Perguntavam aos conhecidos mais antigos, não se lembram, não? Falavam, também, da tia de Magé, no Rio, onde parte da família havia morado uns meses, antes de se decidirem pela mudança para Santa Catarina; lembravam, sem muita convicção, do outro tio de parte do pai, perdido lá pelo norte, e dos tios, quantos?, da parte da mãe, nos Estados Unidos.

Morta a mãe, nem mais notícias do misterioso avô da Argentina, que com certeza não via motivos para dar notícias — ou será que a mãe, tanto por ela mesma como pelas crianças, inventara aquele avô e as cartas? O que sobrava então? Era se agarrarem à tia de Magé, da qual sabiam até o nome, Sada. Mentiam, como se a cada dia recebessem mais cartas, logo chegariam fotos, dela e dos primos, como se a tia de Magé estivesse para chegar, como se Magé fosse ao lado de Biguaçu, de Florianópolis, e a tia, em uma de suas eventuais visitas, os enchesse de brinquedos, de guloseimas, de afagos. Havia, também, o tio do norte e os tios dos Estados Unidos. Mas o tempo passava, de repente já estavam quase adultos — e a visão do problema era outra.

E em todo caso, mesmo que tudo isto se concretizasse, tios jamais podem substituir avós.

21

Horror

É manhãzinha. Antes das oito horas. Ou das sete. Depende. Faz frio. O pai acabou de tomar café, se prepara, vai abrir a venda. Nessa época raro se aventura pelo interior. Mãe serve o café aos filhos, despacha-os para a escola, começa a labuta na casa, cedinho como sempre, arruma as camas, varre os quartos, vê qual será o almoço, hoje não demora chega a faxineira, moça que a ajuda, substituta da empregada, primeira tarefa lavar a louça empilhada desde o anoitecer de ontem.

Chuvisca. O pai está na calçada em frente ao armazém, capotão grosso, esfrega as mãos, pita no palheiro de milho, observa as poucas pessoas encolhidas e encasacadas que transitam, troca palavras com conhecidos, responde ao cumprimento de um ou outro.

Entra, senta-se na cadeira de palhinha trançada, pega um velho exemplar do jornal *O Estado*, folheia-o, larga-o, retoma-o, lê uma notícia, interrompe-a, pula para outra, abana a cabeça, abandona o jornal, pensa, um pensamento que há muito não o larga, horror, puxa um livro em árabe que se encontra em uma prateleira próxima à cadeira. São versos do poeta Khayam, lê um trecho, tenta a versão para o português: "Dizes/ que não bebes vinho/ pela certeza que tens de morrer/ Homem/ não sejas inconseqüente/ bebas ou não bebas vinho/ a morte não evitarás."

Ri. Pula adiante. Não consegue se concentrar. Está distraído. Pensamentos vagam longe; em que mundos; em que terras; em que céus? Quando é chamado pela segunda ou terceira ou décima vez, a menina entrou faz algum tempo, empunha a caderneta da venda, tímida diz: seu Zé, o pai pede, por favor, pro senhor me dar um quilo de açúcar branco ou cristalizado e uma barra de sabão Wetzel das grandes, depois ele vem conversar com o senhor, pro senhor não se preocupar.

O pai pesa o açúcar, embrulha o sabão num pedaço do jornal, anota na caderneta e num grosso e ensebado livro, que tem no alto da página o nome do freguês, a menina, pequena e magra para a idade, agradece, sai às pressas, como que intimidada, quem sabe o homem vá reconsiderar.

Agora, de novo, o pai só com seus pensamentos que não se fixam, flutuam, desatento ao movimento lá de dentro, atalhado raras vezes pela voz da mãe, que determina tarefas para a moça que chegou. O pai se dirige até o rádio Phillips, um novo modelo, adquirido em Florianópolis, na loja do seu João Octávio, para pagar como pudesse, dando como entrada o anterior; liga-o, muda de uma estação para outra, são bem poucas as notícias, está procurando os informativos, agora capta uma dolente canção na voz do Orlando Silva, vai até a Rádio Nacional, a mais potente. É cedo.

A mulher, Tamina, chega até a porta que divide o armazém da sala, diz Yussef (às vezes, entre eles, na intimidade, quando está preocupada, é Yussef), o Fauzi amanheceu com uma pontinha de febre, febrinha que vai-e-vem; o pai retruca, irritação na voz, vamos ficar atentos, atendeste ele não atendeste, a mãe abana a cabeça, se não melhorar logo mais a gente chama o seu Taurino; e acrescenta: deve ser por ter acompanhado os irmãos mais velhos e a cambada de amigos no banho de rio, eu preveni pr'aqueles moleques que com esse frio não deviam nem chegar perto da água gelada, adiantou, não adiantou, pior, andaram comendo fruta verde, o seu Galliani veio se queixar.

A mãe abana a cabeça, informa, já dei o remédio costumeiro para a febre, vou observar mais um pouco, se não, temos mesmo de chamar o farmacêutico; volta para dentro, continua na arrumação da casa.

Agora sim, começa o primeiro noticiário, informações sobre o tempo, seguido de coisas miúdas sobre o Rio de Janeiro, menores ainda de outras regiões do país. Embora atento a tudo, o pai quer é saber das internacionais, e, claro, seus reflexos no país, na economia, na política, na vida das pessoas. É que a Alemanha acabou de invadir a Tchecoslováquia, os esquadrões de Hitler, irresistíveis, tudo levam sem luta, prometem continuar na arrancada, os integralistas vibram e comemoram, se vangloriam, dizem: é o primeiro passeio, muitos outros se seguirão, ninguém pode com o Hitler, um gênio, vamos dominar o mundo.

Muitas vezes a discussão na venda de secos e molhados se prolonga, azeda, integralistas como os Reitz, os Müller deixaram de freqüentar o local, mas não de mandar olheiros, outros, menos fanáticos, continuam aparecendo, vêm assuntar e vêm provocar aquele gringo que uns dizem ser simpatizante do comunismo, que horror, insinuam, risinho sardônico: como é, seu Miguel, quais as novidades, existem os mais agressivos, e aí, hein, seu Zé Turco, o que me diz agora, ainda tem coragem de repetir que a Alemanha... a frase fica pendente, misto de gozação e ameaça, de novo acompanhada pelo riso mais aberto, contundente. Mesmo amigos, receosos, por vezes mal passam pela venda, se desculpam alegando a trabalheira, as dificuldades.

Atento aos informes das agências que falam do constante avanço das tropas alemãs, não demora a elas se juntam as de Mussolini, o pai matuta, recua, se lembra da vitória do Getúlio, das esperanças, da animação na casa de dona Joaninha, no Alto Biguaçu, da chamada Intentona Comunista de 1935, do Prestes caçado e preso, dos documentos apreendidos, da repercussão, a repressão nos estados, não demora eis o golpe integralista, o cerco ao palácio Guanabara, o Plínio Salgado fugindo (ou ajudado a fugir) para o Portugal salazarista, fantasiado de mulher, o governo tendendo mais para o Eixo, com militares como o Dutra e o Góis Monteiro, apelidado, em surdina, quem com coragem para falar de público, de gás morteiro, ambos claramente a favor da Alemanha e da Itália, o que dá força aos que são favoráveis ao Eixo, inclusive, ou em especial, os integralistas.

O pai desliga o rádio, se levanta, vai arrumar uma coisa e outra nas prateleiras quase vazias, mais para se distrair, limpa o pó do balcão, abre o grosso livro-caixa, fica somando as dívidas dos fregueses, muitas de dias, de semanas, até de meses; a mãe, mais prática, preocupada, costuma repetir, José, precisas cobrar, ele retruca, cobrar de que jeito, ela mesma recua, sente pena das pessoas, diz, sei, está difícil, cobrar como, se eles nada têm, nem têm de onde tirar, até a terra se mostra madrasta, um horror as dificuldades, a fome, a miséria, onde vamos parar, Yussef? O pai cala, pensa, responde: não sei, compreendo a tua preocupação com a cobrança das dívidas, mas e nós, e nós, que também não temos como saldar o que devemos aos fornecedores, nem o sistema de troca funciona mais.

Seu João Dedinho, o delegado-alfaiate, está entrando. Costuma aparecer para um papo com o pai, é bem informado, comentam o dia-a-dia, discutem política, a situação que se agrava, ele fala do passado, já não mais getulista fanático, embora ainda tenha simpatia pelo baixinho, reconheça a habilidade do Gegê, mostra-se meio decepcionado com o rumo dos acontecimentos, a indecisão do governo, ele tem tendência para a esquerda. Falam da guerra, o pai relembra a anterior, de 1914, adolescente na sua Kfarssouroun, todos torcendo pela vitória dos Aliados de então, a derrota dos alemães, o que, no caso do pai, significaria derrota dos turcos, chance de se libertarem do domínio otomano; aí parava, rosto tenso, voz alterada exclama, veja, seu João Dedinho, acreditamos na palavra dos homens, no principal representante deles, aquele Lawrence bem falante, que conhecia o árabe e a região melhor do que muitos naturais, e o horror que sucedeu terminada a guerra, em lugar do domínio otomano, o Líbano passou a ser protetorado francês.

Outras pessoas vão chegando, a maioria para pequenas compras, quase sempre fiado, pouco adianta o aviso "fiado só amanhã", voz titubeante pedem, seu Miguel, estou esperando vender umas coisas sem demora, tenho também uns plantados que vão bem, logo-logo vou lhe pagar tudinho, até com juros se quiser, garanto; outras para o convencional bate-papo matinal, não tão demorado quanto o da noite, este sim, se prolongando, sem hora para terminar, presentes contumazes Serapião e o filho tanso, Ti Adão, parentes-patrícios, seus Abrão, Abrahão, Abrahãozinho, Joãozinho, Salim, às vezes Lauro-barbeiro, até seu Fedoca-prefeito, quase nunca seu Geraldino, poeta-comerciante. Bebem pinga da amarela ou cerveja, beliscam nacos de lingüiça frita, de torresmo, até uns quibes que a mãe prepara e a que vão se acostumando. Principalmente jogam conversa fora, falam de tudo e de todos.

Por quanto tempo essa rotina?

Em 1940, as tropas alemãs continuam avançando, Getúlio quer assinar protocolo de intenções com o grupo alemão Krupp, para a implantação de uma usina siderúrgica; logo os Estados Unidos ficam sabendo, se opõem e propõem repassar vinte milhões de dólares com o mesmo fim — e, não demora, a notícia da Rádio Nacional: têm início as obras da Companhia Siderúrgica Nacional. Em 1941, os Estados Unidos entram na guerra, começa a pressão junto aos países da América Latina.

A neutralidade se torna inadmissível, em especial a do Brasil. Em Biguaçu, quem começa a se sentir encurralado são os integralistas, a venda do pai volta a ser mais freqüentada. Em 1942 é a Conferência do Rio de Janeiro, são as manifestações de rua em prol dos Aliados, a que se juntam intelectuais brasileiros, insistindo na entrada do Brasil na guerra, é o afundamento de navios brasileiros, são as controvérsias quando se sabe, por exemplo, do desaparecimento do navio *Aquidaban*, vai ver foram os americanos para nos forçar. Getúlio não tem saída, é obrigado a se decidir, é o patrulhamento aéreo do litoral brasileiro, são as bases no Nordeste, em Natal, é o absurdo acordo Stalin-Hitler, que cria desnorteamento e incompreensão até mesmo em Biguaçu, logo o ataque indiscriminado a tudo que dizia respeito aos alemães, bens e pessoas, mesmo os antinazistas, bastava o sobrenome; em Biguaçu são raras as perseguições, mas chega a notícia do ocorrido no Clube Germânia, Florianópolis, e não só ele, também residências de alemães haviam sido apedrejadas, famílias hostilizadas, até as que não tinham nenhuma simpatia pelo nazismo, vizinhos se evitando; e o pai, a repetir, horror, que horror, não é assim que se deve agir, embora todos saibam a minha posição é necessário distinguir, e recontava a história do tenente discricionário, que passara por sua terra, ali se demorando em missão, pouco depois de 1914.

Não demora, pressionado pelo povo, pelos meios de comunicação, pelos Estados Unidos, o Brasil entra na guerra, ao lado dos Aliados. Serão 25 mil pracinhas nos campos da Itália, alguns de Santa Catarina — até de Biguaçu.

A situação da família se torna mais difícil. Nova mudança. Não têm como continuar em Biguaçu; não vêem ali qualquer perspectiva. Relutam todos, pai, mãe, filhos, se adaptaram tão bem, fizeram sólidas amizades. É a sina. Continuar ciganeando.

Em maio de 1943 (por que quase sempre maio?) já estão em Florianópolis, com um pequeno armazém. Dificuldades idênticas. Só os sonhos e as esperanças renascem. Além disso, existem escolas para os filhos continuarem os estudos, quem sabe trabalharem fora. Começam a ajudar no armazém, seja atendendo os fregueses, seja fazendo compras e pagamentos, seja entregando as mercadorias em ruas próximas.

Entrechoques não demoram a ocorrer, em especial com o primogênito, que o pai deseja ver na atividade comercial, embora ele mesmo a deteste; a mãe procura intervir para apagar o incêndio. Não basta. Discussões e desentendimentos recrudescem; os filhos saem em busca de alternativas, mesmo porque, ao contrário do imaginado, o início é por igual difícil; com a guerra se prolongando, o futuro nada tem de promissor. Ainda se consideram biguaçuenses — e não vêem diferença para melhor naquele transplante, quase tão doloroso quanto o dos pais do Líbano para o Brasil.

O pai continua atento ao desenrolar da guerra. Vê com preocupação redobrada o horror — e não se cansa de repetir a palavra, ao tomar conhecimento da hecatombe, saber dos campos de extermínio, das milhares de bombas atiradas sobre populações civis, do avanço das forças nazifascistas e do reflexo de tudo isso no país: a fome, a escassez de gêneros, a miséria, os aproveitadores, o câmbio negro. Compara tudo com o que vira em sua *maksuna* durante a outra guerra, a de 1914-18.

1945: euforia. Rendição do Eixo, volta dos pracinhas, recepção aos expedicionários, por um lado; por outro, a visão ainda mais clara de todo aquele horror, a bomba de Hiroshima, jornais, rádios e documentários cinematográficos revelando os corpos esqueléticos nos campos de concentração, os fornos crematórios. Horror sobre horror.

No Brasil, a luta pela redemocratização, a derrubada de Getúlio Vargas, os inflamados comícios do brigadeiro Eduardo Gomes em Florianópolis, em frente à catedral, a multidão entusiasta gritando *slogans*, enquanto o comício do outro candidato, o marechal Dutra, reúne poucas pessoas — e na eleição, a surpresa, a volta por cima do ex-ditador com a vitória de seu candidato, aquele mesmo Dutra que tendia para o apoio aos alemães. E na eleição seguinte, Vargas, agora por intermédio das urnas, de novo no poder.

1995. A mesma palavra horror volta, em toda a sua intensidade e seu dramatismo, à mente do filho mais velho do seu Zé Miguel. É como se estivesse vendo o pai, morto não faz muito, repetindo-a ao assistir, pela televisão, depoimentos de militares, de generais a pracinhas, que falavam, 50 anos depois, do que fora aquela experiência traumática, que a todos marcara para sempre. Um general dizia: a guerra é a maior prova da insanidade humana, um horror inigualável; e outro: eu tremia ao participar, como oficial, da primeira batalha em campo italiano, fomos avançando por entre o ribombar do canhoneio, até nos defrontarmos com o inimigo, foi ordenado fogo, começamos a atirar, do outro lado também as forças inimigas avançavam, alemães e italianos, logo o entrechoque, balas zunindo, corpos caindo, vi um vulto se delinear, preparava-se, arma engatilhada, para me atingir, atirei antes dele nem sei como, percebi o corpo se projetando sob o impacto da bala que o atingira em pleno peito, vi quando caiu, atirei de novo sem saber ao certo o que fazia, senti o estrebuchar, continuei avançando e atirando, inconsciente do perigo que me rodeava, passei perto do corpo, uma força superior me deteve, o sangue esguichava, fluía, esparramava-se pelo chão, penetrava na terra rodeando o corpo jovem, os olhos incrédulos esbugalhados, os dele e os meus, de pouco mais me lembro, só da tontura, tudo turvo, embaciado, ao chegar de volta ao acampamento meu tremor aumentou, maior a náusea, sem conseguir me controlar comecei um choro convulso, vomitei, pensando, certamente o infeliz tem mãe, quem sabe namorada ou noiva, até mulher e filhos, como eu, e em lugar dele podia ter sido eu, custei a me recuperar, recompor, não podia nem abrir os olhos, tudo voltava, ou seria que voltava com os olhos fechados, precisava desabafar com os companheiros, talvez alguém com experiência idêntica, outros mais calejados, algum dia me acostumaria, aos poucos fui absorvendo o horror, aquilo passou a fazer parte do nosso dia-a-dia, participei de outras batalhas, de início vendo/tendo sempre diante de mim o vulto atingido, desabando que nem fruta madura; logo, não demorou, matei outros inimigos, nem sabia qual e o porquê da palavra inimigos; ali ao meu lado via, por vezes, caírem amigos de tempo, colegas de farda havia pouco conhecidos, mas o horror da guerra, ou será o hábito com o horror, é mais forte que tudo, a ele logo tínhamos que nos acostumar, por que esse logo inexplicável não sei, sei que temos que nos habituar para não entrarmos em desespero, aos poucos o horror se dilui e se torna corriqueiro, nem sei se é a expressão correta, a verdade é que no final, nos derradeiros tempos, eu como que ficava caçando inimigos para matar, quase até me vangloriava, como quem caça uma paca, um veado, firme na pontaria, e afinal, pensando bem, ao contrário dos animais, era ele ou eu, ambos na tocaia ou a céu aberto, esperando ver a bala partir firme e alcançar o alvo com precisão, o corpo despencar que nem uma árvore decepada, passava por perto do cadáver, ou do quase-cadáver, sem um único olhar de compaixão.

 A palavra "horror", dita no começo com tamanha ênfase, tem um poder catalisador. Só ela existe. Tudo centraliza. Agora devolve o pai morto, e o que ele certamente diria se estivesse ouvindo o depoimento do militar, que falava para a televisão da maneira mais calma, mais didática. Tranqüilo, olhar firme, postura ereta, rosto marcado pelos anos, cabeleira branca e rala, relembrava sua participação, na guerra, sem aparente emoção

— e de como nela se acostumara a matar. E o matar, sumido o antigo horror, lhe parecendo um ato normal, banal — nada mais, nada menos.

Eis aí, por certo, a outra verdadeira, e talvez mais dramática, face do horror.

22

Florianópolis

Resultado de longas elucubrações, o pai decide: vai a Florianópolis. Começa a sondagem. Ri, numa volta a Biguaçu, ao lembrar-se do assuntar de anos atrás, quando, quase sem querer, ou mesmo sem querer, acabara vendo a família desembarcar em Florianópolis. Há exatamente 15 anos. A dúvida atormenta-o: fora assim, ou estava escrito, seu destino era mesmo se fixar em Florianópolis? Durante os anos todos, a capital um ponto de atração, para a qual volta e meia se dirigia. Agora era a meta — quem sabe a meta final!

Fala com parentes e conhecidos, com lojistas e botequineiros, percorre a cidade, sem certeza do que busca, em qual ponto, com qual destinação, que ramo de comércio. Sim, se convenceu, só pode ser comércio. Se quando jovem não conseguiu outra atividade compatível com seus sonhos, o que dizer agora, quando chega aos 50 anos?

Ninguém se mostra entusiasmado com o projeto, querem dissuadi-lo, alertam-no, tudo tão difícil, antes da guerra não era fácil, agora então... a reticência pende, velada ameaça. Que ficasse onde estava, até melhores dias, pelo menos o final da guerra, aí quem sabe...

O pai não desiste, impossível continuar em Biguaçu, está com a decisão tomada; por outro lado, cadê ânimo para procurar um município mais distante, bastou a experiência pelos quais andou, menos ainda outro estado, outro país. Voltar para sua terra de mãos abanando, nem pensar. Além disso, para todos os efeitos, sua terra agora é o Brasil, especificamente Santa Catarina, mais ainda o litoral, talvez mais Biguaçu, onde nasceram filhos, todos deitaram raízes, ali gostariam de permanecer. Mas Biguaçu já era, ou logo seria página virada, impossível a permanência, a força do destino empurrava-os.

Fácil não foi. Afinal, depois de visitar bairros e ruas, de se interessar por armazéns, lojas, bares, botecos, vendolas, restaurantes, conseguiu se acertar com um pequeno comerciante que queria desistir da profissão e se mudar. Era outro inadaptado, inconformado com a sorte. O pai brincou: quem sabe vai, em meu lugar, pra Biguaçu?

Em pouco tudo se decide. A mãe se desfaz das derradeiras jóias da família, miúdas peças, últimos resquícios de um Líbano que, fisicamente, sumia de vez, vendidas para um parente de Florianópolis, pelo menos ficavam com alguém da raça; pai assina notas promissórias, dá de entrada o pouco que também recolhera em Biguaçu. Logo, pai e filho mais velho estão no armazém, Rua Marechal Guilherme, perto da Praça Pereira e Oliveira, em frente ao Teatro Álvaro de Carvalho (também Cine Odeon na maior parte do tempo), esquina da Rua Padre Miguelinho. Por uns dias, ficam acampados na casa de um parente, talvez o mesmo de quando ele viera do Rio de Janeiro para assuntar — e não mais saíra de Santa Catarina.

Demora pouco e a família chega, se aloja em antigo casarão assobradado, em plena Praça 15 de Novembro, centro da cidade, próximo à Catedral Metropolitana, ao Poema Bar e ao Bar Gato Preto, pontos preferidos dos boêmios e notívagos. O casarão pertencia à tradicional família Gama d'Eça. Pelas paredes, em pequenos cartazes, ainda se notavam resquícios do Partido Integralista.

Fácil a adaptação ao novo meio. Florianópolis era uma Biguaçu em ponto maior, dividida entre a Ilha de Santa Catarina e os bairros de Coqueiros e Estreito, no continente, do outro lado. Era o mesmo tipo de colonização, mesmos hábitos, mesmos costumes. Além dos açorianos, alguns alemães, outro tanto de italianos, uns poucos gregos, em menor número árabes.

A cidade girava, basicamente, em torno de duas ruas (ao contrário da única em Biguaçu): Conselheiro Mafra e Felipe Schmidt. A Praça 15 de Novembro, o centro. Algumas transversais. O mais, mesmo a Presidente Coutinho, eram consideradas distantes, quase fim de mundo. Bairros como Saco dos Limões, Agronômica, Trindade nem eram considerados. E das praias, as mais freqüentadas eram as do continente, Estreito e Coqueiros. Canasvieiras, Lagoa da Conceição, Ribeirão da Ilha, tudo isto e o mais, um outro mundo, inacessível, longínquo.

Não demora, quando mal começava a conseguir freguesia, o armazém tem que mudar de lugar, vendido o prédio, vai se erguer um dos mais altos edifícios da cidade, o pai tem prazo para desocupar. Sai em busca de outro ponto, precisa ser ali por perto, para não perder a freguesia que começara a se formar. Por sorte, consegue: na Rua Padre Miguelinho, em um prédio da Cúria Metropolitana, parte térrea, ao lado de uma alfaiataria, nos altos funcionando um cinema especializado em seriados e faroestes. Também o casarão onde moram é vendido. Necessitam deixá-lo logo. Mais um edifício vai sair ali. A cidade começa a se modificar, casarões são tombados indiscriminadamente, o que irá descaracterizar ruas e bairros inteiros.

Outra vez é um parente a resolver a situação, aluga-lhes uma casa na Chácara do Espanha, novo bairro que se projeta bem no centro. Ali ficarão anos. Mais adiante o pai irá adquirir terreno na Avenida Rio Branco; e, com financiamento da Caixa Econômica Federal, constrói o único imóvel que possuirá, e que ao morrer, quase trinta anos depois, continuava hipotecado. Ao se mudarem para a casa da Avenida Rio Branco, os filhos não cansam de ouvir dos amigos: poxa, vocês foram morar tão longe, por quê? Anos adiante, a incorporação da rua ao chamado miolo da capital.

Florianópolis: tranqüila, bela, misteriosa, acomodada. Várias denominações: ilha da magia, ilha da fantasia, ilha dos casos e ocasos raros.

A marcá-la, o número dois: dois pontos de encontro, a figueira da Praça 15 de Novembro e o Miramar; dois cafés, freqüentados pelos dois partidos políticos adversários, sob o domínio de duas famílias; dois clubes sociais, Doze e Lira, também de ambos os partidos; dois times de futebol, Avaí e Figueirense, desnecessário repetir que, por igual, divididos entre os dois partidos políticos dominantes; dois clubes de remo, e uns versinhos humorísticos, anônimos, que pelo estilo e pela linguagem poderiam ser atribuídos à lavra do seu Geraldino, de Biguaçu, sofrem dessa dualidade e marcam, durante bom período, a vidinha da cidade: "Florianópolis/ cidade que seduz/ de dia falta água/

à noite não tem luz." Para quebrar o ritmo binário, por toda a extensão da ilha, e mesmo na parte continental, dezenas de praias. Os filhos do seu Zé e da dona Tamina, conforme previsto, vão logo estudar: o mais velho, em curso particular, em antigo prédio da escadaria do Rosário, para que possa fazer o artigo 91; Jorge e Sayde vão para a Escola do Comércio; Fauzi para o Colégio Catarinense; Hend quer fazer um curso superior; Fádua, sempre arredia, não quer mais estudar, ajuda a mãe em casa e toma conta do caçula, Samir, que não demora irá para o curso primário, depois para o Instituto Estadual de Educação.

É outra vez a velha rotina, enquanto todos esperam por melhores tempos. Só que surgem componentes complicadores. Filhos e pai, com a mãe sempre tentando acalmá-los, se desentendem. Em especial o primogênito. Discussões se amiúdam. O pai precisa dele no armazém a fim de que possa circular em busca de ajuda, os demais filhos no carreto, para a entrega das mercadorias nas casas dos clientes. Mas isso não representa nenhuma ajuda substancial, nem as sortidas do pai.

Desabrido, o filho discute mais, exalta-se, e sem refletir, ou de propósito, diz ao pai: o senhor mesmo não cansa de repetir pra gente que abomina o comércio, gostaria de fazer outra coisa, como quer agora que fiquemos aqui, se eu também detesto comércio, como quer que eu fique aqui, repito; o pai retruca: uma coisa é não gostar, outra ter que aceitar a realidade, enfrentar a dura luta diária, vê então se consegues algo, trabalho que ao mesmo tempo te satisfaça e nos ajude. Não existe, nada existe. A mãe se interpõe entre eles, procura apaziguar os ânimos. Mas o caso se torna problemático. Uma freguesa, já bem conhecida, se queixa: seu Zé, tome tenção, assim vai perder a freguesia, eu vim comprar o que me faltava, tinha pressa, deixei as crianças sozinhas em casa, estava aqui seu filho lendo como sempre, tive que insistir, me atendeu de má vontade, mal me falou e nem riu pra mim, como se estivesse me fazendo um grande favor, aqui desse jeito não volto mais, e não só eu, assim não dá.

O filho é cobrado, vozes se alteiam, o pai pede que trate com mais civilidade a freguesia, afinal dela depende não só a manutenção do armazém, mas a sobrevivência da família, gastos aumentam, renda diminui.

Inconformado, rebelado, na visita seguinte da mulher, dias depois, ele fala sem parar, sem deixá-la dizer o que precisa, atende-a sorridente, ri sem motivo — e antes que a mulher saia, num impulso incontrolável (ou intencionalmente), se vê dizendo: desta vez a senhora foi bem atendida, falei o bastante ou queria mais, gostou do meu sorriso, gostou, e afinal me diga, a senhora vem pra cá porque necessita dos produtos que temos à venda, ou pra levar um papo e ganhar de presente meio quilo de sorrisos?...

As despesas aumentam, vã a luta, o armazém mal dá para o sustento. Os filhos saem em busca de emprego, necessário conciliar estudo e trabalho, dois vão servir de caixeiros em outras casas comerciais, o mais rebelde abre uma banca de jornais e revistas, não demora acrescenta-lhes livros, em um dos cafés, na Rua Felipe Schmidt; pouco mais de um ano, já está com livraria, em sociedade com um amigo, na esquina da Praça 15 com a Rua Conselheiro Mafra. Ao ser questionado, retruca: se não deixa de ser comércio, pelo menos me encontro entre livros.

Aos poucos, para todos da família, a descoberta da cidade, seus encantos e seus mistérios, seu inexplicável fascínio. Nos domingos havia a ida às praias, Coqueiros e Estreito, por vezes uma aventura maior, até a Lagoa da Conceição ou Canasvieiras. Pelas noites, os cafés, os bares, o papo interminável sob a figueira da Praça 15, a cerveja no Miramar. Os cinemas. As meninas. O *footing*, em duas frentes, dentro da praça em busca das empregadinhas ou de programas mais picantes, e nas primeiras quadras da Rua Felipe Schmidt, os rapazes parados vendo o desfile das moçoilas da melhor sociedade.

Pai e mãe compreendem que, afinal, o destino ancorou-os ali para sempre. Está escrito: não sairão daquela vidinha. Conformaram-se. Esperanças agora são os filhos. Que começam a se desprender. Em busca de caminho próprio. Quem sabe neles a realização que procuraram ao aventurar-se, de tão longe, para outra terra...

23

Tentação

Manhãzinha. Os filhos já estão tomando café, preparam-se para a escola, mãe atende os menores, pai se apronta, vai sair, está na hora de abrir o armazém ali perto, no prédio da Cúria Metropolitana, Rua Padre Miguelinho. Ainda não se acostumaram à residência, àquele casarão de dois pavimentos em plena Praça 15 de Novembro, de peças enormes nas quais quase se perdem, alugado por um preço irrisório. Compreendem, as vantagens são múltiplas: perto do armazém, perto das escolas dos filhos, perto de parentes e patrícios, perto de fornecedores, perto do Mercado Público, perto de tudo, no miolinho mesmo da cidade. Ocupam só a parte de cima; no pavimento térreo, parte continua fechada, a outra cedida a pequenos comerciantes de bugigangas, um boteco, um remendão, coisas assim, ao lado ainda um terreno; na praça em frente, o bar Gato Preto; quase ao lado, na outra esquina com a Rua Fernando Machado, o Poema Bar. Ambos locais preferidos de notívagos e beberrões, noites havia em que todos da família custavam a adormecer, virando-revirando na cama, era a cantoria, eram as discussões, eram as brigas, era a barulheira infernal — e era o vozeirão do Vicente Celestino, em programa de rádio a ele dedicado, exigência dos ouvintes e paixão dos freqüentadores da noite. Onde a tranqüilidade de Biguaçu? Ou seria exagero? Lá também varavam-se noites, era o violonista e cantor Roberto Galliani e seus acompanhantes. Comentavam por vezes, nas conversas à hora das refeições, em especial pelas manhãs, quando se levantavam insones, talvez esse o motivo do aluguel tão baixo; podia ser, também, o abandono em que se encontrava o prédio, dificuldade em passá-lo adiante, vendê-lo. Ainda assim fora bom, o melhor que conseguiram, mais em conta, sem onerar o escasso orçamento, e livre de reclamação se por vezes atrasavam o aluguel.

A esperança ressurgia, o pai animado, dizendo: agora, Tamina, mulher, vais ver, vai dar tudo certo, vamos arribar, filhos estudando e logo trabalhando para ajudar, armazém com boa freguesia, quem sabe a vida engrenando poderemos comprar um terreninho, construir uma casa, sonho inalcançado de anos, afinal, lá na *maksuna* tinham uma. Não demora parte do sonho, só que por necessidade e não da forma que gostariam, se concretiza: os filhos, além de estudar e da ajuda no armazém, começam a trabalhar fora.

Nesta manhã, antes de sair o pai lembra, chama a atenção da mulher, Tamina, não te esquece, tenho hoje que ir a Biguaçu, ver se recebo uns dinheiros, despacha logo as crianças, precisas tomar conta do armazém; a mãe aquiesce, o pai começa a abrir a porta, antes que consiga, mão na maçaneta, a porta é aberta — e é o mesmo espanto de sempre, no corredor entre a copa e a parte onde se encontram os quartos, a mulher.

Jovem, bela, de beleza selvagem-agressiva, longa cabeleira ruiva, rosto vulpino, lábios polpudos úmidos, olhos verdes insondáveis que tudo devassam, seios se alteando, demora-se ereta uns instantes, se afasta para um lado, pai faz um movimento de cabeça, ao mesmo tempo cumprimenta e agradece, a mulher retribui com outro movimento semelhante, lábios que mal se movem, narinas arfantes, num meneio de todo o corpo felino que excita os rapazes, faz a mãe desviar os olhos, as filhas sorriem enleadas, a mãe sempre temerosa nem sabe do quê, e a mulher, toda transpirando sexo, logo começa a atravessar a peça, em direção ao único banheiro da casa, a mãe fica sempre se recriminando por que fomos alugar o quarto, mas só pensa, não se manifesta de maneira clara para o marido, embora insinue seus receios, quieta e atenta vê os passos, lentos, macios, sumindo, o longo e sinuoso corpo entrevisto moldado numa camisola fininha, por cima um também fino quimono, que mais desnuda do que encobre, sempre assim, a mulher se queixa do calor, e na verdade faz muito calor, nessa hora matutina já todos transpiram, a mulher num à-vontade que parece ser sua marca, consciente ou inconsciente do terremoto que provoca, corpo que chama a atenção, andar que chama a atenção, mover dos quadris que chama a atenção, boca úmida que chama a atenção, bico túrgido do seio que chama a atenção, suspirar que chama a atenção, voz rouca profunda sensual sexual que chama a atenção — tudo nela chama a atenção.

Agora nem fala, apenas abana a cabeça para a mãe, para as duas mocinhas, para os rapazes. Passa, some. Logo se ouve o barulhinho no banheiro, o vai-e-vem, certamente usa o bacio, a pia, escova os dentes, lava o rosto, penteia os cabelos, se arruma.

Foi pouco depois do aluguel do casarão, peças vazias sobrando fechadas. Diziam-no mal-assombrado. Ali morara o marechal Gama d'Eça, herói da Guerra do Paraguai, agraciado pelo imperador com o título de Barão de Batovi. Com a missão de calar os federalistas, o presidente da República, marechal Floriano Peixoto, manda para Desterro o coronel Moreira César. Diziam-no epiléptico. Ele não tenta composição, quer punir os que considera culpados. Cidadãos de Desterro são presos, encaminham-nos para a Fortaleza de Anhatomirim, construída lá por 1700, onde são sumariamente fuzilados. Entre eles, o marechal Gama d'Eça e um filho que o acompanha. Isso tudo ocorrera em 1894, mas agora, em 1943, a fama de casa mal-assombrada permanecia. Seria este o motivo do preço irrisório do aluguel?

Pai, ou seria a mãe, quem sabe ambos, dizem: a gente podia alugar os quartos vazios, seria um adjutório. Decidem. Lá embaixo, na porta de entrada, o "aluga-se". Um dia o homem aparece. Diz: fiquei sabendo, vi o aviso, o senhor quer alugar um quarto, preciso de um, o pai retruca, um só não, temos vários. E o homem, quando o pai insiste, pra mim basta um só, por uns tempos, espero que poucos, sou eu e minha mulher, estamos nos mudando para Florianópolis, prefiro um quarto em casa de família a hotel, mesmo porque os hotéis daqui... até ter tempo disponível de encontrar casa que me sirva, quero pros lados de lá da ponte, de preferência nos Coqueiros, Praia da Saudade, do Meio, Itaguaçu, pode ser no Estreito mas me disseram melhor Coqueiros, veja, expliquei, né, de momento estou sem tempo pra sair atrás, preciso primeiro me adaptar, ver se encaminho a vida e tudo dá certo, reitero, somos só minha mulher e eu; foi ali no Chiquinho, onde parei para comer uma empadinha, que me indicaram o senhor, como vê já estou começando a me inteirar das coisas da cidade, um dos símbolos a empada do Chiquinho, não é, outro o bar Miramar com as casquinhas de siri e a cerveja gelada.

Ao contrário da mulher, parcimoniosa ao falar, falando mais com o fascínio do corpo, o homem gostava de uma prosa, nem havia necessidade da atenção do ouvinte, nem esperava ou queria resposta, talvez resultado, ficou-se sabendo mais tarde, da profissão que exercia.

O pai nem deixou que completasse, respondeu logo: sim-sim, alugo um dos quartos, embora preferisse alugar todos de uma vez, mais cômodo, mas como era por pouco tempo, viesse ver, escolhesse o que mais lhe agradava. Acertaram o preço, o quarto vazio, sem nada, o homem se encarregaria de providenciar os poucos objetos necessários, cama, armário, cadeiras, roupas de cama e de banho, mesmo porque iria necessitar deles quando encontrasse a casa de Coqueiros, fixara-se naquele bairro, sugerido por um amigo que conhecia a cidade, ou numa volta por lá, a questão nunca foi devidamente esclarecida. Mas seria quando lhe aparecesse o tal de tempo para procurar. Refeições, todas, inclusive o café-da-manhã, fariam fora, teriam alguma coisa para beliscar no quarto. Precisavam utilizar o sanitário, o quarto de banho. O pai concordou, claro, tudo bem, só existia um, a mãe depois alertou, José, marido, não conhecemos eles, nada-nada, e a nossa privacidade, tens informações a respeito do casal, o pai retrucou, não, mas que diferença faz eles ou outros, serão sempre desconhecidos, depois é por pouco tempo, tu não ouviu, quando chegamos aqui pensamos logo em alugar, o que o homem me paga é quase todo o aluguel, tão precisados estamos. A mãe abanou a cabeça, concordativa, mas não convencida, sim, compreendia, o armazém, mais uma das múltiplas aventuras, mal começavam a ter idéia dos resultados, tempo de guerra, tempo de recessão, e se outra vez não desse certo, afastou o pensamento, que teimou em voltar, não tinham mais do que se desfazer, para a compra do armazém lá se foram as derradeiras jóias, lembrança da família do Líbano, de valor bem relativo financeiramente, mas às quais recorria sempre que a saudade batia mais forte, inestimável o valor afetivo. Mesmo com a venda sobravam dívidas, letras promissórias, ninguém a quem apelar, não tinha coragem de pedir aos irmãos.

Menos de uma semana o casal chegava, jovens ambos, ele bem-posto, bem-falante, sempre de terno, baixo, gordote, início de calvície precoce. Sumia diante da mulher, alta, beleza intimidadora, misto de simplicidade e arrogância, cônscia de sua devastadora beleza, da funda impressão que provocava nos homens, velhos e moços, da ciumeira e despeito nas mulheres, ciumeira, despeito e temor.

Desde a primeira manhã atravessava a peça, em direção ao banheiro, ereta como uma rainha, orgulhosa, ou seria para esconder a timidez, esbanjando sensualidade, inquietando os rapazes, causando inveja nas moças, receio na mãe, o pai alheado. Sem maiores preocupações ela continuava a desfilar quase despida, sempre nas finas camisolas transparentes, sempre nos quimonos de cores suaves que mais revelavam do que encobriam as carnes rijas, seios túrgidos à mostra, bunda altaneira remexendo, a clara marca do púbis, os lábios permanentemente úmidos ou umedecidos com a ponta da língua, cobra traiçoeira, a cabeleira esvoaçante, ruiva, ou nem seria ruiva, mais para loura umas vezes, mais para escura em outras, dependendo da claridade, do sol que a ela se achegava, os verdes olhos de ressaca machadiana, caminhando em passo lerdo e sinuoso, investigando tudo ao redor, atenta ao menor suspiro, ao fremir que causava, sentindo-se desejada — e regalando-se com isso. Ou não? Quem poderia saber?

Às vezes, pela noitinha, a mulher ia, igualmente semidespida, em direção ao banheiro, se arrumar para uma saída com o marido, ouvia-se com precisão o barulho da água sobre o corpo, o demorado esfregar-se, nítidos, quase visíveis, adivinhava-se os movimentos que fazia, abaixando-se, erguendo-se, ensaboando-se, enxugando-se, voltava fresca e lavada, cabelo escorrido, rosto avermelhado, olhos ainda mais brilhantes e misteriosos, chamativos, um cheiro envolvente-agressivo de fêmea no cio, detinha-se um momento na copa, chegava-se à sala, trocava algumas palavras com a mãe, esta sempre reticenciosa, com as duas mocinhas, sempre abespinhadas, ela pouco mais velha, nunca ou quase nunca com os rapazes, que agora passavam a se demorar mais em casa só para vê-la, suspirar por ela, desejá-la, sem coragem de lhe dirigir a palavra, embora se pudesse perceber que, na verdade, aos rapazes a mulher se dirigia, para eles desfilava. Seria mesmo? Ou exagero da mãe? A mulher era assim mesmo, seu natural, sua maneira de ser...

O marido ficava dias fora, pouco se demorava na cidade, dissera ao pai: seu Zé Miguel, trabalho com pedras, brutas, semipreciosas, preciosas, compro-as de garimpeiros lá nas Minas Gerais (ou Goiás). Ele mesmo as lapidava (era o que dizia) ou as vendia em estado bruto para comerciantes e particulares, em Florianópolis e redondezas, não só por ali, aventurava-se até mais longe, informava: estive no Vale do Itajaí, fui a Joinville; em outras ocasiões, fui até Porto Alegre. Tudo histórias nunca bem explicadas, como nunca se esclarecera o real motivo da mudança para Florianópolis.

Os rapazes queriam é que o homem se demorasse mais nas viagens, queriam era ver a mulher, sonhar com a mulher, falar a sós com a mulher. A partir de determinado momento não só eles, também amigos, que nas horas mais importunas cismavam visitá-los, cochichavam, bom aspirar o cheiro de fêmea insatisfeita que dela escorria como um capitoso veneno, atentos aos suspiros que dava, àquele ar lânguido-largado que mais a tornava desejável, ficavam, com olhos compridos, acompanhando-a pela casa, nas freqüentes idas e vindas ao banheiro, ouvindo-a caminhar pelo quarto, estirando-se na cama, levantando, voltando a deitar, fera enjaulada, arrumando-se para sair, recuando, bem pouco saía, à espera daquele marido inconstante, sem conhecida ou amiga, quando o marido se encontrava na cidade aí sim, embora ele quisesse ficar no quarto, descansar, recuperar-se das estafantes viagens, ela forçava-o, iam pela manhã à praia, em Coqueiros quase sempre, aproveitando para procurar casa. Certa vez, ela disse: fomos ontem na Lagoa da Conceição, eu não conhecia, porque ninguém me falou, lugar lindo, comemos no seu Isaac um caldo de camarão di-vi-no e beliscamos uns siris pescados na hora, fiquei até com pena dos bichinhos, iam ainda vivos pro panelão de água fervente. À noite saíam em busca de um restaurante, de um cinema, insofrida, ansiosa, a mulher reclamava: "vamos-vem, vamos logo", sufoco, estão levando ...*E o vento levou,* dizem maravilhas, quero ver. Na maioria das vezes o marido preferia ir só até Coqueiros, quem sabe assim descobriria a desejada casa que buscava para alugar; mas a mulher passara a resistir, repetia: esquece, tão bom aqui, mais central, pertinho de tudo, tu viajas tanto, e eu enfurnada naquele fim de mundo, medo de ficar sozinha, já me acostumei aqui, tenho a companhia desta família.

Os dias dos rapazes, agora, se dividem em compartimentos estanques, bem distintos: antes e depois de encontrarem a mulher no decorrer do dia. Melhor ainda: antes e depois da aparição daquela figura mágica na vida deles. Procuram desculpa para ficar em casa; quem sabe, amanhã ou depois, a sós, trocarão algumas palavras, terão um sinal, sondarão... o que mesmo nem sabem. Ou sabem, desejam. Escondem, a partir de determinado momento, o pensamento uns dos outros. À noite reviram-se na cama, sonhos eróticos se repetem, deixando-os lassos, inermes, derreados, estranha alucinação toma-os: eis a mulher que lhes entra pelo quarto, apenas com a camisola transparente, sem o roupão, não demora a camisola começa a deslizar pelo corpo, desnudando-a aos poucos, estende-se amarfanhada aos pés dela que nem gato lascivo; logo, despida, a mulher pende, se estira ao lado de um, de outro, mais outro, indiferentemente. Disputam-na com as mãos, mãos que penetram febris pelas cobertas, pelo pijama, ritmo aumentando até o êxtase final.

Acordam insones, olhos inchados, mal podem esperar que a mulher abra a porta, apareça, atravesse a peça abanando a cabeça num cumprimento, se dirija ao quarto de banho, pensam, e se num dia, e se numa noite, mal completam ou nem completam o pensamento, se apressam na ida ao banheiro logo que ela sai, aspiram o ar, em busca de algo dela, mal se comunicam a respeito, ciosos de preservar o segredo, qual segredo não sabem, cada um achando que tinha sido para ele que a mulher acabara de olhar com um jeito especial, um olhar chamativo, dúbio, chegara a fazer um velado sinalzinho, sim, certamente tão jovem, sequiosa, percebia-se, era carente de sexo, de carinho, fogosa, não podia se satisfazer com a migalha que o marido lhe oferecia, sempre ausente, mesmo quando estava presente, frio e desligado, simulacro de paixão, podia-se perceber; passava a maior parte do tempo envolvido em suas pedras, falsas ou verdadeiras, que podiam até não ter valor, sabe-se lá, esquecido da jóia mais preciosa que tinha ao alcance da mão e que lhe podia, cansada da espera, fugir; viam que nas conversas com o pai só falava de mais vendas, de maiores ou menores lucros auferidos, do momento difícil com os reflexos ainda subsistentes da guerra, que nem parecia ter acabado, da casa em Coqueiros que não aparecia, também cadê tempo pra procurar, do futuro onde montanhas de ouro se acumulariam...

É noite. Talvez madrugada. De repente, a dor insuportável. O grito. A dor amaina. O rapaz respira fundo. Se aquieta. Tenta dormir. Lancinante, a dor volta. O grito mais alto. Que vara toda a casa. A mãe, sobressaltada, vem ver o que é. O rapaz aponta para a barriga. Indica: aqui, aqui. A mãe apalpa. O grito maior. Ainda estremunhado, o pai chega. Chegam os irmãos. O vulto da mulher se entremostra, pergunta: o que é? A dor não diminui. É preciso ir em busca de remédio; melhor, de médico. Não há telefone em casa. Um dos irmãos vai até uma farmácia que fica aberta a noite toda. Amanhece quando o médico chega. Faz perguntas. Apalpa o lugar dolorido. Novas perguntas. Volta a apalpar. Diz, taxativo: não tenho dúvidas, é uma apendicite, precisamos levá-lo, com urgência, para o Hospital de Caridade, operar o mais rápido, espero que não esteja supurada. O táxi é providenciado, não demora estão no hospital; ao deixarem a casa, ele capengando, vê a mulher que espia do quarto, visão fugidia, bico do seio se entremostra, ela arfa, a cabeleira quase oculta o rosto.

Exames precários são feitos. Não há tempo a perder. Quando o rapaz se dá conta, já está na mesa de operações. Pedem que conte de um a dez, que suste a respiração, pingam-lhe alguma coisa no nariz. É éter. Anestesia. Flutua. Não demora o mundo se apaga, acaba.

Acorda. Mal-estar. Vômitos. Sede. Dor intensa. Pede água. Pede analgésico. Dizem que espere. Cochila. Eis o sussurro das enfermeiras, eis a visita do médico, eis a mãe a seu lado, eis os benditos analgésicos, eis os passos silentes, eis o retornar dos sussurros, eis o vagaroso passar do tempo, dias e noites se confundem, eis os delírios, eis as complicações, eis a alucinação, um vulto se insinua, toca-lhe no rosto, toca-lhe nos lábios, afago ao mesmo tempo refrescante e estimulador, vem acariciá-lo, excita-o.

Tem alta.

Está em sua casa. Em seu quarto. Lenta a recuperação. Passa os dias lendo, move peças de xadrez sem se concentrar, joga dominó com os irmãos, se cansa, fica estirado na cama ou em uma cadeira, inerte ouve músicas que lhe chegam do bar Gato Preto, do Poema Bar, irrita-se com ruídos de notívagos que vêm berrar debaixo de sua janela, que varam as horas em torno da Praça 15, parece que de propósito, querendo inquietá-lo com os intermináveis e inconseqüentes papos, insone vê o novo dia amanhecer sem perspectivas de melhora. O médico bem que alertara, a recuperação vai ser lenta, a operação durara mais do que o normal em tais casos, um complicador a demora em voltar da anestesia. Era ter paciência.

De repente, num dia qualquer, percebe-se melhor. E que sua atenção se concentra mais na mulher, no barulhinho que ela faz ao entrar-sair do quarto, quando abre a porta e se dirige ao banheiro, na volta se detém uns instantes até se decidir. Ou tudo isso mero produto de sua imaginação?

O rapaz pára a leitura, esquece o xadrez, todos os sentidos atentos àquele leve ruído. Espera. Estremece. Delira. Será, de novo, a febre? Outro tipo de febre? E como febre, se em tudo sente-se melhor, mais atento ao que o rodeia? Quer levantar, levanta — mas, tonto, volta a se deitar, pede que consultem o médico.

Olhos fechados, sonolento, visualiza um corpo que se nega e oferece, que o inquieta e atrai, que lhe retém os sentidos como numa prisão, nem sabe ao certo o que é sono-sonho e o que é desejo, o corpo tinindo, a carne vibrando, todos os órgãos alertas. O que é imaginação e o que é realidade? Por entre o delírio, entrevê a jovem e rija carne por igual fremente de desejo, biquinhos arroxeados dos duros seios, puxando-o, arfa, no peito o fogo da paixão, lábios entreabertos suplicantes, chamando-o, me toma, me possui.

Nem bateu. Foi logo abrindo a porta do quarto. Encostou-se ao batente, olhou para o rapaz estirado na cama. Voz cariciosa, rouca, sensual, sexual, profunda, perguntou: tá melhorzinho, tá? Não obteve resposta. Talvez nem tivesse sido ouvida. Ou o rapaz não atinasse com qualquer tipo de resposta, descrente do que via. Mais alto, ela repetiu, no mesmo tom, só de forma mais lenta, quase escandindo as sílabas, stá-me-lhor-zi-nho, a dor passou com o novo analgésico, passou hein, não é, precisa de mais alguma coisa, pre-ci-sa, me diga, me use, fui eu quem indicou ele pra dona Tamina. O rapaz, ainda preso ao encanto da leitura, vê Napoleão prestes a ser derrotado pelo general inverno, preparando-se para deixar Moscou. O rapaz está lá, ajuda a escorraçar o invasor; depois de serem contidas, as forças do Corso arrogante são fustigadas pelo frio, pela neve, pela fome, pela sede, pelo desespero, pelas agruras da luta que dura semanas, meses; apavorados com os cadáveres que se vão amontoando ao longo dos acampamentos, das estradas, pelos agonizantes que imploram, se não podem me levar, me matem, é uma caridade — o rapaz não mais lê, não precisa, ei-lo arrastando para longe do campo de batalha um ferido, quer ver quem é, precisa ter certeza, será o príncipe Pedro, quem sabe, se apressa, quer ir ao encontro de Sônia (ou será Helena?), avisar que Pedro está ferido, não morto, logo se perde naquela brancura interminável, duvida do que vê, da voz que insiste em trazê-lo de volta, sempre com o mesmo refrão, com a mesma teimosia, stá-me-lhor-zi-nho-stá?

A custo levanta os olhos. Mortandade, dor, gemidos, frio, neve, fome — tudo sumiu. Diante do rapaz, a mulher e seu fascínio, que o excita e perturba, o fogo emana de seu corpo, queimando-o; ela se abaixa, olha-o nos olhos sequiosos, também sequiosa, lhe passa as mãos pelo rosto, carícia suave, desce mais, atinge os pêlos do peito, mexe neles, a mão continua a descida, um seio foge da camisola e se aproxima de sua boca, o rapaz aspira o forte odor da fêmea fremente, em pleno cio, que não se cansa de provocá-lo, não de hoje, agora é mais do que mera provocação, está se ofertando; no silêncio que os isola de tudo, os olhos chamativos, intensos, falam, pedem, imploram, gemem; a mulher ergue um braço para puxá-lo em direção a ela, para que a tome, a cavalgue, a possua, mate a sede, a fome de ambos, mas ele está fraco, mente turbada...

Tudo se esvai. Nada mais é. Submerge. E por mais que lute, no decorrer dos anos vindouros, jamais terá certeza, saberá se foi outra vez um sonho, como tantos antes, sonho que durante bom tempo o acompanha, que vinha de muito tempo atrás, com renovada intensidade depois da operação, ou se a mulher, em carne, sangue, ossos, desejos, provocação, esteve mesmo em seu quarto de convalescente.

    Lá um dia, pouco depois, o rapaz começa a sair para um rápido passeio pelo jardim, em busca de sol e calor, demora-se num papo com amigos e conhecidos no Poema Bar; o marido, que mal acabara de voltar de mais uma viagem, entra na sala onde a família se encontra reunida. É num fim de tarde, o homem diz para o pai, que chegou do armazém e descansa ouvindo o noticiário de rádio, à espera da hora do jantar: seu Miguel, desculpe se interrompo, e o pai: que nada, chegue-se, sente-se; e o homem: obrigado, não demoro, e só um minutinho, consegui afinal a casa que procurava lá em Coqueiros, na Praia da Saudade, me mudo pra lá esta semana mesmo, mais tardar na próxima, o tempo de fazer uns ajustes, arrumar umas coisinhas miúdas, sabe como é, mas não se preocupe lhe pago o aluguel como se fosse ficar até o final do mês, só tenho que agradecer pela atenção, me apressei em avisar porque, quem sabe, nesse meio tempo o senhor arranja outro inquilino, difícil nesse ponto não deve ser.

    Ao lado do homem, quieta, a mulher. Infeliz? Inconformada? Como adivinhar? Não deixa entrever satisfação nem insatisfação. Lança olhares perscrutadores pela sala, vai até a janela que dá para o jardim, olha para a rua neste calmo anoitecer, ralas pessoas circulam, vai até a porta que leva para a copa e de lá ao banheiro, detém-se numas gravuras de cores fortes, depois num cartaz com a marca anacrônica do Partido Integralista, símbolo de tempo passado, achega-se à mesa, passa as mãos nas cadeiras, como quem se despede de um pedaço de sua vida transcorrida em branco, que já amanhã começará a ser outra. Agora demora-se na família, lentamente, um por um, olhar enigmático, como quem diz, é a derradeira chance, me decifrem, vamos.

Mas era tarde demais para a ansiada decifração — se é que existia algo nela a decifrar.

24

Ritual

A família reunida. Tradição dos finais de semana. Pode ser aos sábados ou num domingo. De preferência na casa do pai. Eventualmente na de um dos filhos. Enquanto a mãe vivia, costumava-se levar amigos, não dispensavam a comida árabe, quibe em especial. Era ainda na casa alugada, Praça 15, na outra, Chácara do Espanha. A mãe pouco usufruiu da casa própria, Avenida Rio Branco, 84, pela qual tanto lutara.

A comida continuava a mesma. Só que agora, na cozinha, as duas filhas, ajudadas pela empregada. Noras relutavam, repetindo: não sei preparar comida árabe, por melhor que faça vocês vão dizer, a da mamãe era melhor. E era. Pratos preferidos: quibe cru (ou de forno, ou frito, com e sem recheio), tabule, esfiha, *labnia*, *malfufe* (melhor com folha novinha de parreira, pode ser também de repolho), *mjadra* (lentilha com arroz, a que não pode faltar cebola frita cortada fininha), grão-de-bico amassado com óleo de gergelim, *zatar* com azeite de oliva, por vezes uns goles de *arak*, quase sempre cerveja, mais raro vinho.

Os filhos vão chegando perto da hora do almoço, acompanhados da mulher, das crianças de diferentes idades, que tumultuam a casa, tão quieta. Começa-se pondo as novidades em dia, o pai procura saber da saúde de todos, como vão os guris na escola, falam do trabalho, de preocupações, da política. O pai participa, quer ser informado, acompanha as modificações que se processam e vão se acentuando na vida da cidade, do estado, do país. A disputa entre a gente do Lacerda e a de Getúlio, o suicídio, a eleição do Juscelino. Fica a indagar dos filhos, me digam, até hoje, não entendo, como é que num Brasil tão grande e de tantas riquezas, onde se plantando, dizem, tudo dá, se importam gêneros alimentícios, continua existindo tanta miséria, gente sem terra, gente passando fome, gente não tendo o que comer nem onde dormir.

E um pouco mais adiante: agora, o golpe militar, a ditadura, que atingiu nossa família, como foi que Jango se deixou iludir, será que não via... só um cego para se enganar assim. Gostaria de viver e viver num país mais fraterno, sem tantas desigualdades, mais solidário. Por vários motivos: sua formação humanista, sua visão de mundo, suas preocupações sociais. E por uma motivação fundamental: é que, por mais que às vezes negue, ele não pode se imaginar fora do Brasil, brasileiro por opção. Aqui deitou raízes, aqui está enterrada a mulher, Tamina, o filho caçula, Samir, a filha Fádua, aqui estão abrindo caminho seus filhos e não demora os filhos de seus filhos. Sim, insiste, lamenta em especial não ter por perto a mulher, companheira dos mais duros anos de vida, incentivadora, de quem nunca se esquece, solidária e firme nos bons e nos maus momentos, que mal chegou a entrar na casa própria onde ele agora vive (nem tão própria, volta a esclarecer melhor, hipotecada à Caixa Econômica

Federal), único bem depois de dezenas de anos de labutas, ainda assim construída pela teimosia da mulher.

O pai se cala, envergonhado de mais um desabafo, reflete. Um filho sentou ao lado dele, outro foi até a cozinha ver se pode beliscar um quibe, procurar uma bebida. O pai recua no tempo, fala de sua outra terra distante, dividido entre as duas, todo o seu ser repartido — e pouco adianta discutir com ele, dizer que comparações são falaciosas, mostrar que o Líbano de décadas nem retrato na parede é mais, sumido, evaporado, basta acompanhar os noticiários. Não importa: o Líbano que o pai tem dentro é o que conta, e é desse que lhe interessa falar, das macieiras em flor, das tâmaras incomparáveis, dos figos de doçura inigualável, sumarentos a ponto do caldo escorrer pelos lábios, da azeitona e do azeite de oliva, da coalhada e do queijo de leite de cabra, das escarpas onde os cabritos se escondem, dos cedros do Líbano, tão altos, tão grossos e rugosos, desafio irresistível, a arriscada subida, a descida impossível, o salto, a queda nas pedras, a fratura no pé, que nunca cicatriza, marca indelével...

Interrupção brusca. São chamados para a mesa. O almoço vai ser servido. Mal começam a comer e o pai continua. Fala agora dos seus parentes mais próximos e amigos, da demora em receber cartas, das brincadeiras quando era criança, dos passeios pelas redondezas, da satisfação quando o pai o chama e pergunta se quer ir para a escola, desejo acalentado há muito; do primeiro encontro com a futura mulher, paixão instantânea que, pressente, vai durar toda a vida e para além da vida.

As crianças foram servidas antes. Os adultos, vorazes, se precipitam, pratos cheios fumegam, não há rememoração que resista muito tempo àquela montanha de comida, que em pouco some, só se ouvem rápidas palavras: me dá o quibe frito, me passa o charutinho enquanto não acaba. Para o pai nunca é charutinho, é *malfufe*, e diz que o quibe de forno está bom, mas a *labnia* da outra semana era melhor, talvez a coalhada, verdade que *labnia* só a da minha mulher, da Tamina; não concorda que o charuto de repolho (e por que charuto, se o nome árabe, *malfufe*, enrolado, é tão mais correto?) seja melhor, como quer um dos filhos, nada mais saboroso que a folha verdinha e nova da parreira, mais ainda se arrancada dessa parreira que ele mesmo plantou no terreninho dos fundos da casa e jamais esquece de podar na hora certa. Pede um copo de cerveja, a filha mais velha não quer dar, reclama: pai, já tomaste *arak*, te lembra da diabete, te lembra da recomendação do médico; um dos filhos é mais condescendente, enche um copo, só um golinho não vai fazer mal.

A refeição chega ao fim. Um silêncio pesado cai sobre todos. Uns querem ir para casa, outros estiram-se por ali mesmo, esperam o depois.

Na semana seguinte, ou nas seguintes que virão, o almoço, sem maiores variações, nem parece ter sido interrompido.

Hoje o pai está tenso, chegou carta do Líbano, com a notícia da morte de outro parente, amigo dos tempos de criança; ele quer, não consegue desviar o assunto que teima em persegui-lo. Receia cada nova carta, são os anos que dizimam sua geração e ele vai ficando. Sem razão maior irrita-se com um filho, logo nem sabe qual o motivo, ou nem houve. Fala que sonhou com a Tamina, tão novinha, com o Samir, morto tão cedo. Foi, sim, o caçula que levou a Tamina, ela nunca se recuperou. Os filhos procuram fazê-lo mudar de assunto.

Após o almoço, novo ritual: o sestear do pai. Que se transforma num hábito também para os filhos.

O dia não terminou. Precisam esperar que o pai levante. Levantou. O sestear é curto. O pai é bom de mesa, mas nos últimos tempos se precavém, busca atender à determinação médica, a idade pesa, evita o excesso de carne, de frituras, gosta de uma bebidinha, mas afasta-a se satisfazendo com um, dois goles, só quer sentir o gosto. Para se afirmar, quando insistem que deve se cuidar, repete os versos de Khayam: se bebes vinho,/ morres,/ se não bebes,/ também/. E ele nem gosta de vinho, só um *arak*, uns goles de cerveja.

O plac-plac da bengala um aviso: lá vem o pai, não em busca de seu lugar favorito perto da janela, nem empunhando o radinho. Senta-se numa cadeira à mesa da sala. Desnecessário chamar os filhos. A família sabe o que virá.

25

Nard

O plac-plac do fim do sestear é um indicativo seguro. Chegou a hora do gamão. A caixa do *nard* já está na sala, em cima da mesa, foi aberta, escancarada, suas peças em preto-e-branco tentador, os dados enormes. Antes que o pai acorde, os filhos começam uma partida, não para valer, é brincadeirinha, treinam se preparando, interrompem-na, comentam, se provocam, de quem é a vez, quem vai começar hoje, as peças de gamão distribuídas em seus respectivos lugares, jogam-se os dados aleatoriamente, só para testar.

Habiek, diz um. É muito pouco, quase nada, este um e um, zomba outro. Mas dependendo da posição das peças no tabuleiro pode ser tudo, até decidir uma partida, retruca o primeiro. Agora um terceiro joga os dados, arisca a sorte. Diz: *dussa*, melhorou, um três e três é um três e três. A reclamação: que *dussa* que nada, nem sabes como se diz, olha bem, como um três e dois é *dussa*, me esclarece, é *dusé*. Todos riem.

Os dados. Com o passar dos anos e a visão mais precária do pai, foi preciso procurar sempre maiores, para que ele mesmo possa enxergar os números com nitidez. Quando gritam *dubora*, por exemplo, quer ter certeza que é um dois e dois, faz questão absoluta de olhá-los, somá-los, não que desacredite ou duvide dos filhos, mas é um hábito arraigado, faz parte do clima, e o clima é fundamental para o bom andamento da partida, para que se mantenha a tensão sempre crescente. Também o sopesar das peças antes de colocá-las em seus respectivos escaninhos, como se pela primeira vez as visse, a fim de barrar a passagem do adversário, de decidir qual peça comer se existirem opções, estudar para onde deverão ir as suas, antes que o dado, que vai voltar a rolar, se vire contra ele e lhe coma peças básicas, de lugares estratégicos.

Ama ver se acumularem, ao lado da caixa, já inservíveis, de preferência as pretas (ou com mágoa, as brancas), se do adversário, claro. Prefere sempre jogar com as brancas, se bem que negue qualquer tipo de superstição, diz: me acostumei; mas desvia o assunto quando um dos filhos lhe lembra o *maktub*. Enfim, gosta de ganhar — e quem não gosta, me digam! Reconhece: ganha mais e melhor quando lhe cabem as brancas. Joga bem. É meticuloso, atento, atilado, cuida-se, fica por instantes olhando o quadrado, pesando, medindo, pensa, avalia, calcula qual a melhor opção do jogo, prevenindo-se para o que virá mais adiante, vai depender dos dados e das peças no tabuleiro, não só disso, também do raciocínio rápido, antes de se decidir a movimentar esta ou aquela, na dependência dos números dos dados. Detesta perder — e quem não detesta, me digam... pergunta olhando para os presentes. Não admite perder. Tem sempre uma desculpa. Irrita-se. Pára. Diz, enfadado:

chega, quero tomar um cafezinho, descansar, depois recomeçamos; logo recua, repensa, cede a uma simples sugestão de parar de vez, ou se um dos filhos se dispõe a substituí-lo. Diz: tá bem, tá bem, já que insistem, vamos dar um tempinho, me deixem só tomar o café. Dá uma pitadinha no cigarro de fumo de corda, depois diz: vamos a mais uma partida, só pra relaxar, esta não vale, não valeu.

Há dias em que a sorte não o ajuda. Tudo inútil, de nada adianta esquentar a cabeça, torrar os miolos em busca de saída. Esforçar-se, brigar com o adversário, com os dados, com o tabuleiro, com as peças, reclamar do barulhão dos netos, da conversa das filhas e noras, torcer o nariz se lhe couberam as pretas, ou se nem mesmo as brancas ajudam. Mas teima em prosseguir com as peças que tem, diz afirmativo, taxativo: *nard* não é apenas sorte, é também quengo — e aponta para o crânio, onde ralos e raros fios brancos subsistem, para outra vez reconsiderar, os dados ajudam, a mão deve saber lançá-los, só que para além dos dados é necessário bem mexer as peças, onde colocá-las, em qual casa quando podemos escolher, ficar alerta às artimanhas do adversário, prevenir-se contra jogadas que virão mais adiante, três, quatro, cinco ou mais lances depois. Por aí se conhece o verdadeiro jogador de *nard*.

Os adversários. Melhor: o adversário. Ao redor dele, os demais. Peruando. Não atrás do pai. Inaceitável que alguém fique debruçado ou até mesmo ao lado dele. Pode dar azar. Palpites também não. Silêncio. Para que se possam concentrar. É importante. Tensão que se arma, amplia. Os dados foram lançados. Para se decidir quem irá ficar com as peças brancas e com as peças pretas. Embora prefira as brancas, o pai não aceita que, sem disputa, fique com elas. Regras são regras. Precisam ser obedecidas.

O pai tirou um *iek*, mísero *iek*. O que vai poder fazer se já começa assim! Torce para que o adversário tire o mesmo um e repita a jogada, pois dá empate. O pai já brigou, já discutiu, já quis provar que também, para a escolha das peças, pode-se usar ambos os dados. Em vão. Os filhos repetem que nunca se viu isso, é um só. Parentes, patrícios, amigos consultados não são afirmativos, mas também discutem, sempre dúbios, ou se omitem. Então, até que em algum livro, em algum dicionário, em qualquer jornal ou revista se encontre a confirmação de que valem dois dados, fica valendo um. Sempre inconformado, o pai concorda. Um dia ainda vai provar que está com a razão.

Agora o adversário consegue um *jurror*. Quatro contra o mísero um. O pai começa mal. Paciência! Há, ainda, uma chance. Nova rodada dos dados. Para ver quem começa a partida. Sair na frente representa alguma coisa. O pai não concorda que quem ficou com as brancas lance os dados em primeiro lugar. E agora quem lança os dados é o adversário. É um *banjése*. Nada mau um cinco e três. O pai rola os dados entre os dedos, depois, antes de lançá-los, sopra-os na palma da mão, para dar sorte. E dá: tira o máximo, um *dushas*. Claro que um seis e seis ganha de um cinco e três. Aqui também há outra discussão nunca devidamente resolvida. De acordo com as regras, para este caso (onde as regras?) é também um dado só. O pai insiste: a regra (qual regra?) não é explícita, pode ser um ou podem ser os dois dados. E por tradição ficou decidido que seriam dois. Para a escolha das brancas ou pretas, vá lá, ele aceita, é um só.

Perde-se tempo com essa discussão que se repete. Vamos logo. O pai, hoje, começa irritado. Não levantou bem, uma dorzinha de cabeça, dormiu mal, acordou mal, comeu mal, conversou mal. Ainda por cima couberam-lhe as pretas. Em compensação, vai dar a saída. Não reclama. Nem há necessidade. Basta observar o rosto crispado, os lábios comprimidos, os olhos inquietos, a maneira como aperta os dados entre os dedos, como os atira com fúria no tabuleiro aberto — escancarado à sua frente, desafiando-o, as peças em seus devidos lugares, alinhadas com precisão. A força é tanta, o impulso é tamanho, que um deles rola para fora do tabuleiro, da mesa, se perde lá longe, sob o sofá.

O pai espera que lhe devolvam o dado. Pensa. Prepara a jogada. Quieto. Nem cantarola. Não emite um som, mal se ouve a respiração, só o suave arfar do velho peito. Não permite que alguém se manifeste, comente o transcurso do jogo. Intui que não vai sair bem. Podem peruar. Em silêncio. Comentários desviam a atenção. Precisa ser total a concentração nas pedras, nas peças, nos dados, no tabuleiro. Absoluta.

Pela terceira vez joga os dados com decisão, determinado. E de novo no assoalho, agora mais perto, o rolar macio. Pede que procurem. Não valeu essa terceira vez. Nem valerá quantas vezes os dois dados não permanecerem no tabuleiro. Mesmo se for na mesa a jogada está inutilizada. Joga de novo. Agora sim. Olha. Diz: *dubeche*. Ótimo começar com cinco e cinco, esses dez permitem uma boa armação inicial. Seja ofensiva ou defensiva. Pensa: qual a melhor opção, o filho é dos que atacam sempre, pouco previdente. Mas pode ser imprevisível. Tem lá suas manhas e manias. Espertinho... Se fosse outro... Com este necessita estar mais alerta, se precaver contra surpresas desagradáveis, que até podem ter conseqüências fatais pouco adiante.

Move as peças. É uma posição intermediária entre ataque e defesa. Barra (espera ter barrado), em boa parte, a ação do inimigo, sua passagem em direção a seu campo. O adversário atira os dados. Azar. Do pai. Definitivamente, hoje não é o dia dele. Deu, logo de cara, seis e seis, *dushas*. No fundo, pouca diferença, neste início. Praticamente tudo igual. Idênticas as chances. O transcurso é que vai delinear o futuro da partida. E quando o pai pensa em transcurso é até a décima jogada, quando as posições começam a se definir.

 É a vez do pai. Razoável o três e quatro. Podia ser melhor. Ou pior. Não, pensando, nada bom. Qual a opção? Garantir uma posição ou arriscar, esperando que na próxima rodada, depois do filho, que fica no um e um, os dados venham a favorecê-lo. Arrisca. Não dá certo. Ainda há tempo. Devia ter pensado mais, avaliado, existiam alternativas. Agora agüentasse as conseqüências. E como? Os lances continuam favorecendo o filho.

 Joga os dados. Insatisfatórios. Está sem saída. Perde mais uma peça. Já são quase o dobro das perdidas pelo filho. Outra importante é trancada. Prisioneira. Enquanto o adversário não movimentar a dele, ela ali, inútil. Será necessário redobrar a atenção. Chegou, de novo, a vez do pai. Ele fica com os dados esquecidos na mão, é preciso apressá-lo, pede calma, sopesa-os antes de atirá-los, balança-os, sopra-os, demora-se ainda mais, um *durja* poderá minorar sua situação, que é complicada. Minorar, não resolver. Para resolver, só algumas bobeadas do filho. E esse não é de dar bobeira. Ou é? Com a demora quer irritar o opositor? Então, quando chega a cantarolar, esquecido da regra do silêncio que ele mesmo preconizara, já se sabe, a situação deixou de ser apenas precária. Está difícil de resolver, torna-se feia. O que, por sinal, todos estão cansados de perceber. Com mais uma rodada (duas ou três no máximo), as dificuldades serão intransponíveis. E, se reclamam do trauteio, diz que não está quebrando o compromisso de não falar, canto não é fala, e por sinal que ainda há pouco ouviu um murmúrio, de quem mesmo? Agora, se em vez do cantarolar são estrofes completas de versos, na maioria em árabe, e até em português, de poetas e filósofos de sua admiração, quase certo que a situação se tornou incontrolável. Os assistentes procuram descobrir, caso seja em árabe, pela entonação, pelo som, pelo fraseado, pelo tanto que já foram ouvidos, se são do Khayam, do Saadi, do Gibran Kalil Gibran, do Fause Maluf, do Hafiz, das *Mil e uma noites*, do Ibn Sina (Avicena), até dos *Prolegômenos* do Ibn Kaldun. Tem mais: em ocasiões extremas, quando a posição é insustentável e o mais certo seria desistir, pede tempo, uma pausa mais demorada para ir ao banheiro, precisa urinar (nunca diz mijar, é obsceno), ou para algumas anotações em árabe, no caderninho (ou caderno formato escolar), que sempre o acompanha. Recusa informar o que nele contém, se pensamentos, se memórias, se frases esparsas, se passagens de sua vida, aquela autobiografia que prometeu aos filhos, se algo de que precisa lembrar-se mais tarde, se cálculos matemáticos para a próxima jogada (ou partida, a fim de não incidir no erro de hoje).

Quando eu morrer, diz acusativo se insistem, procurem alguém que traduza para vocês, não quiseram continuar o estudo do árabe. Explícito: ou não concordam que o homem que sabe mais do que um idioma, sabe mais um pouco de tudo, até mesmo se desempenhar na vida, vale por dois, por três...

Hoje não é o dia do pai. Está perdendo feio. É a terceira partida. Não acerta uma jogada, não tem um lance satisfatório, os dados lhe são inteiramente adversos, raras vezes faz um *dubora*, também o que lhe adianta esse dois e dois se não há onde utilizá-lo e se o oponente timbra em continuar jogando com aparente displicência e vai fazendo quatro e quatro, cinco e cinco, cinco e três, seis e seis — e não só isso, são os números de que realmente precisa para fechar o cerco. Pouco adianta animá-lo, dizer que na semana anterior ganhou todas. Ora, a semana anterior já era, foi a semana anterior, esta de agora é o que conta.

As peças pesam nas mãos do pai, xinga os dados, já tentou todas as manobras imagináveis. Inútil. Por fim, desconfortável, insatisfeito, vira-se para o adversário que já mudou de lugar com outro, o pai pediu, tudo no mesmo. Diz: não adianta, tu não sabes jogar, me irritas com essa tua mania tola, não adianta não, que jogada horrível, um pavor, e deu certo, onde se viu, assim não mesmo, sai, sai logo, me deixa em paz, por *Allah*, dá lugar pro teu irmão, esse sim, sabe tudo, como jogar *nard* com técnica, gente grande, um mestre. Todos sorriem, procuram disfarçar, já entenderam, é a vez de entrar em cena o filho mais velho, negação para qualquer tipo de jogo, sempre desatento. E o pai, afirmativo, dogmático: me deixem jogar só uma partidinha com ele, vão ver só que beleza vai ser, não é questão de ganha e perde, isso é secundário, é a beleza da armação do jogo, da harmonia, do duelo, da estratégia adotada. Me desculpem repetir, mas de vocês é, disparado, o que joga melhor, tem visão perfeita do tabuleiro e da exata colocação das peças, tem o perfeito sentido do *nard* — acentua com ênfase o *nard*, em lugar de dizer gamão —, o *nard* é também uma ciência como o xadrez, não depende só dos dados — o *nard* é um dardo certeiro nas mãos de um mestre — e todos a uma voz brincam: sim, pai, sim, ele sempre perde de ti, mas sem dúvida é o que joga mais bonito e melhor, mais uma vez vamos todos comprovar isto.

26

Orgulho

O pai se aposenta. Não por gosto. É obrigado. Impossível, sozinho, continuar cuidando do armazém. Difícil locomover-se da Avenida Rio Branco até a Padre Miguelinho. Acomodou-se. Pouco sai de casa. Uma visita aos amigos do Mercado Público, a casas de parentes, um esporádico sentar-se sob a figueira da Praça 15. Ali reencontra conhecidos, faz novas amizades. É de fácil convívio, sabe das coisas, sabe como transmitir. Ranheta às vezes, as pessoas acabam se acostumando às bruscas modificações, do trato agradável ao humor ácido.

À medida que os anos passam, que adquire consciência do rápido e inexorável envelhecer, mais afunda no passado. Espécie de derivativo. E enquanto a vista permite, se dedica às anotações no caderno. Vai enchendo páginas, que o ajudarão a recuperar um mundo perdido, painel de sua vida. Ali devem estar sonhos, esperanças, desalento, felicidade, desilusões. Como ponto central, a figura da mulher, Tamina, eixo de tudo. Um dia pára, o caderno some. Os filhos intuem, não têm como saber ao certo o que se encontra escrito. O pai pode até relatar fatos ocorridos no Líbano ou no Brasil, falar dos tempos da infância e adolescência em sua terra, dos percalços da viagem, do início difícil, dos anos duros — e quais não foram! Inútil procurar o que escreveu, qual período de sua vida está ali preservado, implorar para que lhes leia traduzindo trechos. Apenas repete: quando eu morrer, procurem alguém que faça a tradução.

Repele os convites, as provocações. Afirma: jamais me passou pela idéia retornar ao Líbano, por *Allah*, sinto saudades, sinto, mas agora nem a passeio; antes, quando Tamina vivia, quem sabe? Brinca: afinal, tenho minha carteira modelo 19, me dá direito legal de ficar no Brasil, ser brasileiro, por que querem me ver fora, hein, cansaram-se de mim? A seguir, sério: filhos e netos aqui, não demora os filhos dos netos, Tamina, Samir e Fádua enterrados aqui, também aqui serei enterrado, ao lado deles, no mesmo chão.

Por que recusa a viagem? Receios do que irá encontrar na *maksuna*? Quem sabe? Bem pode ser. Tantas mudanças nesses anos, tantas notícias desencontradas! Durante os primeiros tempos, mesmo que desejasse, a dúvida permanente permeando-lhe o pensamento, talvez sim, talvez não. Cadê recursos, mal-e-mal se sustentava, família crescendo, problemas crescendo, envolvido na inglória batalha do dia-a-dia; depois, viúvo, os filhos já podendo se cotizar para ajudá-lo na viagem, sumira o interesse, recusava a sugestão de forma terminante, num vigoroso meneio de cabeça: não adianta, é tarde, muito tarde. Por vezes nem mais responde. Repetiam: pai, tiramos a passagem de avião, marcamos a data, avisas teu pessoal, vão ficar satisfeitos, tu também, agora tudo mais fácil, revês a terrinha, tua querida *maksuna* da qual tanto falas, bem sabemos que tens agora duas, tudo bem, não és obrigado a ficar lá, voltas depois.

Persistia na negativa, fechava a cara: ainda se a mãe de vocês estivesse viva, quem sabe, era de considerar. Num desabafo: quantas vezes, em conversas à noite, ela e eu nos víamos a caminho...

Pára, muda de assunto, envergonhado, mesmo quando viam-no centrado cada vez mais na Kfarssouroun de sua infância, da louca juventude, ou na Amiun da Tamina. Sem novos argumentos para continuar recusando, protelava se patrícios-parentes-amigos juntavam-se ao coro familiar, uns dizendo: estamos indo, um bando de árabes, te junta à gente. A fim de desviar o penoso assunto, pedia: vamos deixar para mais tarde, quem sabe me decido depois da volta de vocês, não esqueçam, quero um pouco de *zatar*, e tâmaras, ah, as tâmaras da minha infância!

Tudo desculpa, sabia-se, era um indefinido amanhã para ganhar tempo, à espera da morte. Não pedia por ela, nem a temia.

Nos últimos tempos, dizia rindo: vão vocês em meu lugar, novidades tudo que irão ver, eu já conheço, comprovam o que conto, deixam de lado esse ar cético, como se eu estivesse exagerando, me digam, não sentem vontade de conhecer a *maksuna* dos antepassados?

Funda no peito uma dúvida corroía-o, outra razão para recusar com tamanha firmeza os freqüentes convites: qual Líbano, qual Amiun, qual Kfarssouroun, quais estilos de vida, quais modificações nos hábitos, nos costumes, nas tradições, quais amigos e parentes restariam? As parcas informações que chegavam, através de cartas espaçadas, de rarefeitas notícias nos meios de comunicação, eram desanimadoras, jamais lhe devolveriam intocada sua terra. Referiam-se a lutas intestinas entre muçulmanos, católicos, ortodoxos, à devastação da terra, árabes e judeus se digladiando, por tudo incompreensões. Quando esse mundo de Deus irá adquirir juízo? Represálias, mortes, juventude dizimada, onde o velho Líbano tão louvado por sua beleza e sua gente, onde a Beirute tão admirada por sua riqueza cultural — um oásis o pequeno país do Oriente.

O que o pai procurava — e temia jamais encontrar ao vivo — era recuperado pela memória, pela sensibilidade: o seu Líbano, o que deixara havia tantos anos e só subsistia, intacto, dentro dele. Suspirava pela infância solta e selvagem, pelo puro amor incendiando duas crianças ao primeiro encontro, ao primeiro olhar, quando se cruzaram por mero acaso, ou não, pela trama do destino, amantes que nada poderia separar, nem mesmo a morte; suspirava até pelos maus momentos, a infeliz fratura no pé jamais cicatrizada, resultante da aventura de um desmiolado, respondendo com arrogância ao desafio do centenário cedro do Líbano.

Sozinho ou rodeado pelos seus, pouco importava, perdia-se em reminiscências, confundia-se. De repente não era apenas o seu Líbano dos tempos de criança e adolescente que lhe surgia íntegro, era todo o mundo árabe que lhe tomava o peito de orgulho, mescla de vários mundos árabes, era o Líbano de muito antes dele, um Líbano que nem existira como tal, era um fabuloso país retirado de livros, das histórias, de narrativas orais, era um Líbano de antes do Líbano.

Erguia a cabeça, tentava, da sua semicegueira, devassar o passado, apontava um dedo, abria a boca, primeiro num murmúrio, depois alteando a voz, recitava, alguém hoje se lembra do Saladino, o Sultão, do que ele representou para o mundo, para além do mundo árabe? Não se lembram ou não querem se lembrar? E dos tesouros da ciência árabe na biblioteca de Alexandria? E da civilização plantada na Península Ibérica, em terras da Espanha e Portugal, o esplendor daquela era, cujos reflexos se fazem sentir até nossos dias? É visitar Sevilha, Córdoba, Granada; é compreender que quase um quarto do falar espanhol (e português) tem raízes árabes; é debruçar-se e estudar o que foi deixado na arquitetura, na dança, na música, nas letras, na ciência, na matemática e que surpreende, até hoje, os estudiosos.

Faz uma pausa. Se cala. Envergonhado. Interroga os ouvintes com novo movimento de cabeça. Medita. Se retrai: exagerei? Não! Recomeça: quem sou eu para ensinar, devem estar pensando, o velho está caduco, mas me digam, e o período abássida, séculos VIII ao XI. Acrescentava: qualquer pessoa medianamente informada não tem como ignorar época tão brilhante e rica de feitos, que não sofre em paralelo com a Alta Renascença, na Itália. É ou não é?

Do Harun al-Rachid, conhecido por causa das *Mil e uma noites*, e quem não leu ou ouviu com encantamento estas histórias que marcaram a literatura universal, pulava para nomes como Averróis, quase tão importante quanto Avicena, embora menos conhecido. E que dizer dos *Prolegômenos*, do Ibn Kaldun, que ainda em nossos dias causam espanto e admiração pela soma de conhecimentos e pelas previsões? Não dá tempo para interrompê-lo. Fala das estupendas contribuições que foram deixadas em todos os campos do saber, nas ciências, nas artes, nas letras. Chegou a hora de seus amados poetas, e neste momento vai se limitar a um, Khayam, pede, ouça, ouçam com atenção quanta verdade nesses maviosos versos: "Por que/ com a rosa/ finda a primavera/ e à mocidade/ só um instante cabe?"

Pára, como quem busca recordar mais. Não! É um apoio, mero pretexto ao que se seguirá, uma atitude de quem quer todos atentos à sua voz, aos versos que já conhecem de outras vezes, embora também eles não se cansem de ouvir. Logo dá prosseguimento, retomando o poema interrompido, que prefere ou que tanto lhe diz como visão de mundo e de vida: "E o rouxinol/ que há pouco ainda cantava/ de onde surgiu?/ Para onde foi?/ Quem sabe!"

Não só dos antigos se lembra, embora os prefira; existem os de ontem e hoje, um Gibran Kalil Gibran e seu *O profeta*, por exemplo. O pai faz nova pausa, se cala, cansado, ou pensa em algo diferente, diz: e as fábulas anônimas, tão ricas, de tanta sabedoria, resultado de um imaginário fértil, que me devolve intacto o orgulho de ser árabe, não importa qual árabe, de qual época, parte, seita, religião.

Gostava de transmitir ensinamentos através de fábulas, tradição milenar de sua gente. Relembrava, com freqüência, uma em especial. A do veado diante da fonte, que reclamava, mirando-se na água: por que essas pernas tão finas, e vangloriava-se de seus chifres, tão belos. Perseguido por caçadores, conseguiu se safar enquanto corria a céu aberto; mais adiante, em plena mataria cerrada, enredou-se nos chifres. Foi caçado. Antes de morrer, refletiu: coitado de mim, reclamei do que me salvou, minhas finas pernas tão ágeis, e elogiei o que me causa a morte, meus chifres.

27

Fios

A memória se esgarça, flutua, se decompõe, se compacta. Fios se atam/desatam. Fragmentos somem e reaparecem. Onde alguns que gostaríamos de recuperar mais nítidos, reter, preservar; por que outros, que desejaríamos ignorar, desagradáveis ou sem significância maior, teimosos se entremostram, se fixam de forma perene? Necessário preencher vazios que incomodam. Inútil o esforço consciente. A memória não possui uma lógica cartesiana. Nem permite que a acionemos a qualquer momento, fazendo com que num átimo o tempo retroaja e tudo nos devolva íntegro e puro. Ela é acronológica. Pouco adianta teimar, nos esforçarmos na busca de recompor, pela ordem, o que se desgarrou, trazer de volta o que já foi, para que volte a ser. Idêntico ou modificado, nem importa. Até pode, em momento inesperado, independente de nossa vontade, voltar, fazendo com que retrocedamos ao instante perdido, que se posta diante de nós, quase sempre contendo novos ingredientes que se lhe incorporam de que forma não sabemos, aleatoriamente.

Nesse caso, qual mecanismo interior foi acionado, aquecido, como quem aquece um fogo pálido em fria noite de inverno, a fim de que possamos apreender o ontem em sua plenitude? Ou, mais correto, o que agora imaginamos seja plenitude, seja a recuperação integral do ontem? Mesmo que acreditemos tê-lo conseguido, é inevitável que existam lapsos, ocorram falhas, incompreensíveis rupturas. É um complexo processo que foge ao controle e tudo parece comandar, disciplinar. Por vezes, o que nos chega nem é memória vivida, é memória de outrem que se incorpora reconstituída — e passa a ser nossa. Simulacros apenas? Quem sabe! Lentos e/ou rápidos os anos pingam, escorrem, incidentes e acidentes se entrechocam. Por que mais presente o período de vida mais remoto? Em Biguaçu, por exemplo? Tão distante, teima em se expor mais, predomina, cresce, até agressivo, inconveniente. Estamos atentos ou desatentos ao que nos rodeia, ao que vemos diante de nós, ao que mal-e-mal pressentimos. De repente, uma palavra entreouvida, um longínquo som inapercebido, uma paisagem apenas delineada à distância, o cheiro de uma flor, seu cambiante colorido, um vulto entrevisto de passagem, um trecho lido, uma desconhecida nota musical, o mastigar de não sabemos o quê, um sono/sonho esgarçado que despertos lutamos por recuperar, a imagem de algo desconhecido que de surpresa nos alcança, tudo deflagra (ou pode deflagrar) a ação que não mais conseguiremos deter e que nos leva-conduz mal sabemos para onde. Quando chegamos a saber? Com o transcorrer dos anos, intermináveis na infância, rápidos na mocidade, velozes na velhice, há uma espécie de sutil inversão, o mais remoto se torna presença obsedante, o mais recente some, se apaga, esfuma-se, evapora-se. Esquecemos hoje o que comemos ontem. É preciso trabalhar com o que temos, com o que nos sobrou, lutar esperando um momento propício. Só que tudo isto independe do poder da vontade, de fatores que possamos domar, disciplinar. O fluxo jorra e estanca inesperadamente. Necessário tecer a trama da paciência, com pertinente monotonia, em busca de uma ilusória eficácia, para, com lentidão, unir os fios, harmonicamente se possível.

Nítida a cena:
O navio prepara-se para atracar. A fímbria da pequena cidade, fica-se pouco depois sabendo ser uma ilha, se entremostra. É a chegada a Florianópolis. A surpresa, seguida de explicação: resultado de um equívoco, os pais não se cansam de repetir. A família ali, é preciso dar um jeito. Tudo bem. E a quase imediata escolha de São Pedro de Alcântara como primeira tentativa de fixação? Ou não houve escolha. Uma imposição? Nunca foi devidamente esclarecido. E a mudança teria sido de São Pedro de Alcântara para Alto Biguaçu? Ou de São Pedro de Alcântara para Rachadel? Aí mais estranho ainda, se Rachadel era, também, uma zona de colonização alemã. Se a dúvida permanece irresolvida, sem esclarecimentos convincentes, alguns episódios se fecham, ajudam a (re)compor o quadro, se não de conhecimento próprio ao menos ouvidos, vezes sem conta, em parte, dos pais e da autobiografia.

Ainda em São Pedro de Alcântara: a mãe em adiantado estado de gravidez, o pai viajando, o tio na construção da igreja. A brincadeira de roda, crianças de mãos dadas, o ritmo cada vez mais veloz, mais veloz. Em dado momento, mãos se abrem, dedos se soltam, o vôo brutal, o menino, cinco anos de idade, não consegue se suster, a queda em cima de uma pedra pontiaguda, a dor insuportável descendo para o braço, para os dedos paralisados, subindo até o pescoço, o topo da cabeça, descendo de novo, invadindo o peito, a omoplata fraturada, o grito feroz, de dor e raiva, a impotência, grito que repercute por tudo, a mãe acorre, primeira lembrança ao ver o filho é a imagem longínqua do então namorado despencando do cedro do Líbano; lá a fratura do pé, aqui da omoplata, é a náusea pela gravidez e por ver o filho naquele estado, sozinhos; assustadas, as demais crianças sumiram, Tamina quer se abaixar para atendê-lo, mal consegue socorrer o filho que não pára de berrar, gemem ambos, a mãe também grita, Hanna, onde está Hanna, chama e chama outras vezes repetindo o grito que repercute pelas imediações, até que Hanna apareça, que outras pessoas apareçam, atônitos não sabem o que fazer, como agir, a mãe pede, pelo amor de *Allah*, o barbeiro ali perto. Ele chega, enfaixa o menino do pescoço até o ombro, com talas e panos, imobilizando o braço.

Aos cinco anos o menino poderia ter uma lembrança tão vívida e real do acidente? Ou incorporara a lembrança que a mãe lhe transmitira, o pavor sentido por ambos, a ponto de torná-lo coisa sua, fingindo se lembrar da dor que sentira, sem na verdade tê-la sentido com tal intensidade e dela ter agora clara consciência. E o tio, estaria ainda com eles? Ou até a mãe se confundira? Os gritos da mãe alcançaram um vizinho, que foi em busca do barbeiro. E a canhotice, seria conseqüência do tombo, da fratura, ou já era meio canhoto de nascença, ambidestro?

Nítida a cena:
A cara some, sumiu. O vulto, esmaecido, permanece. O filho está em idade de começar a ser alfabetizado. Fala, como de resto toda a família, um misto de árabe, português, mais adiante

as posições irão se inverter, português e árabe, a que se somará logo um tantinho de alemão, primeiro expressões vagas, conseqüência do tempo passado em São Pedro de Alcântara no contato com outras crianças. Em Rachadel, o mesmo que em São Pedro de Alcântara, não existe escola que ensine português. Começa a estudar árabe, em casa, com os pais, e rudimentos de alemão, com professor particular. Mais tarde vem a saber, era e não era bem aquele idioma, antes uma adaptação, mescla na qual se fundiam arcaísmos com palavras que iam sendo recriadas e acomodadas de acordo com as necessidades locais.

Ainda mais tarde, ele depararia com um bom documento a propósito do tema, livro publicado na década de 1960, nos Estados Unidos, *The Valey of Latin Bear*, de Alexandre Lennard, prefácio de Robert Graves. O autor recolhe expressivos exemplos de fusão e reaproveitamento de palavras, colhidas em outra longínqua vila brasileira também de colonização alemã, dona Ema, pleno vale do Itajaí. Húngaro, refugiado de guerra, o humanista Lennard captou, com extrema sensibilidade e fino humor, o (con)viver no vale que adotou como seu, descrevendo hábitos e costumes típicos e a reelaboração e readaptação do idioma, com rara percepção. Diz o poeta, romancista e historiador inglês Graves que ali se encontra "a complex local patois, an equally complex morality and very little governement control". Não era só em São Pedro e Rachadel que se falava um patoá complexo e havia pouca presença do governo.

Nítida a cena:
Domingo. O pai acabou de tomar café. É cedo. Vai até a frente da casa, observa a ruela vazia, volta, entra, abre a porta da venda, folheia um velho livro que já leu e releu. Nos fundos

da casa, a mãe cuida dos filhos, da arrumação, do preparo do almoço. O pai ergue os olhos do livro, ergue a voz, chama, mulher, Tamina, não esquece a bacia com água. Demora pouco, aos bandos, começam a chegar os descendentes de alemães, sapatos ao ombro, ou pendurados no pescoço, entram na venda, cumprimentam, pedem: licença, seu Zé, o pai abana a cabeça concordativo, sabe o que querem, moços e velhos, homens e mulheres no idêntico ritual, vão lavar os pés na bacia cheia de água, previamente colocada ao lado da casa pela Tamina, enxugam-se com a toalha trazida de casa, ou posta ali à disposição deles, calçam os sapatos, se dirigem à igreja para a missa. É a tradicional missa de domingo, à qual não podem faltar. Ainda uma novena, vá lá. Na volta da missa, o mesmo, só que invertido, sem a necessidade do lava-pé. É o descalçar, o limpar os sapatos, o amarrar um pé no outro, atentos ao nó do cadarço, depois se dirigem ao pai, agradecem, perguntam: tem brim pra calça do Hans, bom brim, tem ainda daquele tafetá pro vestido da Ilse, e um quilo de sal grosso, açúcar branco, tem enxada, tem martelo, tem prego pequeno, desse tamaninho, esse não serve, menor, estou sem dinheiro, vende fiado, me fia, aceita trocar por sacos de feijão, ou espera pela batata-inglesa; o pai abana a cabeça, tudo bem, o que fazer, receia que lhe aconteça o mesmo que na outra colônia alemã. Vale a troca. Terá como negociar o feijão (ou a batata, ou milho, a cebola, o alho) em Biguaçu, quem sabe Florianópolis, auferir algum lucro, preferível Florianópolis, no Mercado Público, pode conseguir melhor preço, trocar por gêneros industrializados. E se livrar de possíveis discussões, altercações, ser chamado de "gringo" que só quer se aproveitar da gente, não troca nem fia. Esquecem que, na absoluta maioria, são descendentes de alemães. É em Rachadel.

Nítida a cena:

Acontecimento corriqueiro: nasce outro membro da família, Sayde, no Alto Biguaçu, na casa de dona Joaninha, em fins de 1931, o quinto de uma cadeia que terá mais dois elos, incorporados em Biguaçu. Foi quando: dias antes ou bem antes? A nebulosa permanece. O certo é que o novo filho está para nascer, mãe caminha com dificuldade, pai padece com uma de suas intermitentes doenças. De repente, o caos se instala. A empregada, que parecia tão satisfeita, diz: dona Tamina, vou embora e já-já, surgindo com a trouxa de roupa sob o braço. A mãe pergunta: por quê? E a empregada: nada não, melhor nem explicar. Mas tu... começa a mãe, estavas satisfeita, me deixar assim! Não encontra como explicar a repentina decisão, qual o motivo. A empregada mal espera receber o que lhe devem, diz: se não querem me pagar, vou assim mesmo. E some, fugida, correndo. Não se passam muitos dias, dois-três-quatro se tanto, fica-se sabendo o motivo, dona Joaninha, rindo, esclarece: a empregada vira, tomada de angústia, o pai carnear uma ovelha, o bicho estrebuchante, a sangueira sendo recolhida num vasilhame, o couro retirado, limpo, pendurado no varal para secar, maior parte da carne cortada em fatias, na salga para a conserva, o preparo do quibe (que a empregada já conhecia e até beliscava com certo agrado, só que feito de gado vacum comprado no açougue), o bucho sendo limpo e preparado para, mais tarde, ser recheado com arroz, carne moída e temperos, ir ao fogo lento, enquanto pai, mãe, filhos pequenos, que nem antropófagos, comiam quibe cru, que nojo. Horror maior da moça só ao presenciar seu Miguel, que lhe parecera gente fina, mastigando nacos de carne crua do infeliz animalzinho, que mal acabou de ser sacrificado, sangue escorrendo da boca do monstro, como fora se enganar assim! Inúteis as tentativas de pedir explicação à empregada, fazê-la compreender o quanto era necessária, prometer aumento salarial, mostrar a gravidez da Tamina — também explicar o quê, se não sabiam as razões da brusca partida de alguém que ainda ontem se mostrava tão satisfeita, cantarolando por toda a casa? Nem a viram juntar a roupa na trouxa, pedir, rosto tenso, lágrimas escorrendo, me paguem o que me devem, não adianta, vou embora já-já, se não pagam vou assim mesmo, quero ir, preciso ir. E para uma amiga que trabalha na dona Joaninha, que depois lhe pergunta: não me disseste que estavas gostando da família, te tratavam como igual, sem titubear ela responde: eu, bem, vi ele sangrando o bichinho sem tremer, ora onde já se viu crueldade assim, mataram na minha frente o pobre, que gritava como quem pede socorro, se isso não fosse suficiente, comiam quibe cru do coitado que mal acabara de morrer, mas a gota d'água foi ver seu Zé, que eu considerava boa gente, mastigando com agrado pedaços de carne crua, escolhendo de onde tirar, regalando-se. E completava, rosto convulso, voz trêmula, olhos esbugalhados: eu, sai pra lá demônio, amanhã não conseguem outro animal parecido, ou ao menos um cabrito, me disseram que gostam também de carne de cabrito, dá neles vontade de comer carne crua novinha, estou por perto, me matam e me comem toda a carne até os ossos, pois não comem ela crua?... Fazia uma pausa, concluía: vai ver por isso me tratavam tão bem, me davam tanta comida, insistiam, me diziam, tão magrinha, coitada, precisas engordar, ganhar umas carnes, ficar bonita, mais forte pro trabalho...

Nítida a cena:
Não demorará a casa cheia.

Boatos pululam, inflamam a todos, propagam-se. De início espalhando-se a medo entre pessoas que haviam descido até Biguaçu. Um dizia: falei com o João Dedinho, esteve na capital, em contato com os líderes da Aliança, agora é pra valer, Getúlio se prepara, vai avançar; outro rebatia: estive com meu compadre Juca, um gabola o Getúlio, os Ramos do lado dele inventam inverdades, e o tal de seu João Dedinho não se peja em reproduzi-las, o presidente Washington está firme, garantido pelas Forças Armadas, apoiado pela maioria da população, mentira deslavada a tal possibilidade de avanço getulista.

Logo a confirmação: Alto Biguaçu hospeda um revolucionário, filho de dona Joaninha Regis. Não é a primeira vez que ele chega. Sempre de forma inesperada, ar conspiratório, aparece e some, some e reaparece. Diz-se: já viste o Regis, chegou o Regis, falei com o Regis, temos novidades; logo: viajou o Regis, antecipou viagem o Regis, para onde terá ido desta vez?

Personalidade fascinante, inesgotável conversador, aventureiro para alguns, estróina sem escrúpulos para outros, as opiniões se dividiam, e ele tudo fazia para que assim fosse. Uns: vai ser figura importante logo-logo, esperem; a recriminação azeda de outros: só traz incomodações à pobre mãe, tão boa senhora.

Durante a ausência, são as cartas que mantêm o alento de dona Joaninha, agarrada àquele filho mais do que aos outros, e outros existiriam, e por que ficou só Regis, jamais se pronuncia o prenome? Dona Joaninha faz questão de empunhar as cartas, manter em evidência o filho querido, lê-las para todos, manuseadas durante dias acabam adquirindo uma tonalidade parda, amassam-se, letras esmaecem.

Relata casos estranhos, altamente fantasiosos, caminhadas pelos brasis, por regiões desconhecidas, encontros perigosos com adversários, missões arriscadas, sigilosas; fala de saudades da mãe, da tranqüilidade da terrinha, gostaria, impossível visitá-la, está chegando o momento, fora encarregado de contatar figurão importante, o resultado terá, quando puder ser divulgado, forte repercussão nacional.

Tudo prenuncia a Revolução de 1930, que vai derrubar aquele presidente Washington Luís, um banana, decepção para os que nele acreditaram, que assumiu justo no ano em que a família Miguel chegou ao Brasil.

As cartas têm o mesmo entusiasmo da conversa. Como agora, todos esperando ouvi-lo. Regis dorme até tarde, a fim de se recuperar, gosta da prosa com seu Zé Miguel, rememora viagem ao exterior, diz: conheci Marselha, bom porto, grande movimento; pede: me dê uma cachacinha, como a nossa não há. Dá longos passeios, rememorativo da infância, demora-se à beira do rio, lembra pescarias, brinca com as crianças relatando mágicas histórias de suas andanças, ou não, deixa, sempre, um ponto em suspenso, impregnando de fatos pitorescos e dramáticos a imaginação de todos, não apenas crianças, fala da tocaia que prepararam para ele, como se livrou, a fuga depois de levar a mensagem para um líder. A presença do Regis tem o dom de acirrar os ânimos, já exaltados diante do quadro que se esboça, mais do que suficiente para azedar as discussões. Enfático dizia: o banana lá de cima nunca presidiu pra valer, um frouxo, manipulado, inseguro, Getúlio tem mesmo que tomar o poder, salvar-nos, colocar a terra no rumo certo, não demora a avançar; poucos retrucavam: nosso presidente é um homem bom, conciliador, quer o melhor para a nação e cada um de nós; o teu Getúlio, um caudilho de mau caráter.

Em dado momento, Regis já tendo viajado, a notícia que aguardam nem é mais surpresa: as forças getulistas iniciam o avanço em direção ao norte, sobem sempre mais, imbatíveis, param, prosseguem, se aproximam da capital do estado. Para maior proteção da cidade as tábuas da ponte são retiradas, nem cinco anos faz da colocação. Florianópolis resiste, vai continuar a resistência, será a última capital do país a se render. Forças dos revoltosos passam por Biguaçu, bombardeiam o centro, um balaço atinge a farmácia do seu Taurino, fica lá durante bom tempo a marca para quem queira comprovação, exposta na parede como galardão. As forças do Getúlio, sempre em direção ao norte, se aproximam do Paraná, entram, não demora é a famosa batalha, que nunca aconteceu, do Itararé.

Nítida a cena:
Agora sim, a casa cheia.

Um dia qualquer de outubro de 1930. São parentes que haviam ajudado a família quando chegara a Santa Catarina, são patrícios, são parentes de parentes. Um pavor o que contavam, vinham corridos de Florianópolis, exageravam ao máximo o que lhes acontecera (invenção na maioria das vezes) ou com amigos, ali ficaram até a vitória final do movimento, de um instante para outro todos poderiam se transmutar em fervorosos revolucionários de primeira hora. Mas tal momento ainda não chegou — se é que vai chegar, ponderam alguns céticos.

A casa vira um tumulto só: gente dormindo pelos cantos, sem hora certa para deitar e levantar, os filhos acomodados no quarto dos pais, a mãe tendo que atender quase uma vintena de pessoas, como se fosse obrigação dela, outros abrigados na casa vizinha da dona Joaninha, que, orgulhosa, empunhava as cartas do filho, certa da vitória, por onde andará, dizendo: bem que meu rapaz garantiu, duvidavam, né, o Getúlio vence. Tamina, a mãe, sem tempo para ouvi-la, cuidando para que todos se acomodassem o melhor possível, desdobrando-se no preparo da comida, pensando no que faria se o movimento revolucionário durasse, quais providências tomar no decorrer dos intermináveis dias. O pai quer animá-la, diz: mulher, Tamina, o Getúlio vai ganhar, é questão de dias, e aí tudo melhora no país, um pouco de paciência. Adversários do Getúlio, que sabiam da posição do pai (embora ele dissesse que, como estrangeiro, não tinha posição política), talvez influenciado pelo Regis ou desejoso de mudanças, retrucavam: seu Zé, o que é isso, ganhou nada, aprecate-se, tudo bazófia dos adeptos do caudilho sem coração, sem bandeira, um despreparado sequioso de poder, atente nas barbaridades cometidas, no morticínio; e depois de tudo definido, ouvia-se dos poucos que se mantinham fiéis às suas posições, ou não as podiam esconder: coitado do nosso presidente, vai ser exilado, outros vão sofrer com ele ou por causa dele, e aqui, como fica a situação no estado com os Ramos, vingativos, em Biguaçu os Amorins, o seu Fedoca, o seu João Dedinho, revanchistas que vão deitar e rolar, esperem pra ver.

Até que, certo dia, da mesma forma como haviam chegado, todos se foram. Preparam as malas, uns sem ao menos dizer obrigado. Quais os antigetulistas, difícil saber.

Era a rotina que voltava, era a casa vazia e reacomodada, era a vitória da Revolução de 1930, era a confirmação do vaticínio do Regis, era a esperança de melhores dias, era a mudança no governo do estado, era a chegada e o predomínio, por bom tempo, de uma ala dos Ramos.

Nítida a cena:
O tio está chegando, o tio não demora, o tio chegou, a mãe feliz com a presença do irmão querido de quem sente tanta saudade, o pai abraçando-o comovido, reclama a fim de esconder a emoção: que loucura a mudança para Porto Alegre, agora vê se ficas aqui; e o tio abanando a cabeça que não, era só uma visitinha, os sobrinhos alegres rodeando-o, exigindo atenção, os mais crescidos tentando se lembrar dele, o tio falando daquela tentacular cidade, Porto Alegre, talvez maior que Beirute, mãe e pai duvidando, exagerado esse Hanna-João, se comparada com Amiun e Kfarssouroun pode ser, com Biguaçu sem dúvida, com Florianópolis quem sabe, até pode, os pais voltando a questioná-lo, isso é motivo para nos abandonares, ainda não se haviam conformado; o tio ri, procura se justificar. De repente chama os sobrinhos, vamos sair, um passeio, agora a reclamação dos pais era outra, Hanna-João (ou João-Hanna, dependendo da ocasião, dos humores, do questionador), vais estragar as crianças com tanto mimo, e quando te fores como será, estarão mal-educadas. O tio ri: me deixe, estou matando saudades, saudades até dos que não conhecia. O tio, já definitivamente João para os sobrinhos, pouco se importa com os reclamos da irmã, do cunhado, volta a sair com todos, enche-os de guloseimas, vai levá-los ao circo, que acabou de montar tenda num descampado, terreno baldio ali perto; repete com as crianças, ele também criança, os bordões: o palhaço o que é/ é ladrão de muié, grita mais alto do que todos quando o vulto do acrobata,

em salto ágil, se projeta do trapézio, o leão avança para o picadeiro. A imagem não se apaga das mentes infantis. Tempos depois, sem transição voltam ao circo, e voltam, e voltam, tudo reconstituem, vêem o tio que ri desbragadamente com as palhaçadas sem graça dos palhaços, espanta-se com a docilidade dos animais selvagens, como é que podem ser domesticados a ponto de obedecer ao domador, chama a atenção dos sobrinhos, o maluco acaba de botar a cabeça na bocarra do leão, olha pasmo-encantado para a acrobata que lá de cima se projetou e cai perto dele.

Lá um dia, tudo se acaba. O circo nunca mais terá o mesmo fascínio. Da mesma forma inesperada que chegara, a despedida, o tio sumindo em direção àquela misteriosa e alucinante Porto Alegre, que por motivos vários se tornaria inesquecível, marcando toda a família, pai e mãe reiterando as queixas, as reclamações, os apelos de fica, não vai, nos ajuda, que tens lá de tão importante, mulher, é; o tio ri seu riso manso, abana a cabeça. Deixa um presente para cada sobrinho, lembrança para não se esquecerem dele. O filho mais velho tem o presente na mão ao vê-lo sumir: pequeno canivete prateado, em um dos lados escrito Solingen, no outro "nunca enferruja", brinde da Brahma, canivete que no decorrer dos longos anos de vida jamais abandonaria, espécie de talismã, perdido por uns tempos, magicamente recuperado, sem qualquer explicação, como se através dele pudesse recuperar o próprio tio.

Mas agora, por mais que lute, o vulto do tio vai se esbatendo na distância; resta uma dúvida: terá o tio apanhado o ônibus em frente da casa, ou na pracinha central de Biguaçu, daí aquele "sumido em direção...", vago, porém impressivo. E por uma dessas transposições incompreensíveis, a imagem que se grava e permanece, recusando sumir, é a do tio, como num filme de Chaplin visto anos depois, caminhando desengonçado, baixo, mais para gordote, chapéu na cabeça, terno escuro e justo, por que o justo sem explicação, sumindo aos poucos, lentamente, em câmera ralenti, até se perder em uma curva da principal (e única) rua de Biguaçu.

Nítida a cena:
Noite. Bem tarde. Há muito passou da hora regular de dormir. Pelo menos para as crianças. Ninguém se recolhe. Família em polvorosa. A filha mais nova, Hend, sumida. Já percorreram casas de parentes, patrícios, amigos, conhecidos, colegas de escola das meninas. Em vão. Vasculham nas imediações. Nada. Acionam a delegacia. Seu João Dedinho procura acalmar dona Tamina, seu Zé. Diz: criançada, logo aparece. Aparece como, quando, retrucam. Mandam soldados darem uma batida nas imediações. Sem qualquer resultado.

Também ele se inquieta. Interminável a noite se arrasta, escorre. Imagina-se horrores: caiu num poço, foi se debruçar às margens do rio Biguaçu lá para as bandas da ponte, escorregou e foi arrastada pelas águas, perdeu-se pelo Prado ou nos caminhos pra Três Riachos, alguém lembra de uns ciganos acampados perto de São Miguel (ou seria Alto Biguaçu?), surgem e somem misteriosamente oferecendo tirar a sorte, berloques, tachos de cobre, agora sussurram, vai ver roubaram ela, é o que costumam fazer, precisam de gente, gostam mais de meninas, histórias de fatos semelhantes começam a ser lembradas, cochicham pelos cantos, não muito perto da família, nem tão distante para que não possam ouvir.

Onde procurar mais? Ninguém tem idéia. Desnorteados. Desespero da mãe, indignação do pai, pavor dos irmãos. Afinal, o que pode ter acontecido, pai interroga a mãe; Tamina, mulher, vê se te lembra, me diz, aonde foi a Hend, te pediu licença? O receio solerte se amplia, não permite que a mãe se recorde, o pai volta a apelar para os filhos, a interrogá-los, encolhidos num canto. O pai quer se lembrar da última vez naquela tarde-noite em que vira a filha, o pavor lhe bloqueia o entendimento, esforça-se e, para não chorar, contrai o rosto.

Mais gente chega, a notícia circulou, curiosidade mórbida de uns, ver no que podem ajudar outros. Vêm hipotecar solidariedade, como se o fato estivesse consumado, a filha perdida para sempre, morta, o cadáver diante de todos. De novo rememoram casos idênticos, um se vira, diz: seu Abraão, o senhor recorda, já morava em Biguaçu, o caso da filhinha do... interrompe a frase, ou então desenrola complicada história sem começo e sem fim, sem pé nem cabeça, quando é interrompido por outro, que diz: seu Joãozinho Dedinho, teu xará João Mendes quase morreu afogado quando foi tomar banho no rio, acabou aleijado e cego; um terceiro se apressa: foi salvo a tempo, por acaso, alguém passava de bateira e viu ele afundando; ainda completa: só que, coitadinho, vejam em que estado ficou.

Claro que a intenção é boa, embutida uma pitadinha de maldade, ou nem isso, mas o que vai sendo relatado, relembrado, só faz aumentar o pavor da família, é um pavor quase palpável, que escorre como visgo, pegajento.

Uma tênue nesga de sol, quanto tempo depois (o tempo perdeu sua dimensão), suave neste claro céu do amanhecer começa e se entremostrar. Insones, estirados pelos cantos, impotentes esperam o pior, não se tem mais para quem apelar.

E eis que a filha, esfregando os olhos, bocejante, roupa amarfanhada, entra na casa, estaca, admirando-se ao ver tanta gente. Será uma visão? A mãe, primeira a vê-la, grita, chora, corre para abraçá-la, apalpa-a, interroga-a e se interroga, ri num riso convulso; no pai a reação é de raiva, talvez rancor, levanta a mão, punho fechado, quer avançar para a filha, surrá-la. É contido por uma pessoa qualquer, que pede: seu Miguel, por favor, não faça isso, vamos ver o que a menina tem pra dizer — e se o nome da pessoa sumiu no tempo, aquele "seu Miguel" comprova que não é alguém das relações próximas da família. O homem prossegue: não vê que a menina está viva, isso que importa, que conta, deixemos que ela explique, vamos pedir que conte o que aconteceu.

A filha, assim questionada, treme temerosa, e na maior inocência responde o que desarma o pai e faz sorrir a mãe: dormi, só isso, eu estava brincando na casa da minha amiga, a Stela, sabem, lá no porão, ela foi falar com a mãe, comecei a folhear umas revistinhas, nem sei o que aconteceu depois, dormi, né, acordei indagorinha e vim pra casa.

Nítida a cena:
Na primeira casa de Biguaçu. Um dos filhos está saindo de uma doença braba, a mãe pede: vai ali na padaria do seu Fedoca, vai, me traz pão e um litro de leite, melhor, dois. A padaria perto, um pouco pra cima em direção à ponte, no outro lado da rua, o menino sai, quase se arrasta, fraco e tonto, mas necessita ir fazendo exercícios, o farmacêutico seu Taurino recomendou: o que essa criança tem agora é fraqueza, anemia, precisa de um bom fortificante, boa alimentação, mais do que isso, se mexer, e diz: deixe a preguiça, saia, não passe o dia estirado. A mãe insiste: te mexe, mandrião; e o pai: vai andar, criatura, deixa de malandragem.

Agora começa a caminhada, pouco antes da padaria a casa de um ex-amigo, numa dessas brigas sem razão de crianças virou desafeto; o outro prometeu: te pego, vais ver o que é bom pra tosse, isso depois de uma luta em que fora derrotado diante da turma, atirado balouçante em cima de uma roseira, espinhos ferindo-o. Ameaçou: não perdes por esperar, te pego firme, cobro o velho e o novo. Com a doença esquecera a ameaça, ou imaginou, ele sabe que estive mal, ainda convalescendo, afinal briga de rapazes. Mas que nada, o ex-amigo estava se lixando para a saúde "daquele sacana", queria ir à desforra, se vingar, nunca iria esquecer o vexame, a surra, a boca engolindo poeira. Agora a chance: sai do quintal onde brinca com o pião que comprara ou ganhara nos bons tempos de camaradagem, com um rugido avança. Basta um primeiro soco bem na cara, outro no peito e é a queda, o comer poeira; sem dó nem piedade a surra prossegue, impossível determinar quanto tempo, agora lhe pisa o rosto com o pé, enquanto diz: seu puto, seu puto de merda. Atracam-se, mas que atracar-se pode ser aquele, um esbanjando saúde e o outro mal conseguindo se suster em pé, mover os braços. Pensa, vou desmaiar, não quer desmaiar, até que uma alma caridosa aparta-os, com um enérgico: basta — e ele se esforça por chegar até a padaria, limpar-se, comprar pão e leite, nada revelar em casa, assunto só dele; para o futuro, a revanche.

Nítida a cena:
Sacos abarrotados por toda a casa. Não apenas na parte da venda. Também na sala, na cozinha, quem sabe nos quartos. O cheiro de camarão tudo infesta. Camarão seco, adquirido aos poucos pelo sistema de troca, quase nunca comprado; humil-

des pescadores chegavam, sentavam-se primeiro, pediam uma pinga, falavam do tempo, queriam saber da saúde do pai, da família, num arrodeio do conhecimento de todos na casa, vinham sós ou acompanhados de filhos, como o seu Serapião e o filho tanso, pai dava corda, gostava de ouvir histórias de pescador, eram de São Miguel, de Tijuquinhas, de Ganchos até.

Acabavam conseguindo o que queriam. Funcionava o sistema de troca, raros tinham dinheiro. Tantos quilos, ou tantas arrobas de camarão seco por uns quilinhos de sal, de sabão Wetzel, raro de açúcar branco ou cristal, geralmente tinham açúcar grosso, de engenhocas deles mesmos ou de parentes e amigos, barganhavam, num jogo que dominavam bem, repetiam: seu Zé Gringo (o Gringo podia, jamais o Turco) quer nos tapear, quer, né, veio lá das profundas do mundo no outro lado da Terra pra enganar a gente, mas tudo numa boa, o pai respondia: coitado de mim, vocês é que me tapeiam. Acabavam se acertando, no início queriam que o pai fosse pegar o produto lá nas bandas deles, insistiam, seu Zé tem aí a carrocinha, o cavalo, filhos já crescidos, depois relaxavam, deixa pra lá, a gente damos um jeitinho. Diante da reclamação da mulher, o pai repete; deixa, Tamina, mais um pouco, só uns dias, coitados, e a mulher, e nós, não somos também coitados? José não retruca, apenas pensa, vais ver, vendo tudo lá pro norte do estado, no Itajaí, na Blumenau, no Rio do Sul, em Brusque, se for preciso vou mais pra cima, até Joinville, vai nos dar um lucraço, sei, nos ajuda nessa emergência, tão necessitados estamos, e o povo não cansa de me dizer que é tempo bom pra vender camarão seco.

Até que um dia seu Miguel vai (será com a carrocinha? Impossível! Terá fretado um caminhão? Talvez!), a casa livre do camarão, leva dias para sumir o cheiro que a todos acompanha por onde quer que andem, impregnando corpo e alma, até longe da casa sentiam-se contaminados. Não podem ouvir falar, quanto mais enxergar, nem camarão recém-capturado.

O pai fora em direção ao Vale do Itajaí. Sim-sim, confirmou para a mulher: vais ver, venda garantida, vendo logo tudinho, trago bom dinheiro. Fez cálculos otimistas: custou tanto, vendo por tanto, vou ter tanto de despesa, lucramos tanto, excelente negócio, e nem nos custou dinheiro vivo, quase só troca, e Tamina: Yusé, os gêneros representam dinheiro, ou não?

Empolgado com as perspectivas, dizia: vou comprar mais camarão seco, ali a saída para seus problemas; cética, a mulher retrucava, de onde a idéia maluca? O marido não cedia.

Demorou até voltar de carona, graças à caridade de um motorista conhecido, boa alma que ficara com pena dele. Só aí reconheceu, besteira, mulher, tinhas razão, quem lhe inculcara na cachola que camarão seco era bom negócio, por *Allah*, que bom merda nenhuma, saíra-lhe aquele "merda", ele que detestava palavrão. Explicou: foi diminuindo o preço à medida que recebia negativas, torciam o nariz, camarão, sai pra lá, bom mesmo é carne, um churrasco, não sou gaivota, que até ela prefere peixe, aliás nem come camarão, tire essa coisa fedorenta de perto da gente, nem precisava ser o mau cheiro, só ver o bichinho dá engulho. Teve que dispensar o caminhão (sim, lembrava-se, alugara um), pagar para que o ajudassem a se desfazer do camarão, nem de graça encontrou quem o quisesse. Durante meses proibido falar naquele amaldiçoado, nem o nome repetia, pescadores logo ficaram sabendo, palavra interdita, tabu na casa, avisou, cara amarrada a fregueses e amigos: leva um tiro quem aqui falar no, e bastava aquele "falar no", todos já sabiam a que se referia. Um prejuizão danado!

Nítida a cena:
Garbosos, de espingarda ao ombro.

O Brasil deve entrar na guerra, ao lado dos Aliados. Vai entrar, com certeza. A nação exige. Jornais incentivam, rádios emitem mensagens, personalidades dão depoimentos, os Estados Unidos pressionam. Está na hora. Até já passou, não podemos ficar alheios às hordas nazifascistas avançando, ameaçam dominar o mundo. É preciso reagir.

Alerta-se: Biguaçu também necessita dar sua contribuição ao esforço de guerra. A preparação tem que ser logo. E se nos invadem? Navios de guerra alemães não se aproximam? Foram entrevistos perto de Itajaí, de São Miguel, por barcos de pescadores.

Um dia, seu João Dedinho aparece na venda, vai bater papo, discutir a situação, pedir: teus filhos maiores podem ajudar no patrulhamento da cidade, estamos fazendo plantões diurnos e noturnos, mais necessários durante a noite.

Grupos começam a ser convocados, não é nada obrigatório, recebem rápida orientação, como manejar um fuzil, um revólver, uma espingarda, como patrulhar, como interrogar numa emergência, lições básicas transmitidas por um cabo, que conta com meia dúzia de soldados, se tanto, todos sob a autoridade máxima do delegado. Durante algum tempo, até que em 1943 a família Miguel se mude para Florianópolis, duas vezes por semana (ou seriam três, ou seria uma?), chega o turno dos filhos. O pai avisa, cuidado, a mãe temerosa acha que as crianças menores de idade não deviam ir, mas todos querem, é uma diversão. Lá ficavam com outros jovens, patrulhando as ruas, atentos ao menor rumor, ao que se passava, luz escapando por entre as frestas de uma casa, o que era terminantemente proibido, pessoas desconhecidas cruzando as ruas, caminhões ou carroças que podiam conter — o que mesmo? — conter, ora!, barulho inusitado. Um dia prenderam um suspeito, tipo entroncado, mais para louro, parecia espião, ou era, será espião? Como identificar, é, não é — se perguntavam. Mal vestido, barba por fazer (disfarce?), talvez ladrão de galinha, talvez vagabundo, talvez desocupado, talvez, perdiam-se no talvez, em conjecturas.

Rodeavam a casa do padre, dizia-se que era favorável ao Eixo, pertencera, pertencia, melhor dizendo, embora não mais se manifestasse de público, ao Partido Integralista, tinha (tinha ou não, eis a dúvida que permeava todos) uma pequena estação retransmissora, que recebia e repassava informações até alto-mar, avisando da movimentação de embarcações, teria, quem sabe, com isso ajudado a afundar barcos brasileiros, olhava-se com suspeição para os descendentes de alemães, quase todos haviam pertencido ao bando dos traidores, aos integralistas, aos camisas-verdes, aos galinhas-verdes-sem-vergonha, haviam sim! E como diferenciá-los dos que não eram?

Lá um dia a notícia espantosa, embarcação não identificada andava beirando o litoral catarinense, fora entrevista perto de São Miguel, sumira, reaparecera, parece submarino alemão, mas como identificar submarino alemão, terá desembarcado gente, onde se esconderiam, ou embarcara agentes infiltrados que necessitavam sair do país, estivera perto de Florianópolis, fora percebido quase no porto de Itajaí. Começa a romaria até São Miguel, as pessoas querendo ver o submarino e comprovar o que tanto se propalava.

Aí alguém lembra: vocês se recordam do zepelim passando por cima da gente em 1935, o espanto aquele bichão lá no alto, com certeza fotografou tudo, era isso que ele queria, os dados foram a exame minucioso na Alemanha, ficaram sabendo direitinho onde podem desembarcar, de que maneira chegar a Blumenau, depois tomar a capital, e Biguaçu, passagem obrigatória, passa-não-passa a ser ponto estratégico para a dominação do estado, principal reduto integralista. Daí a necessidade da permanente vigilância.

A cena é bruscamente interrompida. A mudança da família para Florianópolis impede que continuem participando do patrulhamento das ruas e da boataria. E, agora, para que se possa acompanhar e dar um final à história. Ou não? O final, implícito.

Nítida a cena:
O pai grudado ao radinho, o pai placplaqueando com a bengala de uma peça para outra, o pai à espera dos raros jornais que chegavam a Biguaçu, o pai insistindo com os motoristas da linha Biguaçu—Florianópolis: me tragam os jornais, pago o dobro, por favor, ao menos um se não todos, *O Estado, A Gazeta, Noite e Dia, Diário da Tarde*, melhor se do Rio ou São Paulo, *Jornal do Brasil, Correio da Manhã, O Estado de S. Paulo, Correio do Povo* de Porto Alegre, tanto faz, o pai intranqüilo querendo saber sempre das últimas novidades, vinha-lhe à mente a guerra de 1914, lendo ou pedindo que um dos filhos lesse, o pai discutindo, preocupantes as notícias da guerra, o pai relembra a passagem do Plínio Salgado, o líder verde empolgando Biguaçu, a calorosa recepção dos filiados em frente à casa de dois andares dos Reitz, o pai chegando até a porta da vendinha para ver o homem de bigodinho à Hitler se dirigindo aos galinhas-verdes, todos uniformizados, volta e meia erguiam a mão para a saudação do anauê, o pai inconformado ao perceber bandos de crianças, também uniformizadas, marchando ao som

dos tambores, os filhos rodeando o pai, pedindo: deixa-deixa, pai, tão bom marchar, a recusa, filhos recorrendo à mãe com um "é bonito", queremos participar, o pai irredutível, como imaginariam eles o que havia por detrás daquele bonito; alerta: filhos, ouçam, nunca se deixem envolver por qualquer tipo de ditadura, e o integralismo é uma ditadura, modelo caricato do nazismo; o pai doutrinando: a democracia pode ter suas falhas, só que não se inventou nada melhor, pode até não ser o regime ideal, devemos preservar acima de tudo a liberdade, nunca se esqueçam, bem maior do homem; e a mãe, ouçam o pai, verdade o que ele diz. Nas longas conversas, com amigos, em especial o delegado-alfaiate João Dedinho, o bater na mesma tecla.

Seriam exatamente essas as palavras, ou o sentido nelas implícito é que era?

Se a inquietação do pai começara, de forma atenuada, durante a guerra civil espanhola, ia aumentando à medida que percebia claramente o aproximar da grande guerra, com a Alemanha invadindo, de forma fulminante, países próximos. Foi aí que os filhos viram, pela primeira vez, o pai não xingar, como era de praxe, a França e os franceses e lamentar-se quando tomou conhecimento da bandeira nazista içada em Paris.

Nítida a cena:
Anoitece. O céu explodindo em fogo. Calor sufocante. Silêncio em tudo. Por tudo. Rua vazia. Surge o casal, caminha, passo estugado. Atrás, a garotada. Quieta. Chegam. Estão em frente à venda do seu Zé. O casal sobe um degrauzinho. Chama. Seu Zé atende uma freguesa, pesa meio quilo de arroz, está com a concha quase cheia na mão, estaca ao ouvir o chamado. Seu Zé pede que o casal entre. Recusam, querem que ele desça.

Desce. Sussurram. Em momento nenhum as vozes se alteiam. Mas os gestos são duros, expressão fisionômica tensa. Seu Zé abana a cabeça, concordativo. Promete: vou tomar providências. O casal se despede. Ou nem se despede, a fim de marcar posição. Inconformados, indignados. Indecisa, a garotada nem sabe o que fazer. Acaba por acompanhar o casal. Menos os filhos do seu Zé, que chegaram antes e sumiram, escabriados. Um deles, em especial. Seu Zé despacha a freguesa que, por mais que se esforçasse, nada conseguiu escutar. Mal a mulher sai, seu Zé se põe a fechar a porta, antes que outro freguês apareça; passa a trava de segurança, grossa tábua que vai de um lado a outro. Grita para a mulher, lá dentro sem nada ter percebido: Tamina, cadê aquele moleque, aprontou mais uma. A mulher acorre, precisa ser informada, não acredita no que ouve. Viu os filhos passarem correndo, nem entraram em casa. A palavra "moleque" identifica o infrator entre os filhos. Ele não só não está em casa, como não é localizado. É noite plena.

Não faz muito a família chegou a Biguaçu. Nem se completou o processo de adaptação ao novo meio, talvez menos traumático. São vistos com estranheza pelos demais, têm nomes exóticos, falam arrevesado, faltam-lhes palavras, se envergonham de dizê-las num arremedo de português e árabe. Passam a tudo fazer para serem aceitos e se integrar naquele mundo. Todos recusam ser diferentes dos demais — e cada qual parte para fugidas com uma turma.

Nesse anoitecer, o incidente. O grupo está reunido perto da casa do seu Amorim, quase às margens do rio Biguaçu. Seu Amorim, figura conhecida, tem umas filhotas vistosas, mais ou menos na idade dos moleques mais velhos, dez/doze anos, o filho do seu Zé chega aos nove/dez.

Um dos rapazes avança, puxa-o por um braço, toca-lhe no ombro num gesto amistoso, diz: estás vendo aquela moreninha bonita, apetitosa, vês, queremos saber se és macho pra valer, se tens coragem, os outros duvidam, não eu, apostei em ti, não podes me decepcionar, prova pra cambada que já és homem, que podes pertencer ao nosso grupo, vai até ela bem perto e pede, me mostra a xoxota, depois diz, me dá, me dá. Ele nem sabe direito (melhor, talvez não saiba, mas intui) qual o significado da palavra, só que deve ser algo perigoso, procura os irmãos ali por perto. Todos expectantes, à espera. Necessita ser aceito, se afirmar, se integrar de fato, foi desafiado, foi provocado, titubeia, os demais olham-no com olhar escarninho, o outro ali perto permanece com a mão em seu ombro, confia nele, não acabou de dizer, intimamente ainda reluta, não imagina o que querem com aquilo, qual a finalidade, sente que não pode dar certo, mas precisa da amizade do grupo, ser um deles, ainda não foi integralmente incorporado, em determinadas circunstâncias, afastam-no, fogem dele, se escondem, é com temor que os busca, se junta às sortidas pelos becos mais escuros, pela chácara de árvores frutíferas do velho Galliani, o unha-de-fome; diziam: vamos lá, quem mais corajoso, o homem deixa as frutas apodrecerem, nem dá umazinha pra gente.

Ouve de novo, terceira ou quarta vez: vai logo, anda, estás encagaçado, é? Diante da persistência, já pressentindo um certo ar de deboche no tom, que logo se transmutará em desprezo, caminha em direção à menina, os moleques ficam alertas, concentrados, não sabe como iniciar a frase, nem qual o sentido mais oculto da mesma, matuta, e se eu recuar, reconsidera, estou liquidado, pensa, não quero mas tenho — e num arranco repete o que o outro lhe dissera. Vê a menina berrar, abrir a boca no choro, partir correndo para casa, entrar, os pais chegarem à porta, ela apontando um dedo na direção dele, os pais saírem em seguida, se encaminharem para a venda do seu Zé, acompanhados à distância pelo bando.

Insone, o casal começa a se questionar. Abruptamente pede que os demais filhos se recolham, desistem de explicações, chega o que ouviram dos pais da menina. Ficam na sala, a luz bruxuleia, cabeceiam — e de repente, ressabiado, o filho entra. O pai agarra-o pelo cabelo, puxa-lhe uma orelha com força, dá-lhe tabefes, esbraveja, a mãe implora que pare, quer ouvir o filho, o rapaz não pronuncia palavra.

Durante uma semana não o deixam sair de casa. É castigo e é medo. Medo do que fariam os irmãos e demais parentes da menina, ameaçando moê-lo de pancada, detendo-se em frente à venda, xingando toda a família. A garotada do bando sumida, a rir, surgindo de repente e um deles, enticando, apontando-o sarcástico: vai seu tanso, vai!

Nítida a cena:
Ei-lo: o novo tio.

Qual o ano? Fins da década de 1930? Inícios da de 1940? O certo: antes de 1943. Antes de maio, data da mudança da família para Florianópolis.

A notícia transmitida pela mãe ansiosa. A expectativa: como será? E o tio está chegando, não demora chegar, já passou pelo Rio de Janeiro, já desembarcou em Florianópolis, o pai foi esperá-lo, não demora estará aqui. Parentes e patrícios também aguardam. Certamente trará notícias, encomendas, lembranças, presentes para todos.

Chama-se Tufik. Veio direto da terrinha, da *maksuna*. Irmão da mãe. Mais moço. Quem sabe o mais moço de todos. Chega ressabiado. Sim, tem notícias de parentes, de patrícios, de amigos, quem morreu, quem casou, quem mudou. E traz um pouco do azeite de oliva, latas de azeitona (tão mais saborosas, diz Tamina, ávida por saboreá-las, desmanchando o pacote, procurando abrir a lata, dizendo: provem pra ver), e eis o *zatar*, eis as revistas árabes, os velhos jornais, sobre os quais logo o pai se debruça. Ah, sim, nem esqueceu as tâmaras.

Durante dias a casa cheia, este queria saber, e o meu irmão Farid, de Amiun, como vai, não me mandou nada não, e outro, meu primo-irmão Skandar, de Trípoli, tiveste como te comunicar com ele, avisar que vinhas para o Brasil, Biguaçu, e um terceiro, me conta tudo, me conta, Beirute continua a mesma cidade tão linda e tão agradável?

O tio é parco de palavras, ao contrário do Hanna-João, um extrovertido, o outro introvertido. Tufik fica uns tempos, quanto, com a gente, ajuda o pai, procura aprender logo o português, passa horas recolhido, ruminando sabe-se lá o quê, insatisfeito, como se tivesse vindo obrigado, fugido, mal dá atenção aos sobrinhos.

Depois, dominando palavras de português, está escrito, mascateia um pouco. São tempos ainda mais difíceis, vai para São Miguel, Tijuquinhas, Ganchos, tenta Alto Biguaçu, São José, Santo Amaro da Imperatriz, o mesmo trajeto do cunhado. Não adianta. Indeciso quanto ao que fazer, que rumo tomar. Reúne-se com a irmã. Ouve a opinião do cunhado. Insinua, como se a mãe tivesse insistido na vinda: melhor me preparar, não vim pra isso, vou pra junto dos meus irmãos nos Estados Unidos. Jamais se refere ao pai, ali mais perto, na Argentina. Não vai. Irá mais tarde. Uma dúvida perpassa a cabeça dos sobrinhos, mas cadê coragem para perguntar: já teria estado lá, com os outros irmãos? É que domina com certa fluência o inglês.

Acaba abrindo uma vendola, próximo da alfaiataria do seu João Dedinho, o delegado, só que no outro lado da rua. Arranha o português. Fica ali, mesmo depois da família se transferir para Florianópolis. A esperança de se firmar logo se esboroa, mal faz para o sustento, mesmo sendo sozinho, sem companhia, sem amigos, sem mulher, sempre arredio, desconfiado; inevitáveis as comparações, tão diferente do outro irmão. Chegariam até Tufik tais comparações?

Lá um dia, da mesma forma como havia chegado, se foi. Para os Estados Unidos. Em busca dos irmãos.

Apressadamente preparou tudo, sem comunicar à irmã, ao cunhado, mal esperou resposta, e o correspondente convite, para que conseguisse o visto de entrada. Sim, disse para Tamina, havia como entrar diretamente nos Estados Unidos, sem cruzar o México.

Terá retornado ao Brasil, depois da também frustrante tentativa junto aos irmãos, antes de retornar definitivamente ao Líbano, sua cidade natal?

Tudo isso, e muito mais, no que se relaciona ao tio Tufik, é sempre difuso, impalpável, escorregadio, figura enigmática, quase indecifrável. E contra ele, a comparação desfavorável com tio João (um fantasioso tio João?), que logo a todos encantara, ainda mais envolto no mistério daquela morte inexplicada. Ou se ia, aos poucos, mitificando a figura, que adquiria contornos mágicos? A verdade é que tio Tufik não conseguiu, para valer, o afeto dos sobrinhos, já nem tão crianças, nem mesmo dos que nunca tinham chegado a conhecer tio João. E quanto aos demais parentes e patrícios? Fica a interrogação.

Nítida a cena:
O tombo. O mergulho.

Duas seqüências indissolúveis, inseparáveis se interpenetram e complementam: a velha bicicleta que o pai comprara por insistência dos filhos, antiga reivindicação; o mergulho do Adalberto da ponte de ferro sobre o rio Biguaçu. E o conseqüente resultado. Idêntico? Examinados os dois fatos à distância, pesados os elementos que os compõem, até se encontra, sem maior esforço, alguma similitude, embora também se questione o que possa existir de tão próximo entre um incidente e outro, para que permaneçam como peça única na memória. Talvez o resultado desastroso do mergulho do Adalberto, sem antes examinar a fundura do rio perto da ponte depois da enchente; e a inabilidade com o manejo da bicicleta, sem que o rapaz consiga aprender a andar naquele bicho xucro, mais que o cavalo Sultão, embora os irmãos já pedalassem com maior facilidade.

Eis o quadro montado: Adalberto está na ponte, se prepara, arma o mergulho, quer um salto ornamental, pula — e só ficam de fora, balançando, as pernas, os pés, até que alguém se dá conta, atira-se rápido sem mergulhar e luta para remover Adalberto enquanto é tempo. Durante dias, pescoço duro, a brincadeira dos amigos era chamá-lo, e ele, sem conseguir se mover, virar-se por inteiro com esforço e ouvir as gargalhadas escarninhas. A bicicleta está encostada no murinho perto da casa, as crianças em volta, chegou a vez da Hend, que num salto sai pedalando, dá uma circulada, arde vitória, pára, desce toda sapeca, cede a vez, será outro dos irmãos; o Jorge, num pulo está correndo, sobe e desce, faz curvas, estaca, levanta a bicicleta, dá um voleio; até o Sayde se dá bem, o Fauzi não, que ainda falta tempo para que possa se aventurar; alguém diz: chegou a tua hora, o primogênito reluta, diante da gozação acede, começa pedalando com extremo cuidado, não de todo mal, hoje se safa, até que estrondeiam os gritos: solta as mãos, vamos, solta, anda, fácil, todos fazemos isso; ele não quer, sabe, não deve, mas não pode continuar recusando, foi desafiado, consciente do que todos esperam e do que inevitavelmente virá — e vem — o tombo, rodas da bicicleta girando, tudo seguido de gargalhadas escarninhas, até do sacana do Adalberto, esquecido do infeliz mergulho.

Nítida a cena:
O buzinaço do carro. Antes que o próprio apareça. Já se sabe o que é: Velho Sagaz faz das suas.
É pleno verão.
Comerciante bem-sucedido e respeitado, não escapa às loucuras do calor. Tratamentos nada resolveram. Abandona tudo: a família, os amigos, a afreguesada casa comercial em Ganchos do Meio, a mais típica das três povoações, local da farra-do-boi e de famosos caldos de peixe e frutos do mar. Por mais que pressintam o que vai acontecer, Velho Sagaz consegue escapulir, se toca para a capital, adquire um carrão último tipo, faz dívidas, tem crédito sólido, esbanja dinheiro, sai à cata de mulheres da zona, no Estreito de preferência, enche o carro, elas já estão à espera, circula por Florianópolis, troca notas por montes de moedas, coloca-as em uma sacola, se dirige a Biguaçu, pára em frente ao Grupo Escolar, a buzina não cansa, é o chamado, ao qual se seguem gritos: venha, macacada, tou aqui de novo. Entra

e sai ano o mesmo, festa como qualquer outra, todos aguardam a costumeira ocorrência, Velho Sagaz não tem pressa, espera que os alunos debandem, larguem as aulas, acorram ao chamado, impossível professores retê-los, atira as moedas para o alto, não todas de uma vez, assim não tem graça, em diversos pontos pelas imediações da escola, que fica perto da pracinha; gargalha ao ver as crianças se espojando no chão, se atracando para se apossarem delas, e não só crianças, marmanjos que passam por ali, que já calcularam, a data se aproxima; Velho Sagaz diz: parecem pintainhos catando milho, não parecem, vejo alguns galos velhuscos no entremeio, não vale, não quero eles, desafastem, estão bons pras panelas, esses não quero aqui, chut-chut, forinha já, seus drogas.

Terminado o verão, melhor, os dias preconizados de verão, quem sabe os mais quentes, nem isso, na dependência de algum estranho signo, conforme garante Ti Adão, eis Velho Sagaz de novo em Ganchos, nem parece se lembrar de nada, por um lado, por outro meio tímido, meio envergonhado, cabeça baixa, matutando quer ver no mais profundo dele uma luzinha.

Não demora, começam a chegar as contas, dívidas que não questiona nem discute. O prejuízo é grande. O que fazer? Paga tudo religiosamente, tenta devolver o carro, quase sempre arrebentado, jura não se lembrar de nada, cobrado promete que não ocorrerá mais. Foi a última vez. Ninguém desmente. Pouco iria adiantar.

Sabe, sabem: é mais forte do que ele, do que a vontade dele, nem é ele, mas um outro eu que ali se instalou.

Se aparecia em Biguaçu, infalível uma visita à venda, demorava-se numa conversa serena, equilibrada, homem de boa formação intelectual, tinha suas leituras e seus conhecimentos, visão de mundo e do bicho-homem. Sabia um pouco de tudo — menos escapar da doideira periódica, que recusava aceitar como dele. E seria?

Outra pergunta sem resposta: por que "Velho Sagaz", se mal chegara à meia-idade, cognome repetido mesmo pelos muito mais velhos do que ele?

Nítida a cena:
Chuva miudinha. Frio. De tarde. Tarde feia, depressiva. Na segunda casa de Biguaçu. Pouco antes da mudança para Florianópolis. No quarto, envolto pelas cobertas, o primogênito está entretido na leitura, mete-se por entre as figuras do livro, é mais um personagem, perdendo-se-achando-se naquele inigualável mundo de ficção, mais real que a mesquinha realidade.

Tem que avançar rápido, acompanhar o jogo — mesmo porque só terá até amanhã para devolver o livro.

Para ele nada mais existe, só aquele viver aventuresco, excitante. Com Dostoievski, está envolvido na jogatina, necessita ganhar com urgência. A emoção sufoca-o, arrasta-o para mais longe, ao mesmo tempo que o aproxima dos seus, de quem irá resolver os problemas. Crucial a próxima jogada.

As crianças procuram com que se distrair. Impossível sair com aquele tempo. Na cozinha, mãe prepara o jantar e cuida do Samir, caçula e temporão; na venda, o pai espera o noticiário, ao mesmo tempo que relê algum de seus livros preferidos, poemas de Khayam, quem sabe!

Na saleta entre o quarto e a venda, um dos irmãos tenta extrair sons de um cavaquinho. Só de ouvido, nunca estudou música, nunca teve professor, acompanha por vezes o violinista e cantor Roberto Galliani, quer imitá-lo. Adora música, diz que vai ser concertista, esforça-se, precisa tirar algo que ao menos lembre uma melodia. Quem sabe um dia estará tocando de verdade, dedilhando o cavaquinho como o outro o violão!

No quarto, a luta no pano verde prossegue, o dinheiro, em lugar de aumentar, se esvai na mesa do jogo, o personagem-ele tenta prosseguir, tem que prosseguir, impedir que ruídos interfiram, devolvendo-o àquele mundo em que vive e que quer elidir. Por mais que se concentre, não há como escapar, o ruído interfere, há uma dispersão incontrolável. Não adianta implorar, ameaçar o futuro Paganini, que se mostra irredutível. A uma nova solicitação do futuro Stendhal, retruca: por que logo eu tenho que parar, pára tu uma vez, se te atrapalho fecha o livro, deixa de ler, vai com tua leitura de merda pra outro canto, por que sempre eu tenho que ceder? Me responde!

A disputa vem de longe, não é de agora, impossível avaliar desde quando. Até que neste dia acontece o que todos previam: a porta do quarto é aberta com violência, ele está desatinado, descontrole total, perde no jogo, perde na concentração. Avança irado: mostra o livro, atira-o no chão, arranca o cavaquinho das mãos do irmão, empunha-o como um tacape. Num golpe brusco e seco esmigalha-o na cabeça do aprendiz de música, em pancadas rápidas e firmes, implacáveis, compassadas, indiferente aos gritos, que atraem a família.

Os golpes prosseguem, até que nada reste intato do instrumento, enquanto um fio de sangue escorre do couro cabeludo para a testa. É como se ali estivesse, viva, a raiva e a impotência, não apenas do leitor, mas também do jogador, que necessita ganhar. Nenhum impedimento deve alterar as regras do jogo. Mas o jogo já foi concluído, destruída a chance, inevitável a derrota, a situação continua incontrolável.

Pelo resto da vida os irmãos se provocam: o do cavaquinho reclamando inconformado: vai ver com teu gesto cortaste uma nascente e promissora vocação de artista, e se eu tivesse feito o mesmo com teu livro, com teus escritos informes?; e o do livro retruca: por que não tentaste? Quanto ao teu caso pode até ser, quem sabe tenha cortado a trajetória inicial de um músico razoável, agora afirmo e a história confirma, nunca seria igual ao excelente bancário e executivo, que fez carreira brilhante.

Afinal, para muitos, o manipular dinheiro se assemelha a uma música, para alguns até mais melodiosa; e o do cavaquinho: garantes que não fiquei frustrado, que o país não perdeu com teu gesto um músico genial, me diz?

Nítida a cena:
Enchente em Biguaçu.

Não é bem novidade. Nem mesmo surpresa. Mera constatação. Os versinhos dizem tudo, "choveu, choveu/ Biguaçu encheu". Atribuídos, com ou sem razão, a seu Geraldino, contraparente e atual adversário político do seu Fedoca, prefeito. Sem discussão, a autoria passa a ser do poeta-comerciante, ou vice-versa, satirista implacável. Jamais ao outro, o João Mendes, poeta, livreiro, cego, dono de um versejar lírico, de um romantismo derramado. Na livraria, o filho do seu Zé Gringo passa horas lendo em voz alta. Ambos, o poeta cego e o rapazola, numa ânsia insaciável de saber.

Num já, tudo tomado pelas águas: rua, ruelas, becos, descampados, casas alagadas, pessoas ao desabrigo. Interrompe-se o tráfego, tanto para o norte como para o sul. Ilhados. Sem saída. O jeito, refugiar-se na casa de amigos, de parentes, na minúscula parte mais alta (e haverá?), andar de canoa pela Veneza catarinense, boa diversão para os menores, alheios aos perigos, indiferentes às conversas dos mais velhos, aos riscos de desabamento, aos estragos e mortes, aos avisos: menino, te cuida, há pouco caiu alguém no rio, rapazinho parece, sumiu levado pelas águas, ainda não encontraram o corpo; outro lembra: ontem apareceu um homem afogado, lá pelas bandas de quem vai pro mar, não acreditou quando disseram que a correnteza era tamanha, vais te arriscar?

Desta vez, com a repentina enchente (e não eram todas repentinas, bastava a chuva despencar nas cabeceiras do rio?), havia uma novidade, sim. E das grandes. Que logo circula, a notícia vara rápido, de um extremo a outro da cidade: sim-sim, no bar-bilhar do casarão dos Born, ali em plena pracinha, o homem está na terra, ele mesmo, tenho-temos certeza, trancado, não pode sair, tinha compromissos em Florianópolis, viera de Joinville, ou Blumenau, ou Itajaí — e a enchente retendo-o. Boatos, tão rápidos quanto a força das águas: a apresentação era ontem, não, seria hoje, me disseram amanhã, quem sabe o coitado ainda tem chance se as águas baixarem, vazam tão depressa quanto sobem, certo, mas pra isso precisa estiar antes.

O convite: vamos lá ver ele, vamos? de canoa, de bateira, a pé, se arriscando, procurando as beiradas mais altas, a nado. Lá é o casarão, onde o homem procurou abrigo.

Chegam. Ficam em uma das portas. Um diz: vai até o homem, pede, quem sabe o cara se anima, dá uma canja. Nome conhecido, voz melodiosa, escutado em raros discos, quem ali tinha gramofone, pelos alto-falantes e rádios, todos queriam ter a oportunidade de ouvi-lo ao vivo, de vê-lo pessoalmente, muitos nem em fotos, de trocar uma palavrinha, apertar-lhe a mão, pediam que cantasse: canta, anda, um trechinho da valsa

"A você", uma coisinha só, vamos, faça esse favor; outro interferia: eu prefiro "Assim acaba um grande amor"; a maioria optava por "O destino desfolhou", trauteiam trechos, viram-se uns para os outros, indagam: onde anda o Roberto Galliani, cantor e violonista dos bons, talvez a presença dele anime o homem. Alguém se entusiasma, diz os primeiros versos, solta com voz desafinada: "O nosso amor traduzia/ felicidade, afeição/ suprema glória que um dia/ tive ao alcance da mão." Pára, exclama: nunca me esqueço, "O destino desfolhou" marcou minha vida, um amor de perdição, ainda agora tremo ao lembrar, nem conto, foi numa das viagens pro porto do Rio Grande, sei todo ele de cor, querem-ver-querem, e sem esperar resposta prosseguia, indiferente aos reclamos dos que pretendiam insistir com o cantor: "Mas veio um dia o ciúme/ e tudo entre nós terminou/ deixando em tudo o perfume/ da saudade que ficou."

Era em vão. O homem, vê-se, não quer saber de nada, reclama, esbraveja, irrita-se mais, frustrado, preso ali não sabe por quantos dias, repete a pergunta: chove muito ainda, demora a baixar — e aí como fico? Inconformado, não quer acreditar que aquilo lhe acontecera. Chegara pela tardinha, debaixo do maior temporal. Quase fica do outro lado da ponte, que começa a ser tomada pela violência das águas. Na venda do seu Zé perguntou: onde posso me abrigar? Responderam: teve sorte em passar, ande um tiquinho pra frente, fácil descobrir, no bar-bilhar da pracinha, perto da igreja, o casarão dos Born.

Ali está vai pra quanto? Dois/três dias? Uma eternidade! Sofre com o transtorno, nem pensa mais em Florianópolis, esquece a capital catarinense, onde mesmo a apresentação, no teatro, nos salões de Clube Doze de Agosto, no Lira Tênis Clube, quer é o prosseguimento da turnê até Porto Alegre e demais municípios gaúchos. E lá quer saber de cantar! Fica à porta do bar, atento ao tempo, num instante se anima, parece que amainou, logo outra tromba-d'água, vê a enchente avolumar-se, o lamber das águas no último degrau do casarão, canoas vão chegando, cada vez mais pessoas querendo vê-lo, tocá-lo, pedir autógrafo. Ou imagina tudo isso? Não faz muito lhe fizeram chegar às mãos exemplar do jornal *O Estado*, de Florianópolis, anunciando, com estardalhaço, sua apresentação na Ilha, "um dos maiores, quiçá o maior dos nossos cantores".

Anoitece. A chuva não diminui. Ele caminha pelo bar-bilhar, no balcão pede uma pinga, anda com o copo na mão, demora-se vendo a partida de dominó na mesa dos fundos, vai até o bilhar, os tacos firmes nas mãos dos adversários, as bolas rolam macias no pano verde. Está atento a uma tacada difícil quando tem sua atenção desviada. É um violão solado com perícia, uma voz que se alteia, de alguém que domina ambos, violão e voz.

Corre até a porta, as águas continuam lambendo a entrada, ameaçam invadir o salão, mais um pouco será necessário procurar refúgio no segundo andar. Mais duas canoas. Em uma quatro rapazes; na outra, três, dois nos remos, um em pé, a minúscula embarcação balouçante, ameaçando virar, os remadores atentos para equilibrá-la.

Em pé, empunhando o violão, o Roberto Galliani acena para Carlos Galhardo, dedilha o violão e canta, com voz afinada e maviosa, que lembra Chico Alves, com um tantinho de Orlando Silva, maiores cartazes da época, trechos de "Canta, Brasil". Versos e melodia uma agressão ao homem ali preso, que vê chegar até ele, na voz de um desconhecido, que quer, por certo, provocá-lo, uma canção de seu principal rival, Francisco Alves, no momento sucesso absoluto em todo o país.

Roberto Galliani pára, afina as cordas, pigarreia, trauteia para chamar a atenção de todos, gentes que foram surgindo de lugares inesperados, ergue mais o vozeirão: "As selvas te deram nas noites seus ritmos bárbaros/ Os negros trouxeram de longe reservas de pranto/ Os brancos falaram de amor em suas canções/ E dessa mistura de vozes nasceu o teu canto/ Brasil, minha voz enternecida/ já dourou os teus brasões..."

Nítida a cena:

Amigos brincam de esconde-esconde, pouco distante da casa do seu Zé. É noite. Em busca de esconderijo seguro, o pulo na cerca alta. Vozes se aproximam, como escapar? Refazer o salto? E se não consigo, parece mais alto. Arrisca-se. O corte fundo no arame farpado, a sangueira, o grito de dor. O pavor que o acompanha(rá) diante de uma simples gota de sangue, pela vida em fora.

Corre para casa. Treme. A solução de sempre: vamos à farmácia em busca do seu Taurino. E na mão direita, indelével, marca identificadora, espécie de número um, o sinal, a lembrar-lhe aquele salto no escuro. Arriscar é preciso, mas nada deve ser feito sem previsão do que poderá ocorrer. Assim mesmo, a vida um risco perene.

Será que o fato encerra alguma lição?

28

Perfis

A escolha destes perfis, entre tantos, pode parecer aleatória. Tem e não tem explicação lógica. Por que logo eles, num universo tão mais amplo? Por que não outros? Que poderiam, por igual, ocupar um espaço, complementar nova cena, ajudar na montagem de um painel pertinente ao meio e à época, a situações que vão se cristalizando.

Por um estranho processo de composição, até mesmo inexplicável, que foge ao controle, estes se impuseram. Embora no decorrer da história apareçam e transmitam seus recados, não se deram por satisfeitos. Exigiram mais espaço. Queriam continuar ajudando a (re)compor o quadro, a acompanhar a trajetória e a completa integração daquela família, vinda de tão longe, ao novo mundo, fixar um painel que ambiciona ser abrangente, revelando determinada realidade e determinado estágio da vida no país.

Advindos, todos, de camadas populares, são de diferentes estratos sociais. A aproximá-los, o mesmo sentido de solidariedade humana, os mesmos sonhos, as mesmas esperanças, o mesmo viver em suspenso, à espera de melhores dias. Aqui, são eles e não são eles, transfigurados pela passagem do tempo, pela memória, pela imaginação.

1 — Ti Adão

Negu quandu pinta tem treis veis trinta. A frase é repetida, com ênfase, até a exaustão, nas mais diferentes entonações e circunstâncias, pelo preto velho Ti Adão, sempre que questionado a respeito de sua idade. Acrescenta, com uma pontinha de incontido orgulho: tenho mais de cem na cacunda, bem pra lá de cem, olhem pros meus cabelos; tão brancos, falam por mim, tou pintadão. E ri, revelando uns dentes brancos perfeitos, ar maroto, num riso característico, como quem diz: acreditem se quiserem, me desmintam se puderem.

Rememora o passado, tempos da escravidão, a Lei Áurea, os navios negreiros atopetados, gentes morrendo durante a viagem, a chegada ao novo chão, negociados como animais, pior que animais, a libertação dos escravos pela princesa Isabel, a proclamação da República. Pára. Lembra os dois imperadores. Diz, o primeiro, que esteve em São Miguel, não conheci, não, já o segundo, sim, fui até Florianópolis ver ele, pouco antes dele ser afastado. Outro silêncio. Diz: o tal de marechal Deodoro, ligado ao homem até ontem, hoje vira presidente da República. Mas ele não foi nada, pior o tal de Floriano, que mandou para cá o bandidão do Moreira César, a gente acompanhamos a mortandade na Fortaleza do Anhatomirim, proibido chegar lá, mas se via as embarcações chegando, os preparativos para o fuzilamento. Quem depois se aventurava a descer na ilha afantasmada, dizia-se que árvores choravam, que existiam tesouros enterrados, era só ir buscar eles, cadê coragem. Montão de gente foi morta até o Moreira César ir simbora, me lembro do nome de dois, um barão de Batovi e o capitão Romualdo de Barros, que conheci, de quem tive a honra de apertar a mão numa visita que o homem fez a São Miguel. Me pareceu boa gente. Casquina quando se refere à proclamação da República, fala dos resultados, indaga: vocês sabem milhor que preto velho, sabem, né? Muda de assunto.

Anoitece. Seu Zé está só na vendinha de secos e molhados. Entretido com o jornal de ontem, ou da semana passada, espera o noticiário que lhe chega pela Rádio Nacional, quais novidades sobre o país, a decisão do Getúlio, a guerra, será mesmo imbatível aquele maldito Hitler, não bastam os territórios que já conquistou, agora é o avanço sobre a União Soviética, depois do inexplicado acordo Stalin x Hitler.

Ti Adão chega. Quase sempre o primeiro. Entra. Posta-se de pé uns instantes. Cumprimenta com um movimento de cabeça. Começa: como lhe passa a vida, seu Zé, dá licencinha? Senta. Tem lugar reservado, cativo. Em cima de uns caixotes do sabão Wetzel, de Joinville. Pergunta: que de novo hai, seu Zé, me conte, não esconda nada. Nem espera resposta. Move a cabeça, observa de um lado para outro da vendola, prateleiras quase vazias. Chama: seu Zé, me bote uma pinga bem da queimante, vamos, tou com uma sedona danada. Completa: tá um frio danado. Ou danado calor. Depende.

Seu Zé, que interrompera a leitura e ligou o rádio Phillips, atende-o, provoca, num jogo que entre eles se repete: Ti Adão, cadê o final do causo que contava pra gente ontem, ou nem existe? Pode ser anteontem, trasanteontem, tanto faz. Ti Adão não titubeia, logo retoma o caso, outros, afinal todos estão interligados por um tênue fio, instigantes, fantásticos, fantasiosos, fascinantes, misteriosos, envolventes, adora recontá-los, sempre com pitadas que inexistiam em versões anteriores, pouco adianta adverti-lo, nem se pensa nisso, são causos que emocionam e marcam a fundo os ouvintes, um deles em especial, que nem consegue dormir, bem desperto no quartinho ao lado.

Bebe num trago único, pede outra dose: me bote logo, seu Zé, bem caprichada, não seja sumítico, estou sedento, nada de parcimonialidade, gosta de usar expressões raras, até inexistentes, inventadas, capricha, desvia quando quer que explique onde as aprendeu, de onde tanta sabença, balança o quengo, é a vida que ensina, casquina, mestre melhor donde?

O pai tem sempre uma garrafa ali perto, à mão, enche o copo, empurra-o enquanto alerta: aí está, Ti Adão, mas vá devagarinho; faz uma pausa, pega um copinho menor: vou lhe acompanhar, embora não deva. O velho volta a rir, riso só dele, marca própria, inimitável, só dele e de todo ele, da boca, dos olhos, do rosto, dos braços, do corpo, que o sacode, interrompe o movimento do braço que ia levar o copo à boca, retruca: beba mesmo, besteirice de médico falar malevos da amarelinha, esses esculápios uns bobocas, veja, a caninha pura ou com losna é que me mantém assim, pode ser também com limão e mel, estou manutensando-me em forma, rijo, inteirinho pra tudo, tudinho sim, senhor, seu Zé, o riso se amplia, a boca se escancara, repete, tom mais baixo: tudinho sim; insinua: e quando digo tu-di-nho é tudinho mesmo em toda a sua extensão, o significado implícito se torna explícito, a fim de manter, entre tantas, a fama de garanhão. Acrescenta: seu Zé, quando afinalmente vai me visitar, lhe amostro a branquela miudinha que não quer me largar, diabinha — e já tem outra na fila, amanso elas, ensino, ficam maduras pros seguintes.

Mais pessoas chegam para o papo noturno, conversam, provocam, discutem. Ti Adão, boa parte das vezes, o centro das conversas. Incentivado (será necessário?), emenda um causo no outro. Bem mais tarde, o filho mais velho do seu Zé irá confrontar as histórias do velho africano, no seu fluir constante, no intérmino vai-e-vem, com leituras, narrativas que pai e mãe contavam e que passam de geração a geração, orais ou extraídas de lendas, de fábulas, de fantasias, de parábolas, das *Mil e uma noites*, assemelhavam-se por vezes até no clima, no tratamento, na estrutura, no desenrolar, na construção, na vaguidade e no misterioso.

Ti Adão não tinha método. Ou tinha um método só dele. Podia, por exemplo, interromper um causo hoje e retomá-lo dias depois, intercalando-o com outro, ou nunca mais retomá-lo, inútil insistir, tudo acabava por se fundir-confundir e formava um complexo homogêneo, era como se tivesse continuado a narrativa sem interrupção, logo depois de outra bicada no copo, ria um risinho agora para dentro, dizia: arre, essa é das boas, da queimante pra valer, mas desce bem, aquece as tripas e o coração, aviva a memorosidade; recomeçava: antonces... E um mero incidente, um personagem circunstancial, uma situação mal-e-mal esboçada podia se tornar predominante, um protagonista sumir sem jamais reaparecer, como na própria vida, alguém que conhecemos na infância e de quem fomos íntimos se vai para sempre e nem sombra dele resta. A vida ou as múltiplas vidas de que se compunha aquele inquietante Ti Adão faziam, quase sempre, ou seria sempre?, parte intrínseca dos enredos, das tramas, da proposta narrativa.

Há muito anoiteceu. Mais do que hora das crianças irem para a cama, o pai pede, melhor, determina, os filhos relutam, ele apela para a mãe, que taxativa exige: não-não, chega, o pai foi até tolerante, vamos todos já pra cama, amanhã cedo vocês têm aula, eu preciso levantar mais cedo ainda; pensa pedir pro marido mandar Ti Adão embora, saído ele logo o lugar se esvazia. A mãe não tem coragem, admira, num misto de temor e respeito, aquela figura enigmática. Relutantes os filhos obedecem. Mas os quartos ficam grudados à venda, nem há necessidade de alguém se esforçar para manter os olhos abertos, as oiças atentas ao desenrolar das intermináveis histórias que os marcarão para sempre, a um mundo que fascina e intimida, acabam por dormir envoltos em sonhos repletos de pesadelos, onde os causos prosseguem, envolvem-nos, arrastam-nos, inquietam-nos.

O pai, os demais freqüentadores das tertúlias pouco falam, em momentos-chave adicionam uma palavra, raro uma frase, pedem esclarecimentos, que podem ou não vir, reclamam: Ti Adão, retome o fio da meada, prossiga nesse narratório, onde vai dar... é que ele interrompera o causo num ponto qualquer para tomar novo trago, para observar os rostos que o rodeiam, belisca um naco de lingüiça frita, uns torresmos, é frugal e comedido na alimentação. Agora esqueceu uma situação ou um personagem. Nada adianta cobrar. E não era incomum outras pessoas atulharem a vendola, em pé ou sentadas mesmo no chão, em caixotes, em engradados, encostadas no balcão e na porta. Anos passados, o filho mais velho do seu Zé, impregnado pelo vírus da literatura, ensaiando seus primeiros textos, sentia-se impotente, incapaz de recriar o clima armado por Ti Adão, ao mesmo tempo que o preto velho força presença sem cerimônia, invade situações nas quais não deveria ter lugar, aparecendo-sumindo-reaparecendo da mesma forma inusitada como os personagens e as situações inverossímeis de seus inumeráveis causos.

O rapaz fazia-refazia cálculos, ficava-se a imaginar se o diabo do velho teria mesmo os cem anos (ou mais) como apregoava, de que se vangloriava. Cobrado, Ti Adão retrucava: duvida é, então aponha atenção nas oiças, limpe elas, faça as contas, desembarquei do navio negreiro no Rio (ou Santos), já grandote, encorpado, nada dessa merdinha mirrada que vocemecê vê ora, a gente adiminui com o dianho das velhusquesa, não ademora fui vendido, peguei outro navio, parei no porto do Itajaí, fui ser escravo lá pras bandas da Tijucas, mais pra perto de Itapema, no caminho pro hoje Camboriú, fiquei alibertado dois anos quase depois de assinada a libertação dos escravo, meus donos não sabiam ou esconderam. Falava do amo, senhor de terras, de posses, figura importante na região, político até, não tratava escravos bem nem mal, tratava, cuidava, mais uma posse, repetia frisava o "posse", outro cavalo, boi, de quem podia se desfazer pelo melhor preço ou quando estivesse imprestável.

Há uma pausa. Um interregno. Pode ser no mesmo dia ou em outro. Ti Adão fecha os olhos, murmura, como quem reza, é a respeito dos seus, de parentes, da mãe, bela negra retinta separada dele, onde, quando, ou morreu no navio, do pai, será mesmo que se apresentava como seu pai... ou... nesse *ou* dúvidas e suposições permeavam a fala, a dicção mudava, um tique de melancolia, reelaborava acontecimentos antigos, por vezes se perdendo, embora não quisesse reconhecer, a mãe afinal fora, como tantas outras, amásia do patrão; que patrão, reconsiderava, teve filhos no Brasil; nem se dava conta da contradição, de que modo filho do senhor se dissera ter chegado ao país rapazote, mas será que isto invalidava a narrativa?

Pouco importa para os ouvintes. O fascínio da fala, a força da fala, a todos envolvia. Faziam-se cálculos: proclamada a libertação dos escravos, Ti Adão podia ter quanto, uns quarenta anos, pouco mais pouco menos; agora, inícios da década de 1940, teria perto de cem, noventa e tantos, mais de cem. Nasce, nesse caso, antes de 1850. Digamos que Ti Adão não fosse muito bom de números. Podia-se, então, chegar aos cem, além dos cem. Quem sabe! Só que existiam lacunas em um homem tão lúcido para outras coisas. Ou preferia nelas não tocar? Jamais se referira à Guerra do Paraguai, de nada adiantava insistir, citar passagens, a participação de forças de Santa Catarina nas batalhas. Por outro lado, talvez por estar mais perto dele, lembrava bem das lutas do Contestado, quatro anos, camponeses contra forças militares muito mais aparelhadas, pela primeira vez no país avião de combate tinha sido usado. Dizia: me lembro que se falava num tal de Lumber entrando nas terras dos pobres homens, o João Maria incentivando, não vamos deixar eles tomar o que é nosso, onde se viu, pra isso a República, mas os doze pares da França vão nos ajudar e o imperador volta.

De que maneira explicar a força, a vitalidade que se desprendia dele? Bebia bem, comia com frugalidade, tinha suas receitas de chás extraídos de plantas, de flores, eis a razão da minha saúde, caminhava bem, ereto como um jovem, vinha de sua casa, nas proximidades de São Miguel, num morrinho à entrada da vila, direção norte do estado, a pé, e a pé voltava tarde da noite, após enxugar meia garrafa de cachaça, depois de falar ininterruptamente durante horas. Cuidava de uma horta, onde plantava legumes, verduras, tinha árvores frutíferas, umas cabras para o leite e o queijo, melhor que do gado vacum, perdia-se na mata em busca de raízes e ervas para suas mezinhas.

Boatos circulavam — não os desmentia nem confirmava —, separou-se da mocinha de quinze anos, mulatinha sestrosa e faladeira, que reclamando dizia: ocha veinho malevo taradão, demais de bom na cama, mior que munto menininho da minha idade, não se cansa o danadão, toda hora no fuque-fuque, sai pra lá tinhoso, tive que deixar dele senão morria, mas já sou saudosa das sacanagens do bruto. Como aceitar que havia sido trocada por outra?

Comentava-se das poções mágicas que Ti Adão preparava no caldeirão sempre fumegante, dos ungüentos, dos chás, tudo extraído de raízes e folhas de arbustos que só ele conhecia, das práticas misteriosas em que com o pousar de leve um dedo curava doenças, do quase-milagre; não tem aquela dona da capital que queria porque queria um tranqüilo homem casado que não queria nada com ela, agarrado à esposa, a mulher veio no Ti Adão, ele ordenou depois do relato, me traga uma peça íntima do cujo aquele, cueca, pijama, lenço, meia, de preferência cueca usada e ainda sem lavar, deixe o resto por minha conta e risco, lhe agaranto, não lhe decepciono, o bicho-cujo logo endoida por vosmecê; não deu outra, o homem, respeitado, embruxou de vez, largou tudo, negócios, família, amigos, bens, conveniências, juntou-se à mulher, com ela desfilava impávido pelas ruas principais de Florianópolis, numa paixão alucinante queria levá-la pra toda parte, até na missa, nos cinemas, não podia vê-la falando com outro, ciumeira maluca, queria tê-la dia e noite só pra ele, à disposição em tempo integral, conhecê-la sempre mais, com o "conhecer" no sentido bíblico. Passado um tempo a mulher retorna ao Ti Adão, implorativa choraminga:

Ti Adão, pelo amor de Deus, me livre daquele estafermo, nem posso pôr o pé na rua, nem posso me arrumar, coisa infernal o ciúme, sempre fui mulher livre, me ajude, Ti Adão, Ti Adão, me livre do bruxedo, só pode ser. O preto velho ri, balança a carapinha, diz: siá dona num queria ele todinho, pois taí, né, agora se vire; ri de novo, cala, espera que a mulher se desespere mais, chore, depois pede, consolando-a: se acalme, não banque a tansa, pra tudi amenos pra morte há remediamento no mundão de Deus-Nosso-Senhor, vou lhe dar um jeito, mas aprenda a lição, de outra vez se aprecate, pense antes e se arresolva adespois quanto querer quer, sem precipitamento, agora vá, siá dona, vá, me volte com uma peça que ele tenha des o tempo da outra dona, preferência se usada e nem lavada, não agaranto pra logo-loguinho; tem amais, preste atenção, me venha aqui também com um par de meia de seda preta da mulher aquela, sem lavar, melhor ainda uma calcinha com cheiro de mijo velho, pode ser um lenço branco manchado cheirando a suor — e deixe o resto por minha conta, preto velho não falha.

Ti Adão não era afamado apenas por suas poções de amor, por fazer e desfazer enleios, por seus filtros mágicos; também em benzeduras, na cura de animais (e seres humanos) mordidos por cobras, em embruxamentos, no tratamento de erisipela com folhinhas de arruda e gotas de azeite de oliva do puro, na eliminação de berrugas (ou verrugas, tanto faz), recriminava, não lhe apreveni menino que ninguém deve de apontar pras estrelas munto menos contar elas com os dedos da mão, dá berruga da braba na certa, daquelas doloridas, difíceis de curação, tentar eu tento, agarantir não agaranto, só naquilo que sou mestre, especialidade minha não é, mas prometo me esforçar, se eu não conseguir uma saída, uma só, digo logo, busque alguém melhor no ramo que este velho que nunca disse sei tudo, nunca afirmei sou o bom em tudo, tem melhor, tem, como tem pior, no caso até pode ter melhor, tem, o Jacinto Silva, lá do Pagará, vai então no homem, vai, te digo mais, tem outras conjuminações, aproximações de sprito por exemplo, aí é preciso ir buscar ajuda lá no seu Araújo Figueiredo, morança pras bandas dos Coqueiros, já Florianópolis, quebrando pras dereitas antes da ponte, pras tratativa com spritos do outro mundo e ensinanças dos aléns só ele, ninguém neste planeta é bom pra tudinho, agora no que sou, sou, e não arrenego nem abro mão da sabença que nem é minha, mas dos meus de antontem, pois sei inté dionde posso ir e dionde vou agaranto, faço sempre o mais melhor que posso podendo, que com certeza da certa é sem duvideza o mais do melhor.

Seu Zé Miguel costumava dizer: aprendi muito de vida, do mundo, de Brasil, com Ti Adão. Anotava e repetia, resumindo, causos, fábulas, historietas, memórias, relembranças africanas reelaboradas pelo preto velho, algumas autênticas, outras contaminadas, com infiltrações de lendas extraídas da mitologia indígena, que ele ouvia em passagens pelos redutos dos índios no Vale do Itajaí.

Uma delas era a do oleiro distraído e do desastre na fabricação de cabeças, para os filhos de Ogum que resolveram vir ao mundo. A fabricação dos corpos, com barro, por outros oleiros, foi eficiente. Com as cabeças tiveram problemas. O oleiro, embora parecesse qualificado, era velho, esquecido, não tinha nenhuma idéia de mundo. Um desastre! As cabeças deviam ter a função básica de dar personalidades diferenciadas e sábias aos homens, adaptando-as ao mundo para o qual se dirigiam. Na mistura, no preparo do barro, o oleiro se perdeu. Resultado é o que vemos até hoje, homens desmiolados, um mundo em desentendimento, raras pessoas de boa qualificação. Para completar, Ti Adão por vezes trauteava uns versinhos: "Já pegou sua cabeça/ amigo/ e se cuidou bem/ na escola/ amigo/ com cuidado/ pra não endoidar/ e não endoidar ainda mais/ o mundo..."

Acontece que a história, relatada aos poucos naquela técnica tão pessoal, se interrompia, era retomada ou não, com seqüência ou modificada. Ei-la, junta-se a outra de procedência indígena, sobre o mesmo começo do mundo. É um mundo todo escuro, negro retinto, sem luz, sem nada. De repente, dessa escuridão saem dois homens que vão em busca do sol. Só que não sabem o que é sol, qual a configuração do sol — e se sol era luz ou fogo. Perdidos, caminham, caminham até o fim do mundo.

Cansado, Ti Adão pára. Inútil pedir que prosseguisse. Dizia: fica pra adispois. Me esqueci. Só que o "adispois" podia não chegar, chega é a noite — e foi preciso buscá-la nas funduras das águas. Os homens, cuja cabeça não era boa, culpa do oleiro, não souberam o que fazer com a noite. Era necessária, mas não apenas ela. Sem ela impossível, apenas ela impossível. Sem a noite, a mocinha bonita tinha dito pro moço que a queria: se queres dormir comigo me traz a noite pra gente poder brincar na cama sem que os outros vejam...

Para os filhos de dona Tamina e seu Zé, longe de alcançarem o sentido de tais fábulas, o que mais os fascinava e intimidava era a lenda do gigante de quase três metros (em certas ocasiões aumentado para cinco), escondido no teto do casarão mal-assombrado, que começava urrando antes de cair aos pedaços, primeiro a cabeça, depois o pescoço imenso, depois as pernas ficavam correndo sozinhas com a cabeça reclamando me-espere-me-espere pelo resto, depois os braços que lutavam por agarrar as pernas, mas cadê as faltantes mãos e os invisíveis dedos, depois os cabelos, depois as unhas chorando, quero meus dedos... Ti Adão parava, naquelas pausas angustiantes, pedia: outra pinga, seu Zé, pra amaciar a garganta, tou com sede.

Aqui, por igual, retomava ou não o causo, que vinha se desenrolando aos pedaços, que nem a fragmentada queda do corpo...

2 — João Mendes

A livraria e seu dono, marcas indeléveis, abertura para um mundo que a partir daí começa a descortinar com mais precisão.

A propósito, a professora Nila Sardá, prefaciando o primeiro livro de João Mendes, publicado em 1946, esclarece:

> João Mendes, o ceguinho de Biguaçu, é catarinense, natural dessa cidade, onde nasceu a 12 de novembro de 1917.

Acrescenta:

> Conheci-o são, robusto, inteligente, duma precocidade, principalmente para os cálculos aritméticos, que o singularizava entre as demais crianças.

E prossegue:

> Órfão de mãe aos três anos, ficou aos cuidados de uma irmã, que, cedo, se foi deste mundo. Assim, a sua meninice desenvolveu-se sem o calor dos carinhos e cuidados maternos, tão necessários para encorajar e ensinar a vencer os sombrios dias do futuro.

Sem lembrança da mãe, a respeito da irmã, que durante curto período foi a verdadeira mãe que conheceu, e que também tão cedo morreria, João Mendes em seu primeiro livro, em boa parte dedicado à irmã, diz no poema "Dezesseis flores": "Dezesseis flores quero te mandar,/ Lindas saudades de minh'alma triste!/ Flores iguais na terra nunca viste,/ Pois nunca vi flor com tanto brilhar!// São flores que uma a uma tu abriste,/ Até teus dezesseis anos formar!/ Na terra não tem glórias pra cantar,/ Minh'alma sem tua alma não resiste!// Veio lá do céu o Meigo Guardador,/ Colher-te linda flor de meu carinho,/ Deixando-me a sofrer tamanha dor!// Roga que me buscar venha, também,/ Que me leve às alturas cor de linho,/ Para viver contigo nesse além!"

É uma poesia dolorida, de tom lírico e derramado romantismo, reflexo dos problemas que enfrentava.

No mesmo livro, temos o depoimento do gaúcho Nilo Ruschel, de Porto Alegre:

> O que interessa é olhar para dentro dele, e descobrir, com espanto, esse filão de coragem, de conformação, de desafio à vida. Ele está no centro de uma peleja desigual. Vem ferido, claudicante, tateando as trevas que o cercam.

Acrescenta, esclarecendo:

> Aqui estão seus versos. São companheiros das horas de desalento, os confidentes da sua solidão. Eles o cercam de solitude e enchem de asas e de claridade a penumbra fechada desse lutador. E enchem de evocações e tumulto sua paisagem interior.

Eis duas breves e elucidativas indicações, que se complementam para configurar o que foi o drama de João Mendes, e qual a saída que encontrou, tão peculiar, que marcaria para sempre sua trajetória e retraçaria o rumo de sua vida. O primeiro quarteto do soneto "A poesia" é bem significativo: "A poesia é um grande lenitivo/ Que desabafa meu triste viver./ É o sorriso dum pobre cativo,/ Mostrando a mágoa do seu desprazer!"

Amorável, atilado, derramado, irritante, esperto, indócil, inteligente, sofrido, intransigente, aplicado, ansioso por saber mais — assim, e de muitas outras maneiras, as pessoas que conviveram com ele poderiam classificá-lo, relembrando o que fora aquele rapazola tão saudável, tão traquinas, que de um momento para outro se vê inválido e cego, sem mãe e sem a irmã, que lhe substituíra a mãe e lhe dava carinho e apoio.

Terminados com louvor os estudos no Grupo Escolar Professor José Brasilício de Souza, em Biguaçu, foi continuá-los no tradicional Colégio Catarinense, dos padres jesuítas, em Florianópolis. Por pouco tempo. Aos doze anos, a tragédia. Vai se banhar no rio Biguaçu, que corre nos fundos de sua casa. Dia de forte calor. João Mendes mal acabara o almoço, comera bem, como sempre. Sai, vê o deslizar tranqüilo do rio, não resiste ao chamamento, sem pensar atira-se na água, espadana, mergulha, dá algumas braçadas, numa euforia que lhe toma todo o ser. De repente, convulsões, a mente turbada, sensação de afogamento, braceja em vão, afunda, volta à tona, quer gritar por socorro, a voz lhe foge, não consegue se controlar, pensa, estou me apagando, me vou, diante dele vultos, reconhece a mãe que nunca conhecera, estende-lhe os braços, é içado, uma bateira que passa perto acode-o, gritam pela família, atendem-no, retiram-no inconsciente da água. Conseqüências: o aleijão, a cegueira, as constantes e inúteis viagens em busca de cura por São Paulo, Rio de Janeiro, Porto Alegre, as infrutíferas cirurgias. Tudo em vão, esperanças frustradas, só mais sofrimentos, mais dores, mais gastos, perdidas as ilusões a cada retorno a Biguaçu.

Não pode se conformar, não consegue se controlar, torna-se arredio, amargo, intratável, vê a vida fugir-lhe, ele que alimentava tantos sonhos de aventuras, de viagens, de conhecimento, de realização pessoal. Quer ser independente, abomina a piedade que sente nas vozes das pessoas, a insistência de parentes e amigos em relembrarem o fato, indigna-se quando procuram ajudá-lo a atravessar uma rua, quando alertam-no orientando-o: cuidado João, vais esbarrar no muro, olha a árvore no teu lado esquerdo, desvia do carro parado perto da pensão. Brande a bengala em busca das vozes. Necessita derivativos. Um deles a poesia, que tenta passar para o papel, que diz com voz alta: "Recordar não é viver,/ Pois eu falo com certeza./ Recordar não é prazer,/ Quem recorda tem tristeza!" Por vezes se perde, é obrigado a apelar, dita versos para os parentes, que lhe leiam em voz alta, uma palavra não casa bem com a outra, onde a rima, a métrica, esta frase não se justapõe à seguinte, as pessoas acabam perdendo a paciência, mais ainda ele.

Busca uma atividade que o liberte, ajudando-o a ganhar a vida sem depender dos outros. De quem teria sido a idéia? Estapafúrdia, para alguns. Pouco importa. O certo é que abre uma pequena livraria-papelaria, única no gênero, em pleno coração da cidade, na rua principal, perto da barbearia do Lauro e da alfaiataria do seu João Dedinho, o delegado de quem tem birra. No outro lado, já quase na pracinha, mais para o miolo da cidade, a farmácia do seu Taurino. A livraria, se bem lhe dê algum retorno, certo desafogo financeiro, não basta; necessita aprender mais, precisa saber mais, se ilustrar, se instruir, quer que alguém leia para ele, que lhe abra novos horizontes, que o ajude na montagem dos poemas.

E é aí que dois interesses convergentes se descobrem, se conjugam, de um lado a ânsia de conhecimentos do João Mendes, de outro a igual ânsia e a impossibilidade do rapaz que busca adquirir livros, devoradas as bibliotecas da escola, do município (bem raras), alimentando sua inesgotável necessidade de ler com a releitura de velhos jornais, de amarfanhadas revistas, lendo e voltando a reler tudo, até anúncios, até bulas de remédio.

Lá um dia, qual o acaso propiciatório, o encontro de duas fomes, a mesma paixão pela palavra escrita, pela descoberta de novos mundos, pela decifração daqueles signos mágicos que se compõem para (re)criar universos fantásticos e incontidas emoções.

João Mendes não se cansa. Insaciável, quer sempre mais. O outro também. Esgotados os livros da livraria, ele manda pedir novos, em Florianópolis. Nem é para vendê-los. Mas para que sejam lidos e devolvidos, em consignação; pede-os emprestados a bibliotecas e parentes, a amigos, a conhecidos — e não demora ambos estão saltando de *Buridan*, ou os *Mistérios da Torre de Nesle*, de Michel Zevaco, tremendo folhetim, para *As dores do mundo*, de Schopenhauer. *Tarzan* vai levá-los a uma África fantasiosa, artificial; *Os miseráveis* de Victor Hugo, aos esgotos de Paris e àquele inacreditável Javert; Eça de Queiroz e Machado de Assis, a fascinante descoberta da alma humana e da complexa psicologia e realidade, descobertas que serão retomadas e ampliadas sem cansar, pela primeira vez não é apenas o simples prazer da leitura, porém algo mais profundo. As descobertas não param: em esmolambado livro, uma antologia, eis poemas de Cruz e Sousa e sua inquietação, outro de

Augusto dos Anjos e seu mundo sombrio, quem sabe um tantinho de Castro Alves e o social, de Olavo Bilac, de Raimundo Correa. A leitura é compulsiva, sem qualquer espécie de seleção (seria impossível), de preferência. Isso, de momento, pouco importa. A seleção será (ou poderá não ser) um processo de tempo, de um certo faro, da aproximação com o objeto lido. No momento importa, sim, e muito, ir lendo, lendo sem pensar em triagem. Ou não? A dúvida permanece. O tempo já avançou, é outro, João Mendes passa a fazer parte de um ontem mágico, indispensável como reflexão, só que passado, componente com outros componentes de uma vida que se vai armando. De ambos, mas cada qual por um caminho. Mesmo nos últimos tempos desse passado, embora o rapaz jamais pudesse abandonar o hábito da leitura nele incrustrado, que seria parte intrínseca de sua vida, outros interesses se somam, por algum tempo podem até se sobrepor, fazem por igual parte do seu viver, de suas preocupações, da busca do sentido da vida, e eram as partidas de futebol no campinho do seu Lúcio Born, eram os banhos no rio Biguaçu, mesmo rio que provocara a tragédia do João Mendes, eram as rinhas de galo, as brigas de canarinho da telha, eram as serenatas, Roberto Galliani ao violão solando e cantando pelas madrugadas sucessos de Francisco Alves, de Orlando Silva e do Carlos Galhardo, que estivera encalhado em Biguaçu em uma das periódicas enchentes, era o crescente interesse pelas meninotas em flor, ele sempre tímido sem coragem de chegar-se, ao contrário de amigos mais audaciosos, que depois vinham contar vantagens do que haviam feito, ou desejado fazer, invejando-os, mesmo ao pensar que tudo podia ser falso, um dizia: ontem saí com a Glorinha, me deixou pegar na mão dela, anteontem, sussurrava outro, dei uns beijinhos gostosos na Stela, fingiu que ficou brabona mas gostou, senti, vou avançar mais, quem sabe — e tu, não te animas, a Lourdete perguntou por ti no baile do sábado, bom dançar grudadinho, dá uma sensação, um tesão... Raramente se aventura ir a um bailarico, se vai nunca chega a dançar.

Vinga-se nas leituras. Que prosseguem. Quer levar livros para ler em casa. João Mendes não concorda, recusa, reluta, onde fico eu? Cede diante das ameaças: deixo de vir aqui, de ler. Assume o compromisso: os livros que não tiver lido aqui, mesmo que os leia em casa, faço releitura.

Nomes se incorporam: Shakespeare (*As alegres comadres de Windsor*); Xavier de Montepin (*A toutinegra do moinho*). Tolstoi (*Kahady Murat*); J. Conrad (*A flecha de ouro*); Camilo Castelo Branco (*Amor de perdição*); Lima Barreto (*Vida e morte de M. J. Gonzaga de Sá*); Tchecov (*Os inimigos*); Raul Pompéia (*O Ateneu*); Mário de Andrade (*Paulicéia desvairada*); A. Dumas (*Os três mosqueteiros*); Alencar (*O tronco do ipê*); M. Delly (*Escrava ou rainha*); Ricardo Güiraldes (*Dom Segundo Sombra*), lido em espanhol, procurando adivinhar a maior parte dele; além de uma edição pirata de *O amante de Lady Chaterley*, de Lawrence, que deixou os dois excitados ao extremo. Entre tantos outros que a memória não preservou.

Quando o filho do seu Zé acompanha os pais em nova mudança, desta feita para Florianópolis, mudanças também se processam na vida de João Mendes, que continua em busca de remédios para seus males. Desenganado, já nem pensa em recuperar a visão; quer pelo menos melhoria no aleijão da perna, na dificuldade do caminhar. Ao mesmo tempo, continua a produzir seus versos. O primeiro livro, *Álbum de saudades*, é de 1946; o segundo, *Amor, amizade, esperança*, trinômio que sintetiza sua vida, é editado em 1951. Não demora, o primeiro em prosa, *Viagem ao céu*, misto de autobiografia e história infantil. Começa assim:

> Aos doze anos de idade era eu o garoto mais forte de minha terra, isto é, Biguaçu, uma cidade de Santa Catarina, que fica a quinze quilômetros de Florianópolis. Por esse tempo pesava sessenta quilos e já havia entrado para o Ginásio Catarinense, dos jesuítas.

A partir desse início tão real, tão direto, João Mendes descamba, a fim de elidir os fatos com os quais tem dificuldade em conviver, e passa a criar-se uma outra realidade calcada na fantasia, na invenção, embora se mantendo, sempre, na primeira pessoa do singular. Narra uma singela história onde dialoga com patos, galos, perus, marrecos — e logo, amarrado a um urubu, sobrevoa sua terra e está indo em direção ao céu, onde permanece bom tempo, abandonado pelo urubu, que tão logo se liberta volta para a terra... Fácil desvelar a simbologia do tema e o tratamento dado.

Singela, também, e romântica permanece a poesia que João Mendes nos devolve agora, nessa releitura de uma Biguaçu de antanho, não perdida nem esquecida, que retorna pulsante neste meado de 1996, como se o tempo recuasse e fizesse recuar tudo, até tornar possível (re)viver os meados da década de 1930 e os inícios da década de 1940.

Há uma clara linha a demarcar a poesia de João Mendes. O soneto "Quem sou eu?" pode bem sintetizá-la. Ei-lo: "Quando a minh'alma chora, que saudade!/ Que força de vontade pra morrer,/ Ao sentir tão imenso desprazer,/ Sinto pungir demais tanta impiedade.// Estratagema, quanta falsidade,/ Ferir-me sem eu nada merecer!// Oh! eu jamais senti nem posso crer/ Na glória, duma glória de verdade.// Um pária! um faminto! quem sou eu?/ Desgraçado sim, sou o maior plebeu!/ Que os olhos de vocês podem fitar.// Mas dirão um dia sem vacilações/ Que João Mendes sofreu ingratidões/ Mas foi sincero e soube batalhar."

Se em seu primeiro livro de poemas tende para um tom elegíaco e derramado, romântico de última hora, a maioria dedicados à irmã morta, que jamais esqueceria, no outro, embora a tendência permaneça, "Quem sou eu?" é um bom exemplo, existem instantes em que luta buscando superar o desalento, como no final do poema "Palestra com a vida", quando exclama: "Finalmente falei precipitado/ A vida é um romance bem-fadado/ E viver é lutar sem ser vencido."

3 — Geraldino Atto Azevedo

Era o outro poeta de Biguaçu. Deixou apenas um pequeno livro publicado, recolha de amigos, em que ao lado do tom lírico há uma preocupação, maior do que a de João Mendes, com a forma, o dizer poético, a estrutura do verso. O tom satírico está presente em estrofes que não foram incluídas no volume. Circulavam de boca em boca. Aí surgia o poeta de cunho popular, que sabia glosar com verve os acontecimentos. Dono de um armazém de secos-e-molhados, de lá tudo acompanhava e apreendia. O armazém situava-se na pracinha, perto do riacho.

Bem mais velho do que João Mendes, nasceu em Ribeirão do Meio/Camboriú, em 1895. Morreu em 1947. Residiu em Canasvieiras/Florianópolis, e por curto período no Rio Grande do Sul, antes de se fixar em definitivo em Biguaçu e adotar a cidade como sua terra. Começou trabalhando na casa de comércio do futuro sogro. Ao casar com a filha do ex-patrão, estabeleceu-se no mesmo ramo e dele não saiu.

Na introdução ao livro, intitulado *O poeta de Biguaçu*, seu amigo e também poeta Manuel Félix Cardoso diz: "Como poeta e sonhador, Geraldino sentia um mundo de harmonias trabalhando seu Ser; por isso que, curtindo às escondidas do borborinho comercial, vinha ler-me, aos ouvidos, versos seus, pausadamente, com sentimento, como aconteceu dias antes do seu falecimento, lendo-me o belo soneto que compôs no Hospital de Caridade, intitulado 'Lágrimas e dores'."

E Sebastião B. Vieira, outro poeta e maestro da mesma geração, ao analisar o livro começa dizendo, com propriedade: "Ao apresentarmos ao nosso público esse modestíssimo livro de poesias, outra preocupação não tivemos que a de mostrar a esse mesmo público que também os sabiás da mata virgem podem cantar — muito embora a rudeza de seu canto — as belezas do céu que eles cruzam a cada momento, os misteriosos encantamentos da selva que é o seu habitat e o murmúrio enternecedor dos regatos ou as sinfonias rumorejantes das cachoeiras..."

Já dissemos mas é sempre bom repetir, o verso de Geraldino é mais cuidado do que o de João Mendes, embora em ambos se observe a mesma ânsia de extravasamento, de se soltarem das amarras do cotidiano e deixarem gravados seus sonhos, suas angústias, seus desejos mais recônditos, seus medos, suas esperanças. No caso de Geraldino cabem, à perfeição, os primeiros versos do soneto "O sabiá", quando clama: "Terno cantor da selva brasileira/ Quanto padeço ao ver-te prisioneiro/ Nesta gaiola tosca de madeira/ Sofrendo atroz o amargo cativeiro." Sentir-se-ia ele assim? Certamente, preso também ao modesto comércio. Sonhando altos vôos, por vezes imaginar-se-ia engaiolado. Sem perspectiva de saída.

"Lágrimas e dores", soneto citado por seu amigo Manuel Félix Cardoso, é exemplar significativo do fazer poético de Geraldino. Escrito às vésperas da morte, no hospital, dedicado ao médico Polidoro Santiago, que dele tratou nas horas finais, diz: "Sol do ocaso! No céu nuvens cinzentas/ Pairam... Piam, além aves tristonhas.../ Sinto as horas passarem vagas, lentas/ Monótonas, vazias, enfadonhas.// Escuto o palpitar desordenado/ Deste enfermo e dorido coração./ Deste meu coração velho e cansado/ Cheio de dor, de mágoa, de aflição.// Através destes longos corredores,/ Dolentes, tristes, chegam-me aos ouvidos,/ Gritos, ais, lamentos e gemidos./ E eu fico, oh! Deus, a meditar o quanto// É frágil e mesquinho o humano Ser,/ Sem poder suportar a dor e o pranto/ Sem ter resignação para sofrer!..." Outro exemplo de sua poesia, onde se encontra presente o tema social, está no soneto "O operário", que começa assim: "É ele, o humilde artista, o obreiro, o operário/ Que erige, que edifica o templo majestoso,/ Que eleva para os céus o austero campanário/ Com a força de seu braço hercúleo, vigoroso", para concluir: "É ele que no honesto afã de seu trabalho,/ Dá o pão, dá o teto, o leito, o agasalho,/ luxo, conforto, bem-estar a todo mundo!" Se na recolha é quase impossível perceber-se o satirista, que ficou restrito à memória da população, a cadência lírica e nostálgica se faz sempre presente, como em "Recuerdo": "Não é mais este o Biguaçu de outrora,/ Pois esse outro então me parecia/ Ter mais sorrisos ao dealbar da aurora/ E mais encantos ao findar do dia!// Suas noites não eram como agora/ Cheias deste rumor, desta alegria,/ Mas se tristes/ caladas, tinham, embora,/ Mais graça, mais doçura e mais poesia.// O rio tinha as margens mais umbrosas/ Onde eu ia, nas tardes silenciosas,/ Olhar a garça branca e cismadora... // Mas... ai! tudo passou, e do Passado/ Resta-me apenas o que hei guardado/ No coração: recordações de outrora!..."

Politicamente era um cético. Geraldino começou, como a maioria, apoiando a Aliança Liberal, Getúlio, a facção dos Ramos, os Amorins em Biguaçu. Sem demora se decepciona. Dá início às críticas acerbas, às verrinas, referindo-se aos "ramos só sombra pra eles e quanto aos amori...nhos, que Deus nos livre!" Daí o rompimento com seu Fedoca (Alfredo Silva, o prefeito), getulista de carteirinha, ramista fanático, ao qual passou a hostilizar, com e sem motivo. Comum, entre o pesar meio quilo de feijão e resolver problemas de rima ou métrica, exclamar: fedoca — fedorento.

O armazém, ponto de encontro, de troca de impressões. Fala-se de aspirações irrealizadas, de vocações frustradas, de um mundo melhor, mais solidário, de intriguinhas da cidade. Eram os mesmos temas da venda de secos e molhados do seu Zé.

Para os que o conheceram à frente da casa comercial, em pé atrás do balcão, sentado à escrivaninha ao fundo, rabiscando no livro do deve-e-haver ou no caderno de versos, revendo-os, sempre insatisfeito com o resultado, para os biguaçuenses que circulavam pela pracinha perto da casa do seu Geraldino, o que sobressaía era o satirista, o frasista que tinha sempre uma tirada oportuna, bem pertinente para tudo — e que se celebrizou com a glosa que fez quando da inauguração do mictório, obra maior do seu Fedoca, "que veio montar o fedor aqui pertinho de mim". A glosa ("Biguaçu é terra boa/ terra de muita coisinha/ eu pergunto pra você/ quanto deu nossa festinha/ deu um conto e quinhentos/ é notório/ e agora até já temos/ mictório/"), durante muito tempo referida, sempre que se queria hostilizar o prefeito (por sinal concunhado de Geraldino, as duas famílias procurando conviver em relativa harmonia no meio daquela desavença), os dois passando de correligionários a antagonistas nas pugnas políticas — o que no município importava muito.

Afinal, qual partido ele passara a apoiar? Boatos circulavam, qualquer um, desde que combata os Ramos; sempre no partido contrário ao do concunhado; como este se mantivesse fiel à sua linha, não havia escolha, impossível acompanhá-lo. Daí, por uns tempos, o murmurar-se que nutria simpatias pelos galinhas-verdes. Seria este o motivo do afastamento do seu Zé, adversário feroz do integralismo? Os dois com afinidades, gostavam de ler e escrever, tinham suas rodinhas de amigos para o papo freqüente, detestavam a atividade à qual estavam jungidos.

Não era raro, em manhãs ensolaradas ou no friozinho do invernoso anoitecer, encontrá-lo à porta ou sentado ao fundo do armazém, envolvido pelos produtos de sua modesta casa comercial, cabeça abaixada, olhos perdidos, lápis rabiscando o papel branco, desatento ao que lhe ia ao redor, ruminando novo poema, concentrando-se em busca de uma rima rica, da métrica, não podendo aceitar o verso livre, é uma piada; durante a enchente, que encalhara no bar-bilhar dos Born o cantor Carlos Galhardo, pedia, vai, pergunta pra ele se aceita uma canção com tais baboseiras.

O primogênito do seu Zé sentia ganas de indagar, mas cadê coragem diante daquele homem tão mais velho e temido por sua língua ferina: Geraldino, me explica, como consegues conciliar comércio e poesia, não existe uma contradição insuperável, de que maneira sair de tuas elucubrações na busca da harmonia de um verso para atender o rapazinho que entra, empunha a caderneta do armazém, pede, seu Geraldino, me dá por favor duzentos e cinqüenta gramas de lingüiça, meio quilo de batata, uma caixa de fósforo, um pacote de velas, anote tudo no caderno, o papai me disse pra lhe dizer que vem depois conversar com o senhor sobre o pagamento, não se preocupe, não demora, não, avisar-lhe que está esperando, logo-logo vai receber uns dinheirinhos e paga tudinho.

O filho do seu Zé reconsidera, pensa, conclui, o mesmo questionamento, com pequenas variações, serve também para seu pai. Sem imaginar que, também ele, bem logo, estaria enfrentando o mesmo dilema.

4 — Seu Taurino/Dona Francesa

Dono da farmácia. Ao mesmo tempo farmacêutico, enfermeiro, manipulador de produtos, até médico de emergência, fazendo de tudo um pouco, atendendo e orientando a população carente de posto de saúde; a mulher, caixeira, assistente do marido, dona-de-casa, mãe de família.

Ambos solícitos, afáveis. A qualquer hora do dia ou da noite, prontos para acudir um doente, aviar uma receita — na maioria das vezes, que o próprio seu Taurino passara —, vender um remédio, aplicar uma injeção.

Como era de praxe, a casa ao mesmo tempo farmácia, esta na parte da frente, mais do que casa um bonito casarão para os padrões locais, pertinho da praça atravessada pela rua principal — e o que não era rua principal? —, um pouco abaixo de onde ficava a livraria do João Mendes, do mesmo lado, bastava atravessar o pontilhão do riachinho.

O prédio se tornara famoso na Revolução de 1930, quando fora atingido por um canhonaço. Durante algum tempo, seu

Taurino preservou ali a marca. Mesmo depois de recomposto o estrago, fazia questão, com uma pontinha de orgulho, de interromper o trabalho, chegar até a porta, indicar: olhe, foi bem aqui, aqui mesmo, olhem, embora eu tenha consertado e pintado, prestando atenção a gente ainda pode ver um resquício por trás da tinta nova, o rombo — e à medida que o tempo passava o rombo ia aumentando, a ponto do poeta Geraldino ironizar: qualquer dia, indo nessa proporção, o rombo acaba se tornando maior do que a própria casa.

Foi seu Taurino quem tratou a malária do filho do seu Zé, malária jamais bem explicada, de que modo e quando apanhou-a. Durou um tempo interminável, mantendo-o bambo, preso à cama, imprestável, lasso, nem ler conseguia, primeiro o frio que não passa, pouco adiantando aumentar o número de cobertores, da roupa, de camisas, dos pulôveres, de bacias com água quente para aquecer o quarto; depois o calorão substitui o frio, calorão que sobe por todo ele, também pouco adiantando tirar as cobertas, a roupa, mergulhar em água gelada. Em ambos os casos, calor e frio, sentia tremor, batia o queixo, um tremer que vinha de dentro, do mais fundo de seu ser; quando passava deixava-o inerme, largado, mais fraco a cada dia, até o ciclo recomeçar.

Seu Taurino vinha, dizia: é assim mesmo, só que tão forte nunca vi igual na minha vida, por onde terá andado e como foi pegar a danada? Aplicava o medicamento, repetia: vai demorar a cura, mas este é o mais recente tratamento no combate à malária, injeção e comprimido; explicava para a mãe, dona Tamina, não estranhe a cor da urina, faz parte do remédio, um novo componente — e amigos, parentes, conhecidos, todos vinham observar a cor das mijadas, palpitar, estranho aquela coloração inusitada que descia formando um lago no urinol, que coisa mais maluca!

Até que um dia, quantos depois, sentindo-se melhor, cansado de estar em casa, resolve arriscar, não espera que seu Taurino venha com o medicamento, tem urgência em abandonar a clausura, confinado assim impossível, quer um pouco de ar puro, de sol, de luz, ver gente. Devagarinho vai até a farmácia, tateando pelas paredes, parando para respirar, entra para espanto dos presentes, toma o remédio (nesse dia seriam as cápsulas ou a injeção?), começa a volta, de repente, náusea, tontura, tortura, uma nebulosa, perde a noção, não sabe onde está, cambaleia, ouve uns ruídos, o brusco frear e os gritos, logo alguém arrastando-o, e a voz alterada/irritada: stá maluco é, stá bêbedo é, vê por onde anda, quer se matar quer, depois os motoristas pagam o pato. Dona Francesa acorre, logo seu Taurino, João Mendes pergunta o que é, não demora chega seu João Dedinho. Tiveram que ajudá-lo a ir para casa, largou-se na porta da venda, um molambo, imprestável, o pai queria culpar seu Taurino, a mãe intervém: não, Yusé, foi o menino maluco que saiu por conta própria.

Lendas circulavam em torno do seu Taurino, que gostava de tomar umas e outras; em tais momentos, raros, diga-se de passagem, perdia o controle, jamais alguém fora prejudicado, só ele, como resultante um tombo e a luxação na cabeça, outro motivo de glosa do poeta: e é Taurino, imaginem só se fosse Pintino. Murmurava-se, também não havia uma negativa categórica, era um daqueles boatos que surgem, sem que se saiba como nem por quê, se infiltram, adquirem foros de acontecido, quase passam (ou passam) a ser verdade incontestável, em especial nas pequenas comunidades, onde todos se conhecem e convivem.

Taurino (ainda não "seu") era noivo de uma jovem de Biguaçu. Ou seria de São Miguel? Talvez do Estreito. Com data de casamento marcada. Vai ele a Florianópolis, tomar umas providências. O pai lhe pede: Taurino, não te esquece, visita os parentes, leva pros primos o convite de casamento.

Taurino reluta. Tem uns pressentimentos. Algo lhe diz que não vá, não deve fazer aquela visita. Lá por dentro a consciência do que poderá resultar, do que virá. Não tem como recusar, o velho insiste: desconsideração se não convida, o que irão dizer. Acaba atendendo ao apelo.

Na capital faz o que precisa fazer; indeciso, de tardinha bate na casa dos parentes (seriam primos, seriam tios?), o casal vem atendê-lo, recebem-no com efusão, insistem para que entre, recusam receber o convite na porta, perguntam por todos, convidam: jante com a gente, queremos saber de vocês, tão pouco aparece, desconsideração se não ficar, tua priminha não demora. Taurino reluta, não tem argumentos para continuar recusando; enquanto espera a janta, é servido um beberico, primeiro um conhaque, depois vinho do Porto, toma um cálice, outro, mais outro, a bebida desce bem, sente-se leve, solto, começa a conversar animado, é fraco para bebida, na verdade até ali pouco bebia, quase abstêmio, mas o copo, aqui, mal se esvazia logo volta a estar cheio, seria ele ou o parente a enchê-lo? Até que chega a moça, a janta é servida, Taurino jamais esqueceria aquele jantar, come e bebe, ou quem sabe bebe e belisca, mal come, outras bebidas, um vinho tinto, cerveja, onde a comida que foge de diante dele?

Mal consegue levantar-se da mesa, solícito o parente exclama: não, te deixar ir assim pra casa não posso, mesmo a essa hora não tem mais ônibus pra Biguaçu, nem vejo sentido com uma casona dessas pernoitares em hotel, ficas aqui, mando preparar o quarto de visita, amanhã de manhãzinha apanhas o primeiro ônibus, faço um bilhete, explico o acontecido, teus pais vão compreender, se houver necessidade vou lá, conto tudinho.

Ficou. Não tinha como não ficar. E na manhã seguinte, em lugar do quarto de hóspedes, amanheceu na cama da prima. Um escândalo! Foi obrigado a desmanchar o noivado, casar-se com a parente. Questão de honra. Que, descobriu-se mais tarde (e o que não se descobre nas pequenas cidades, o que não se fica sabendo?), apaixonada pelo primo, inconformada, não queria viver sem o Taurino, tudo armara sem o conhecimento da própria família. Seria? Diante do acontecido, diziam os pais da jovem, não tivemos outra opção, onde se viu deixar nossa filha, a donzela Francesa, desonrada, só o casamento repara. O casamento reparou — e viveram felizes para sempre. Esta uma versão. Outra circulava. Tão ou mais fantasiosa. Taurino, bom de violão, cantor razoável (por que nunca um duelo dele com o Roberto Galliani?), era noivo (ou quase), em Florianópolis. Seria da tal prima? Talvez. Impossível confirmar ou desmentir. Assunto tabu diante dele.

Determinado dia um amigo chega, implora: Taurino, vamos sair esta noite sem falta, preciso de ti, só tu podes me ajudar, é uma seresta pra minha namorada, quero ganhar ela de vez, estou apaixonadão mas a danadinha se faz de difícil. Antes da serenata foram a um bar, é consabido que serenata sem beberico não engrena. Taurino nem era de beber, o amigo insiste, onde se viu. Taurino tocou e cantou como nunca antes, com alma, com sentimento, com tamanha paixão que ganhou a namorada do amigo. Estaria de olho nela e ela nele? Como saber? E a noiva (ou quase) de Florianópolis. Existiria? Era a prima? Esqueceu-a?

O caso é que fugiu com a namorada do amigo. Casaram, claro. E viveram, dona Francesa e seu Taurino, felizes para sempre.

Qual a verdade? Cadê coragem para perguntar? O boato circula à socapa. Sussurrado. Sugerido. Insinuado. Temperado com pitadas de outras versões.

Assim, a incógnita permaneceu. Pelo menos para a família do seu Zé. Por vezes a dúvida atroz: talvez ambas as versões resultem do fértil imaginário das pequenas cidades, necessário para preencher vidas que não têm o que fazer, nem como matar o tempo — antes que o tempo as mate. Então, inventam. Constroem realidades.

5 — João Dedinho

Figura emblemática em determinado estágio da história de Biguaçu. Mais do que outras, que acabaram adquirindo maior poder. Ele simbolizou a Revolução de 1930. Seria o mais importante do movimento? Quem sabe! Talvez sim. Talvez não, pouco importa. Na figura de João Dedinho se encarnava tudo aquilo com que se sonhou, pelo qual tantos lutaram. Em síntese: uma virada para valer na estrutura arcaica do país, não apenas troca protocolar nas posições de mando, conforme hábito arraigado. Foi, sem dúvida, a figura mais popular, que melhor representou o espírito da época, em toda a região.

Necessitava-se de uma consulta, uma informação, dizia-se: vai, procura o homem, ele orienta. Nem precisava se referir às funções dele. Todos se dirigiam à alfaiataria, local mais fácil de encontrá-lo do que na delegacia.

O poeta Geraldino glosava: é só seu Dedinho, imagine se fosse dedão, virava rei nosso de todo dia, daqueles de beija-mão, de se pedir a bênção, com rima e tudo. Aliás, querer esconder-se dele, era na delegacia. Não que fosse omisso. Encontrá-lo, fácil. Caminhava pela cidade, detendo-se em uma casa ou em outra, no bar-bilhar, na pracinha em frente à igreja, na padaria do seu Fedoca, na farmácia do seu Taurino, no armazém-bar-restaurante do seu Salim, na loja do seu Abrahão, na vendola de secos e molhados do Seu Zé. Geraldino não perdoava tanto deter-se, rebatia: vai acabar um dia é detendo a gente.

Vida movimentada. Mensageiro dos liberais durante a Revolução de 1930, espécie de pombo-correio, ia, em nome dos líderes, pelo interior do estado em busca de contatos com os revoltosos, voltava com notícias de adesões, de recuos estratégicos, das incontáveis tratativas. Tivera vários encontros com o Regis, filho da dona Joaninha, no Alto Biguaçu. Incansável, alerta, atilado, sabia ouvir como poucos. Arrancar dele dados era outra coisa. Apenas aquilo que interessava divulgar. Interrogado anos mais tarde, afirmaria, convicto: Biguaçu foi um celeiro dos liberais no estado, com um grande número de moradores participando do movimento. Havia uma insatisfação geral na época. Foi isto que levantou a Aliança.

Filho adotivo de um dos articuladores da Revolução em Biguaçu, gostava de relembrar: minha participação não foi um mero acaso, nem por espírito de aventura, eu tinha/tenho consciência social, idéias avançadas, torcia que o levante fosse benéfico para o povo, não tínhamos como continuar com o Washington Luís; e a uma pergunta: estás satisfeito com os resultados, já que usara a palavra "torcia", retrucava pensativo: estou, não foi tudo que se queria, existiram avanços no campo social. Calava, balançando a cabeça, reconhecia: alguns dos problemas crônicos permanecem sem solução, mas vamos dar tempo ao tempo. Depois, depende da luta do povo organizado, não é só esperar, todos devem exigir seus direitos, brigar por eles.

Com o passar do tempo, e a implantação do Estado Novo (novo só no nome, era o mote de Geraldino, para irritá-lo), murchou um tanto, embora não quisesse demonstrar, precisava continuar acreditando, dizia: dêem tempo pro baixinho, é um crânio, deve ter jogadas no bolso do colete, ainda acredito nas boas intenções do Gegê. Não gostava de insistir no assunto, a dúvida corroía-o, procurava desviar o tema em busca de explicações: meu pai adotivo, Olívio Amorim, era muito chegado ao Nereu Ramos, me engajei e não me arrependo de haver contribuído para a vitória. Melhor do que era, estamos. Alguém duvida?

Sentado em uma das raras cadeiras na venda do seu Zé, ri ao lembrar a fuga do prefeito Leopoldo Fraiber. Ficou no lugar, por pouco tempo, o secretário da prefeitura, Hermógenes Prazeres. Mas o homem mapeado para o lugar era o Fedoca (Alfredo Silva): gente nossa, bom companheiro, dono da mais conceituada e afreguesada padaria/confeitaria de Biguaçu. Não sabe ou não quer esclarecer por que, em lugar do Fedoca, nome à época menos representativo, não assumiu o Olívio Amorim, mais ligado aos homens — e os "homens" eram os Ramos. Se insistiam na pergunta, taxativo afirmava: ora, vocês sabem, ambos líderes da Aliança, existiu aí o que se chama conjuntura, correlação de forças que em determinado momento pode pender para um lado ou outro. Pendeu pro Fedoca.

O pai sente-lhe o desconforto, muda de assunto, volta a uma pergunta cuja resposta todos já devem saber: e tu, como foi que acabaste dono de alfaiataria e delegado vitalício? Ou delegado e dono de alfaiataria? A ordem dos fatores não altera o produto. Sem titubear, João Dedinho ri: ora vejam, eu estava grandote, quase com 21 anos, precisava trabalhar, tinha habilidades pra tesoura e pra tira, queria ganhar a vida a fim de constituir família, podia prestar bons serviços em ambas as profissões, uma só insuficiente pra me manter. O alfaiate precedeu o delegado? Surgiram de forma concomitante? E por que o "dedinho", logo incorporado, marca registrada? Teria mesmo sido defeito de nascença, acidente em um dos dedos? Por mais que se faça esforço, impossível determinar. João Dedinho adorava um mistério.

João Cândido da Silva toma posse, procura se inteirar das tarefas que terá de cumprir, pede reforço para o melhor policiamento, vai conhecer as reais condições do prédio da delegacia, da cadeia, instaladas em plena praça principal (seria no prédio do Fórum?), cuida em melhorar as condições dos presos. Durante a Grande Guerra requisita jovens que o ajudam no patrulhamento das ruas, teme-se a ação dos quinta-colunas que tentam retransmitir informações para os nazifascistas, precisa ficar de olho nos integralistas, alguns ex-colegas e amigos de tempos nem tão distantes, da Aliança, como os Reitz e os Scherer.

Nas freqüentes conversas com seu Zé, manifesta vagas simpatias pela esquerda, uma esquerda romantizada, lírica, resultante de parcas leituras, de conversas com amigos de Florianópolis (conhecera Álvaro Ventura, nome de proa de certa fase do comunismo caboclo) e, principalmente, de uma congênita ojeriza pelo integralismo. Teve que engolir, indignado, as homenagens a Plínio, o Hitler caboclo até no bigodinho, conforme dizia, quando de sua passagem por Biguaçu. Não se cansava de repetir: é um espúrio ramo nativo do nazifascismo, são fanáticos de meter medo, não estamos vendo como amigos se tornam inimigos logo que abraçam o sigma, eu que me dava tão bem com alguns, fomos até colegas, agora... fazia uma pausa para acrescentar: aquele bigodinho do Plínio lá pode ser levado a sério, ridicularia maior só o do Hitler.

Quando não aparece, o pai reclama: que foi que aconteceu, deixou de assinar o ponto, e nossos papos? A passadinha na venda uma tradição, hábito arraigado, quase uma necessidade. Pode ser cedinho, pela hora do almoço, de preferência à tardinha. Quer ser informado das novidades, esse rádio Phillips está mudo, folheia os jornais de ontem, de anteontem, comenta os últimos acontecimentos do estado, do país, do mundo, o recrudescimento da guerra, que se prolonga, mexe no rádio em busca de uma estação qualquer, chama a atenção do seu Zé para as notícias, pula de uma estação para outra, acaba voltando para a mesma, a Nacional, mais potente, melhor preparada, com mais amplo noticiário.

Embora getulista, não pode se conformar com a simpatia do seu líder pelo Eixo, procura desculpá-lo, diz com ênfase: acreditem, não é ele não, é a corriola que o cerca, o tal Góis, o Dutra, pouco adianta explicar que "a corriola" é quase a mesma, um pessoal da estrita confiança do ditador, à palavra "ditador" se encrespa, fecha a cara, se mexe, busca saída, afirma: assim não, o homem é ardiloso, vocês vão ver, esperem. E vibra quando o baixinho, pressionado pela população, pelos meios de comunicação, pelos Estados Unidos, declara guerra ao Eixo, começam os preparativos para o envio dos pracinhas, ergue o dedo, sorriso largo, exclama: e agora, hein, seus papudos, eu não dizia, está aí a comprovação, estratégia certa do Gegê, o homenzinho tem tutano, cabeça boa, esperou o momento adequado, se eu fosse mais moço me alistava, se não fossem meus compromissos, se eu não tivesse minhas responsabilidades no município, se não orientasse os jovens, se não velasse por meu torrão, se não estivesse tão envolvido, se pudesse me alistava. Era sincero. Mas seu Geraldino não perdoava: é "se" demais pro meu gosto, diga logo que não quer ir.

Quais os motivos, difícil esclarecer. Diferente dos demais personagens que compõem o universo de Biguaçu, a partir de determinado momento a figura de João Dedinho torna-se mítica. Continua sendo real e passa por mutações. Começa, num processo complexo de reelaboração, a ser ficcionalmente trabalhada, instigando sempre, mas sem se presentificar conforme devia. Ou não? Real e mítica, como quase tudo que diz respeito a Biguaçu. De que modo delimitar um João Dedinho do(s) outro(s) João Dedinho? Qual o mais verdadeiro, difícil determinar. Por vezes fica a impressão de que a verdade real é menos significativa do que a elaborada como outra verdade. Assim, unem-se fatos que se justapõem e complementam. Forjando uma trama inextrincável. Para ficar em um único exemplo, o intrincado episódio da desavença e posterior briga entre João Mendes e João Dedinho terá acontecido? Acontecido conforme se relata? Com a facada nas costas do delegado pelo poeta cego, quando aquele estava telefonando? Onde teria ocorrido? Ou jamais aconteceu? E então o patrulhamento da cidade à noite, quando o que se conseguiu foi fazer parar carrocinhas que transportavam laranja ou prender um ladrão de galinha.

Eis cenas recompostas: os rapazes foram convocados, empunham armas (revólveres e espingardas, verdadeiras peças de museu), percorrem as ruas, atentos a tudo, o fiapo de luz que se escoa pela fresta de uma janela, uma carroça de laranja que passa em direção a Florianópolis, um barulho suspeito, quando se dá a prisão do espião perigoso, logo trancafiado, que na manhã seguinte se demonstrou mero ladrão de galinha. Também nesse exemplo, a versão que passou a fazer parte do folclore da terra é mais real do que a realidade na qual se baseou. No entanto, a importância de João Dedinho, o lugar que ele ocupou, é inquestionável.

6 — Seu Fedoca

Da mesma forma que no caso do João Dedinho, muitos sabiam, mas poucos se referiam ao prefeito e dono da padaria pelo nome, Alfredo Silva. Logo neste início uma retificação se faz necessária. Incorreto o "muitos sabiam" qual o nome do João Dedinho. Outra sutil diferença: se o delegado-alfaiate era chamado de João Dedinho, ninguém chamava o prefeito de Fedoca. Era, respeitosamente, seu Fedoca. Alfredo Silva apenas em documentos oficiais. Até nos órgãos de imprensa (*O Estado, Noite e Dia, A Gazeta, Diário da Tarde*), e em emissoras de rádio, quando se inseria uma notícia a respeito de Biguaçu, mesmo em matérias mais substanciais sobre as periódicas enchentes (não esquecer o "Choveu, choveu/ Biguaçu encheu", do poeta Geraldino), os bailes de aniversário da cidade, as partidas de futebol, a inauguração de um melhoramento, se vinha citando o prefeito Alfredo Silva, lá estava, entre parênteses, seu Fedoca.

Prefeito durante quantos anos? Quem saberia ao certo! Do início da década de 1930 até meados de 1940? Será? Seria? Não há como confirmar. Ou há? Até que há, claro que há. Basta recorrer à documentação, no arquivo morto da Prefeitura de Biguaçu. Deve estar lá, entre papéis antigos e empoeirados, a data de entrada e saída, as anotações devidas ao fato. Qual a importância em confirmar? O que acrescentaria ao que se pretende? No caso presente, é bom insistir, pouco. Para o que interessa, nada representa. Ele se eterniza no cargo. Sim, para nós — narrador e leitor — melhor se a prefeiturança do seu Fedoca fosse eterna... e foi. Basta dizer que a figura do seu Fedoca (bom incluir aqui o Alfredo Silva, pode surgir a necessidade de um momento formal), que preservamos, se confunde com parcela significativa da história geral de Biguaçu, das transformações que vão marcar todo o território catarinense. Em especial da história de Biguaçu que a nós diz respeito. É a que vai da Revolução de 1930, da fuga do então prefeito, da assunção provisória do secretário, até a confirmação do seu Fedoca. Teria ido até 1945? Talvez. Não se tem como afirmar, já que optamos por não recorrer aos arquivos. Fiquemos então com a data de 1943, quando a família de seu Zé transfere-se para Florianópolis e outro ciclo da saga da família se inicia.

Adepto das forças revolucionárias, Alfredo Silva não teve, conforme se murmurava, participação tão ativa quanto a de Olívio Amorim, líder incontestе, ou a de João Dedinho (nessa época já seria João Dedinho, eis outra dúvida que persiste), espécie de pombo-correio do movimento. Mas a prefeitura veio, num passe de mágica, às mãos de Alfredo Silva. Consenso? Pode ser. Maior qualificação para o cargo? Talvez. Para deleite do poeta Geraldino, que não perdia chance de glosar os feitos (mal-feitos, timbrava em esclarecer) do concunhado, casados que eram com duas irmãs, "aquele gago, discutível gagueira". Má vontade do Geraldino, adversário sem entranhas, nem respeita a família, um recalcado — retrucavam os adeptos, e não eram poucos, do seu Fedoca. Acrescentavam, cochichando com medo da língua afiada do satirista: onde já se viu falar mal do concunhado, homem diligente que vem espalhando meritórias obras em benefício da comunidade? Por sinal obras muito mal obradas, rebatia o poeta, que não se conformava com aquele mictório inaugurado (com mijadinha do seu Fedoca) perto do armazém.

Político hábil, manhoso, atilado, sabia seu Fedoca tramar articulações, navegar impávido por entre adversários e adeptos, que podiam se permutar, atraídos uns pelas promessas, afastados outros por uma desatenção.

Alfredo Silva pouco ligava para as verrinas do Geraldino, dizia: pelo menos estou sempre sendo lembrado, convidava-o para as solenidades, freqüentavam-se as respectivas mulheres, irmãs que se queriam, procuravam amainar as rusgas, mas o prefeito também fazia das dele. Exemplo mais evidente o mictório, dizia-se que de propósito bem ao lado da casa de comércio do poeta. Inquirido, seu Fedoca desconversava: na... na...da... na...na...ão..fo...i...as...sim não — a gagueira sofrendo bruscas interrupções, acelerando-sumindo, voltando, sumindo, retornando depois de minutos de tortura para o próprio e para os ouvintes, sem saberem o que fazer para ajudá-lo. Geraldino era implacável. Fizera circular a notícia: a gagueira do seu Fedoca um artifício, usada para melhor concatenar as idéias em um momento difícil, disciplinar o pensamento (parco), quando alguma palavra lhe faltava para fechar a frase, sem saber como prosseguir, ou para sair de uma discussão indigesta.

Da padaria, sem contestação a melhor e mais sortida do município, cuidava a mulher, ajudada por um empregado ao balcão, mais alguns lá dentro, e, a partir de determinado momento, pelo filho, Ulmar, que devido a bicada de uma ave (qual seria, de que maneira, em qual momento?) acabara cego de um olho. Rapazote forte, risonho, boa-praça, fazê-lo perder a pachorra e irritá-lo era chamar de caolho. O rosto logo avermelhava, olhos chispantes, lábios crispados tremiam, ameaçava, vem cá te mostro o que é caolho, me queixo pro meu pai. Eram brigas sem maior significação, rusgas de rapazes, logo os contendores estavam de bem. Briga do Ulmar, para valer, era com o vizinho mais próximo, Salomão Meri. Raro o dia em que os dois não se engalfinhavam, desnecessário o motivo. Nem ao menos se provocavam. Pura birra; nem isso. Vontade de testarem forças. Logo estavam "de bem".

Incomum, embora amistosa, a passagem do seu Fedoca pela venda de secos e molhados do seu Zé. Pouco se demorava. Queria saber notícias, sempre o mesmo começo: quais as novas, seu Zé, família vai bem, e os negócios? Estranhamente sumida a gagueira, comentava os acontecimentos ligados a sua administração, o que estava fazendo, o que gostaria de fazer, o que tinha feito em prol da comunidade, levando-se em conta a parca receita com que podia contar, as dificuldades do estado, felizmente tenho o apoio do Nereu. Desatento, logo se desligava, parecia nada mais existir além do seu restrito município, nem estado, nem país, nem guerra, nem mundo. Ou não gostava de se manifestar?

Seu Fedoca teve, no consenso dos habitantes, atuação até louvável, considerando-se os problemas que enfrentou: os tempos pós-Revolução de 1930, a Aliança Nacional Libertadora, o 1938 dos integralistas. E como se isto não bastasse, o Estado Novo getulista e a Grande Guerra. Seu Fedoca se preocupava em manter a cidade limpa, atento à educação e saúde, melhoria das vias públicas, pagamento em dia dos servidores, poucos e ganhando pouco, é verdade. Para os adversários, tudo miudezas, à frente o poeta Geraldino contestando mais, cético não se cansava de repetir: me mostre uma obra de vulto, a maior certamente o mictório, obra obrada com empenho para nela se obrar... mal.

7 — Roberto Galliani

Fácil caracterizá-lo: principal boêmio da cidade, que, pais alertavam, não devia ser imitado. Varava noites bebendo, agarrado ao pinho amigo, cantarolando com afinação e bonita voz composições alheias ou próprias, uma chusma de acompanhantes no rastro dele, a família descontente por não vê-lo em qualquer atividade útil, ao que Roberto retrucava: mais útil a vida ser vivida bem, sorvida a plenos haustos. Além de bom no violão, excelente faro para identificar um galo de briga, dizia: aposto naquele do seu Firmino; duvidavam, bichinho desacreditado diante de um outro campeão. Não se afastava do rinhadeiro nos dias de embate. Sempre provocativo, adorava uma discussão: meu galo é melhor, mesmo quando não tinha galo, era o de um conhecido, ou desconhecido, pouco importava, mostrava o dinheiro: vamos-vamos, apostem quanto quiserem, casamos a grana. Contraditoriamente, detestava briga de canarinho da telha, deblaterava: que barbaridade, vocês uns malvados sem coração, não têm pena dos coitadinhos?

A contradição, o parecer diferente, marcava-o. Um bom exemplo o Carlos Galhardo encalhado, devido à enchente, barbilhar dos Born. Quando insistiam, vamos lá Roberto, quem sabe tu pedindo o homem canta pra nós, dizia: que nada, o Carlos Galhardo canta mal, sem ritmo, vocês precisam escutar o Chico Alves, o Orlando Silva, e tem outro por aí, logo vai estourar nas paradas, o Vicente Celestino. Trauteava alguns versos, misturando os dele com os de outros. Musicara um poema do Geraldino, que começava assim: "Cai a tarde! Na curva poeirenta/ da estrada, surge o velho peregrino;/ Traz impresso na fronte macilenta/ O selo negro, atroz, dos sem destino..."/ Mas se recusava, de forma terminante a pensar em musicar qualquer coisa do João Mendes.

Freqüentador assíduo do bar-bilhar dos Born, ponto predileto dos desocupados de qualquer espécie (na verdade não só deles), exímio no dominó, todos temiam enfrentá-lo, até mesmo parceiros relutavam em fazer dupla com ele, a qualquer jogada dizia: porras, cara, presta atenção, dominó não é apenas sorte, precisa de cuca pra prever a jogada seguinte, melhor, as jogadas. Gostava também de bilhar, ver as bolas rolando e encaçapando? Ou aí já é a ficcionalização que entra em cena, elaborando tramas, como a partida que terminou com os parceiros se desentendendo e cruzando os tacos como se fossem espadas? Seria? Mas foram mesmo os parceiros? Ou um enxerido que quis dar palpites, atrapalhar as jogadas?

Se Roberto Galliani marcou, com sua presença forte e controvertida, os que com ele conviveram, pouco sobra de uma figura que se esvaiu e que pode ser sintetizada em rápidas e sucintas palavras: bom de copo, bom de violão, bom de voz, bom de briga, bom de dominó, quem sabe bom de bilhar, excelso avaliador de galos de rinha, bom no preparo de uma galinhada, em especial se a penosa fosse resultado de um afano em terreno alheio, amigo feroz e inimigo idem.

Dona Tamina, seguindo o exemplo de outras mães, reclamava: evitem o tal Roberto, não serve como companhia; seu Zé reiterava: má companhia, sim, já disse a mãe, eu também não quero ver vocês com esse elemento. Vozes insinuavam maldades, sem consistência maior, embora não raro fosse visto rodeado de mulheres. Por que então uma constante se entremostra, vai-e-vem, seria outra das perversidades, inatas às pequenas comunas, onde a maledicência prolifera, ou haveria algo mais no murmurar-se, a medo e longe dele, quem com coragem suficiente para enfrentá-lo: não parece que o Roberto, com todo aquele ar de machão, é um fresco enrustido?

8 — Seu Serapião e o filho tanso
Ponto predileto da dupla, sempre grudada, quando descia do Prado para o centro de Biguaçu, a venda do seu Zé. Serapião dizia: vamos de primeiro passar no seu Zé Gringo (diante do homem era somente seu Zé); atrás dele, o filho abanava a cabeça, concordativo. Praxe, o pai sempre à frente, o filho na rabeira, trotando, quase encostados um no outro, passos compassados, em ritmo certeiro... Antes dão uma paradinha, ainda no Prado, perto da ponte, para ver uma prima, a mãe do Pedro Maria. Também o Pedro Maria tinha a mesma doença do filho tanso do seu Serapião. A diferenciá-los, a mãe do Pedro Maria parecia não ter nome; o mesmo com o filho tanso do seu Serapião. Raramente o Pedro Maria e o filho do seu Serapião aparecem juntos. Só se encontram na casa de um ou do outro. A aproximá-los, além da tontice, uma como aura. Era voz corrente que tinham poderes, podiam ajudar na descoberta de tesouros.

Acabam de chegar. Entram na venda. Cumprimentam seu Zé. Calam. À espera que seu Zé pergunte, sinal para que a conversa engrene: e aí, Serapião velho de guerra, o que há de novo, me conta, não esconde nada, cadê o tão falado tesouro? E seu Serapião, como em uma cena adrede preparada, texto na ponta da língua: desisti de tudo, desisto de procurar o maldito tesouro, desisto de Ti Adão, não voltei no Jacinto Silva, de Pagará, menos ainda no Araújo Figueiredo, do Coqueiros, pode ser bom poeta, mas sprita pra ajudar a gente não, desisto de implorar pro meu filho que se concentre, desisto dos amaldiçoados patacões nas arcas atopetadas, carregadas até as bordas, desisto de saber se estão como se diz enterradas pelos flibusteiros lá nas minhas terras, que outro ache elas e com elas fique, Ti Adão não é de nada, papo furado, só promete-promete — e não dá jeito.

Seu Serapião cala, olha em derredor, pede uma pinga, quer o copo bem cheio a fim de atirar umas gotinhas no chão, pro santo, quem sabe se ajuda, bebe primeiro um gole, dá um tempo, bebe outro, atentos ao que virá seu Zé e quem quer mais que esteja ali. Sabem que virá. Veio: não posso mais agüentar, vou em busca de outrem que mais melhor me ajude a cavoucar nas minhas terras, me animaram pra voltar no tal do seu Jacinto Silva, será que adianta, alguém aqui conhece, já estive lá sem resultado, a fama do homem é das grandes, da muita, o Araújo Figueiredo também não adiantou, o seu Zé já esteve lá, sim? Seu Zé (ou mais alguém que esteja por ali ouvindo) rebate: Serapião, do Jacinto Silva sei pouco, só de ouvir falar, dizem que multidões acorrem de todo lugar pras bandas do homem em busca de cura, malezas da saúde, só isso, e o Araújo é espírita, cuida da alma, cura o corpo enfermo, desconcertos e desacertos, não me parece bom na descoberta de tesouros perdidos, enterrados vai para quando, mais de século, penso que deves insistir no Ti Adão, dá um tempinho, este sim, ninguém com as qualificações dele.

Serapião, ar de desânimo, toma novo gole, tem fome, pede uns torresmos, medita, balança a cabeça. Encostado nele o filho, em pé, belisca umas bolachas, impedido de beber. É um molecote sarará, ri um riso tanso, mexe numa coisa e noutra, implora, em vão, uma pinga de pinga, que é negada mais uma vez com um safanão, olha para o interior da venda, porta de separação entreaberta, com olhos esbugalhados, espera que a porta se abra de todo e apareça um dos filhos do seu Zé, que o chamem para ir brincar de bola de gude no terreninho ao lado, onde não faz muito os ciganos acamparam atraindo multidões, a rapaziada querendo ver a ciganinha Sofia, uma tentação.

    Causa espanto o toque preciso do tanso, não importa a distância uma bolinha vai certeira na outra. Por que, então, negação absoluta para uma pelada? O tanso (terá tido algum dia nome? era o tanso ou o filho do seu Serapião) não sai sem um sinalzinho concordativo do velho, que não gosta de perdê-lo de vista, é receio que suma e é porque estão no filho tanso suas últimas esperanças de enricar. Há um consenso, taxativos todos afirmam: seu Serapião, lá nos papéis dos home, não é lorota, foi mesmo perto das tuas terras que os barcos espanhóis vieram dar, estavam sendo perseguidos pelos ingleses, como última medida resolveram desembarcar as arcas recheadas, enterrar elas ali perto, assinalaram o lugar, embaixo de umas árvores, não se tem certeza absoluta, jabuticabeiras parece, voltaram depois da refrega para recolhê-las. Não deu.

    Aí as opiniões se dividem. Uns dizem: voltaram e só acharam parte; outros: voltaram não encontrando nada; outros ainda: que voltaram, os navios foram afundados pelos ingleses que infestavam as mesmas águas e estavam atocaiados esperando, eles sim que atracaram em busca das arcas, mas como encontrá-las?

    O certo é que a história das arcas atulhadas de patacões (logo não apenas patacões, também ouro e pedrarias) mexe com a imaginação de todos quantos sonham com a descoberta. Muitos se propunham: deixa eu te ajudar, dividimos. Serapião recusa. Havia quase unanimidade, só quem pode chegar até as arcas é o filho atoleimado do homem, que tem uns estranhos ataques como se fosse sezão. Está quieto, tranqüilo em seu canto. Sem motivo aparente o corpo começa a balançar. Chegou a hora. Todos acorrem para as terras. Chama-se Ti Adão, indispensável presença. Chegou. Vai até o tanso, coloca-lhe nas mãos fina vara de salgueiro. Orienta-o de um lado para o outro. Pára. Abaixa, se ergue, pede: caminhe praquele lado, devagarzinho. Hipnotizado o rapaz obedece. Manipulado, caminha sob inspiração do velho feiticeiro, que determina: pare um pouco, respire fundo, feche os olhos, ande assim mais pra direita, mais pra diante, olhos sempre fechados, agora pra tua esquerda, aí — aí bem aí, assim, não te mexe. O tanso está sob frondosa figueira brava, a ponta da vara endoidece na mão do rapaz até se fixar em ponto determinado, onde estaca imóvel.

Ti Adão sorri, aponta, nem há necessidade de fala, Serapião entendeu, grita: vamos cavoucar gente, é aqui, é aqui — e recomeça a escavação num vasto terreno já quase todo escavado, não faz muito tiveram que derrubar uma das jaboticabeiras. Tudo inútil até aquele momento, mas insuficiente para matar a esperança. Sempre renovada. Ti Adão não entende o que lhe acontece. Jamais fracassou.

Poeta Geraldino glosa: este Serapião nunca chegará a rei.

9 — Lauro-barbeiro
Moço. Pouco mais velho do que os rapazes que ali se reúnem. Tendo que trabalhar desde cedo, vivia a vida através dos outros. Raro se enturmava. Neles bebia as farras, as noitadas, as serenatas, o perder-se-achar-se no bar-bilhar, na rinha de galo, nas brigas de canarinho da telha (ou do norte), empolgava-se com as invencionices, as fantasias, os sonhos.

A barbearia ponto dos bate-papos, da bazófia dos rapazes.

Lauro acompanhando-os avidamente através das fantasiosas narrativas, como se tudo estivesse vendo, de tudo pudesse participar. Ou, em parte, participava?

Um começa; outros continuam:

A gente demos uma surra de bola nos sacanas do lado de lá; bando de trouxas; o banho de rio com este solão estava demais; ganhei uns trocados apostando no galo do Joca; o canário do Orlando só é bom de briga na ganja, assim não tem graça; no dominó o Roberto não perde uma; peguei nos peitinhos da Helena, tão bom, ela relutou depois disse sim; e Adalberto mal se curou da besteira do mergulho no rio estava de novo falando na tal mulher casada maluquinha por ele, que não cansa de comer, o marido brocha, pra mim uma gabolice; viste o Salomão Meri, roda bem um pião, compra os que acha melhores; o Aldo Sagaz, sobrinho do Velho, veio de Ganchos com a notícia de que estão nos esperando pra um jogo de futebol e uma bruta peixada.

De repente, tempo escorrendo, estão todos na pracinha vendo as meninotas-em-flor tão garridas e tão ardentemente desejadas, que passam/passeando sestrosas, só elas o assunto, esquecidos o futebol, os galos, os banhos de rio, a ida a São Miguel e Ganchos, aonde só se chega de baleeira, as tumultuadas partidas de futebol em Tijucas, já se sabia, podia-se empatar ou perder, vitoriosos nunca. Empatar ou perder resultava em interminável confraternização, nas inesquecíveis peixadas; ganhar era perceber os olhares irados, os ameaçadores facões...

A barbearia numa casinha entre a livraria do cego João Mendes e a alfaiataria do delegado João Dedinho. Em ambas as direções, a abertura para novos horizontes, para um mundo ainda indevassado. Quando chegaria ele? E chegaria?

Lauro-barbeiro um símbolo. Sua figura sempre um ponto de ligação entre o possível e o impossível, entre o sonho e a realidade.

29

Mortes

Chegou a hora. Protelação impossível. Necessário encarar o tema. Não há como elidi-lo. E a mesma idéia, obsedante, volta com força. Não são os mortos que morrem. Somos nós, os vivos, que para eles morremos. Deixamos de ser. Os mortos continuam vivendo na nossa lembrança, no nosso sofrimento. Vivendo e presentes. Mais: uma parcela nossa se vai com eles. Melhor: uma parcela deles se incorpora à nossa vida.

Se Tamina, a mãe, reluta em falar da morte, temendo provocá-la, atraí-la, traumatizada com a morte do irmão, Yussef/José, o pai, repetia versos do poeta árabe Fauzi Maluf, "somos escravos da vida e da morte", tentando a ela se habituar, aos quais acrescenta uma frase dele próprio, talvez até reelaboração da anterior, "só existe uma única maneira de não morrer, é não nascendo". Ou então repetia o sempre citado e amado Khayam: "Vem, pois, com Khayam velho, deixa os sábios./ Só uma verdade existe: — A vida corre!/ Isto é que é certo, e o mais só são mentiras: /— Aberta a flor, depois para sempre morre!" Por certo, se os conhecesse, adicionaria trechos de um poema de Fernando Pessoa, que diz: "Se depois de eu morrer, quiserem escrever a minha biografia/ não há nada mais simples/ têm só duas datas: a da minha nascença e a da minha morte/ e entre uma coisa e outra todos os dias são meus."

Primeiro momento impactante a notícia da morte do Hanna-João. Marcou delimitando, foi um ponto de ruptura. Para os sobrinhos um inapreendido morrer, coisa evanescente. Durou dias, semanas, quem sabe meses, o choro da mãe às escâncaras, seu desalento, as roupas negras, o esconder-se pelos cantos, o ininterrupto repetir por quê, o pai tentando consolá-la, em vão, inútil o esforço, a casa parada, a vida parada, as perguntas sem resposta, as entradas e saídas de parentes e amigos, sentam-se na sala com ar compungido, empunham a xícara de cafezinho, recuperam fatos parecidos: te lembras do primo aquele?; ou recordam passagens da visita do tio, pessoa tão agradável, inesgotáveis os abraços de pêsames, de novo os soluços a custo contidos da mãe querendo se mostrar forte, animosa, a mãe procurando o isolamento do quarto, a fuga ao assédio dos filhos, que descrentes perguntam: mãe, diz pra nós, ele era tão moço, explica pra gente vai, morte é/era coisa de velhice.

Mas o tio, por muito que tivesse fascinado os sobrinhos na curta visita a Biguaçu, transformara-se numa figura esbatida, fugidia, quase irreal, sumida lá na distante e misteriosa Porto Alegre. A nostálgica imagem que preservavam, que persistia, era a da fugida para os passeios longe dos pais, da ida ao circo, das guloseimas que lhes entregava indiferente às reclamações da irmã: vais estragar as crianças, era do riso solto inalcançável.

O impacto da morte-morte, com toda a sua carga, presença inelutável, é a do irmão caçula, Samir, ao mesmo tempo irmão e um pouquinho filho dos demais irmãos, temporão com quem brincavam, todos rodeando-o, adulando-o, a ponto da mãe, também a ele agarrada, reclamar: vocês estão estragando essa criança, deixem o menino em paz; ao que o pai de pronto retrucava: não mais que tu, mulher, Tamina, será que estás com um pouco de ciúme, estás?

1

Em que momento o tio, Hanna-João, melhor, agora definitivamente João, se desgarrou? Qual a razão da escolha daquela inimaginável Porto Alegre, nada além de um simples nome como outro qualquer, nem isso, menos que Rio de Janeiro, por exemplo, até mesmo São Paulo, reduto maior da colônia árabe, das quais tinham uma idéia? Haveria por lá parente mais chegado que o chamara, patrício conhecido da família, com quem tivesse entrado em contato? De que maneira? Teriam acenado para o tio com possibilidades mais concretas do que o inevitável mascatear, mero apêndice do cunhado na casa de comércio? Seria emprego fixo, moça casadoura? Cansara-se da ajuda na vendola, do trabalhar de graça na construção da igreja em São Pedro de Alcântara, para depois ser hostilizado sem qualquer explicação, devido à prédica do padre no sermão de domingo, dispensado, evitado pelos jovens que já considerava amigos, ver a família largar o promissor início, jamais retomado? Será que o tio chegou a se deslocar com a família para Rachadel, para Alto Biguaçu? Improvável. Por que esse inesperado improvável, em que se baseia ele?

Por mais que os filhos lutem para esclarecê-lo, o mistério permanece. A mãe, em algum momento, terá sido mais clara e explícita a respeito das razões? Existiriam? O pai mantinha-se distante, alheio de propósito, procurando diminuir as tensões, ou sobraria algum ressentimento? Qual? Impossível! Ou impossível saber? Como forte vento que arrasta folhas secas e limpa o chão ao redor, teria sumido da memória de todos o motivo da partida, para só permanecerem outros instantes, a repentina chegada a Biguaçu, o inesperado retorno a Porto Alegre; as raras cartas que vinham, certamente em árabe, lidas com avidez, o tio narrando fatos miúdos da grande metrópole, do que via, do que estava fazendo (ou pretendia fazer), do encontro com patrícios que lhe prestavam ajuda, encaminhando-o, orientando-o, a mãe se demora quieta na leitura, volta a reler, busca ir para além do que está escrito, os filhos lhe chamam a atenção, exigem presença, ela desligada pensa naquele irmão que ajudara a criar, mãe que fora dos irmãos mais moços, saudosa dele, por extensão com saudade dos outros, quais no Líbano, quantos nos Estados Unidos; com esses também recomeçara a se corresponder, reiteravam: quem sabe vocês ainda podem vir para cá, temos que retomar contatos, tem que ser através do México, mais difícil, impossível não; agora era a esperança de também ela reencontrar o pai, aquele pai esquivo, de quem tinha vaga lembrança, que saíra para tentar melhoria de vida na Argentina na mesma viagem de Sada, a irmã do marido José, pai de começo afirmando: junto dinheiro para mandar chamá-los, não mais falando em retornar; depois cartas escasseando, a boataria tão comum nas pequenas cidades, os mexericos em Amiun: o pai da Tamina — coitada — tem outra família lá na tal Argentina, tem até filhos, parece, com a nova mulher, não dá nem vai nunca dar notícias, menos ainda ajudar em alguma coisa, um ingrato sem coração; até que um dia, já em Biguaçu, a notícia chegada através dos irmãos dos Estados Unidos, eis o endereço, a mãe se apressa em escrever, a alegria com a resposta, empunha a carta de Rio Quarto, é o avô das crianças que responde, eles já podem comprovar que possuem também avô, a mãe pede mas nunca recebe uma foto, por mais que solicite, foto para que os netos pudessem visualizá-lo e se gabar diante das outras crianças: vejam, temos um avô na Argentina, a cara dele lembrará a cara da mãe, só que cadê a foto, mas ao menos a mãe tem agora como se comunicar, contar do marido, dos filhos que estão crescendo saudáveis, da vida que levam, quem sabe um dia o avô vem até Biguaçu, ou irá ela a Rio Quarto, afinal não deve ser tão longe, bem mais perto do que Amiun, não resta dúvida, quem nunca saberá do pai em Rio Quarto é o tio, a essa altura já morto, estranha morte.

Os pais não se cansam de falar no tio: o tio em Porto Alegre, o tio não dá notícias, o tio demora em responder, o tio chega a Biguaçu, o tio permanece pouco tempo, o tio tem trabalhado, futuro esperançoso em Porto Alegre, o tio viaja, o tio vai mandar notícias logo que chegar lá, o tio tem namorada — e em dado momento uma carta de Porto Alegre, não é do tio, o susto da mãe ao abri-la, o pai anima-a: vai ver é exagero, a mãe se prepara às pressas, a mãe viaja, não demora a mãe retorna toda de negro, macerada, fundas olheiras, soluçante, suspirosa, inconformada, abraça-se ao marido: Yussef, como foi que aconteceu essa desgraça, ninguém me explicou; agarra-se aos filhos: o tio de vocês, ah, o tio de vocês se foi, toma do filho mais velho o canivete que o tio lhe dera, roda-o entre os dedos, leva-o aos lábios, canivete que o filho jamais largaria ao longo da vida, espécie de talismã, de amuleto, retira-o, empunha-o, aperta-o entre os dedos, vê o desespero da mãe grudada ao canivete, nele a busca incessante da compreensão e a busca incessante pelo canivete um dia perdido — até que ei-lo, o mágico reencontro numa reentrância de parede nos fundos da casa. Era como se o tio tivesse renascido.

2

Pouco (ou nada) adianta querer racionalizar: são duas mortes indissociáveis, a do caçula temporão, aos doze anos, e a da mãe, mal chegada aos cinqüenta. Vã qualquer tentativa de separar as duas mortes, delimitar os anos, aquilatar o tempo que decorre entre uma e outra. Elas se interligam, se fundem, interagem, uma corolário da outra — sem qualquer dúvida uma conseqüência da outra.

O Natal se aproxima. No caçula, Samir, o furúnculo que recusa sarar, a íngua dolorida, a mãe já aplicou todos os medicamentos indicados, de farmácia, de vizinhos, de parentes, de entendidos, até que alguém, parente, amigo, diz: dona Tamina, só há um jeito, é cortar, talhinho de nada coisa rápida, uma brincadeira, para que o pus seja drenado, saia, e a cicatrização se processe mais rápido, procure um médico. A sugestão é aceita. Procura-se o médico. Marca-se a pequena cirurgia para a manhã seguinte, 18 de dezembro, no Hospital de Caridade. Mais tarde — e é sempre mais tarde que se pensa pensar com objetividade — todos ficam se recriminando, o que mais angustia a mãe e lhe acrescenta novas doses de culpa, ela insistir na cirurgia: pra que aquilo, não havia necessidade, o menino já estava até melhor, menos dolorido o inchaço, era deixar a natureza agir, por menor que seja qualquer corte é um corte, violência contra o organismo; depois, criança tem maior poder de recuperação, só continuar atento e medicando com a pomada. E o filho mais velho, embora cético por natureza e formação, não consegue esquecer o sonho que o perseguira durante a noite que antecedia a cirurgia, sonho que tivera o descuido de relatar mais tarde, sonho que irá marcá-lo para o restante da vida, amargurando-o, sonho que, vívido, se posta diante dele, ei-lo: o irmão caçula e ele à beira de um precipício, estão brincando, conversando distraídos, é num entardecer, turbulência no céu, nuvens pejadas, de repente o caçula escorrega, começa a cair, grita em desespero, me segura, me segura, estende a mão, repete o grito já distante, afundando, inarticulado o grito reboa, o irmão também estende a mão, se debruça mais que pode, dedos crispados quase se tocam, não dá tempo, o corpo despenca — é o despertar num berro, ou imagina o berro, voz sumida, acorda banhado em suor, não consegue voltar a dormir, de manhã cedinho sonho em brumas, vê o caçula sair em direção ao hospital, enquanto ele se dirige para o armazém.

A partir desse momento tudo se embaralha, se confunde. Não demora (não demora?) um carro (seria o mesmo que levara o irmão?) se detém diante da casa de comércio, na Rua Padre Miguelinho, alguém faz um sinal, a mãe atende um freguês, pede que ele vá ver o que é, dirige-se para a porta, se aproxima do carro — e jamais esqueceria as palavras ditas, como não consegue imaginar se ficou ao lado do carro, próximo ao armazém, ou se passou para o outro lado, perto do motorista, e nesse caso terá atravessado pela frente, por trás, por cima do carro, para ouvir repetidas as malditas palavras pronunciadas sem modulação, friamente: vamos, aconteceu um trágico acidente, teu irmão morreu na mesa antes mesmo da cirurgia, vai, avisa com cuidado tua mãe, foi a anestesia, o clorofórmio derramado no nariz sem controle, eu estava lá esperando um passageiro, me pediram que viesse aqui com urgência.

Ainda hoje todo o resto se confunde mais — e sem se darem conta, como num pesadelo coletivo, o corpo está na casa da família, na Chácara do Espanha, Rua Lacerda Coutinho, sendo velado. Chegam parentes e amigos, querem saber o que ocorreu, como ocorreu, e quem pode saber, chegam colegas de escola, chegam amiguinhos da vizinhança, ninguém ainda acredita no que vê, boatos circulam, foi mesmo, como foi, foi durante a pequena incisão, barbeiragem do médico, não, foi antes, um colapso, como colapso, o que será que deram para o guri, tão saudável, tão estudioso, que maluca anestesia essa, inacreditável, e outro complicador desnorteia os ouvintes, como o médico contatado não chegava, nem dera notícia, falou-se com outro, que se prontificou a substituí-lo, dizendo ser coisinha de nada, não se preocupassem. E assim, Samir, o caçula, jamais deixará de ter doze anos, de sorrir na foto em que aparece com o uniforme da escola, de ter levado para junto dele, precipitadamente, a mãe.

Mentira dizer que o tempo tudo apaga, é o melhor remédio. A mãe jamais se recuperou da morte do caçula, ela talvez a mais forte da família, animando o pai, sabendo se recuperar dos reveses, incentivando os filhos, incansável na labuta. Agora se recrimina, esconde-se para chorar. Via-se, a mãe luta. Em vão. Quer fugir à apatia, ao desânimo. Sem forças, de repente está alheia, parece recuar até o dia anterior à tragédia, está murmurando, que cirurgia que nada, furúnculo se cura de outra maneira, com cataplasma, vamos prosseguir com a pomada, com chás.

Afirma-se: fantasia e pragmatismo caracterizam por excelência os orientais, na maioria das vezes neles se entremostram em dose equivalente. Pode-se juntar uma pitada de fatalismo, está escrito. No caso da mãe isso se confirmava. Era difícil decidir se nela predominava a fantasia ou o pragmatismo. Havia momentos em que se perdia, olhos sonhadores, mente se distanciando do real; em outros, era direta, objetiva, prática, reclamava do marido e dos filhos, que deixassem de besteira, ali estava um mundo cruel e duro diante deles, era preciso saber enfrentá-lo, não temê-lo, sim domá-lo, mundo ingrato, desigual, que só se entregava aos mais fortes, nem sempre os melhores. Agora não adiantava cobrar o que a mãe tanto pregara. O fatalismo predomina, mina-lhe o organismo. O certo é que a mãe começa a morrer no exato instante em que o filho caçula morre.

Dias se amontoam aos dias. Onde a mãe sempre atarefada, sempre incansável na labuta do dia-a-dia, vigiando os filhos, cuidando do marido sempre doente, correndo nos trabalhos caseiros para ajudar no armazém (em Florianópolis passara a ser armazém, nunca venda de secos e molhados, armazém é um estágio superior). Indiferente, via-se que lutava. Ou nem isso, talvez o organismo, inconsciente da vontade, lutasse. Era uma luta perdida. Nem o marido, que tudo pressentia e se apavorava diante da perspectiva, nem os filhos, alguns maiores e já trabalhando fora, que vinham visitá-la com freqüência, nem parentes, que acorriam em romaria para consolá-la, nem os primeiros netos tiravam-na da apatia.

Demora pouco, ei-la doente. Doença repentina, inexplicada. Estava só na sala, sentiu-se mais fraca, entontecida, estirou-se no sofá, percebeu que começava uma hemorragia, chamou-se o médico, que depois de rápidos exames recomendou internamento imediato. Foi submetida a uma bateria completa de exames, a junta médica, sem que se detectasse a razão precisa do mal, a mãe entregue, a mãe exânime, a mãe prostrada.

E em menos de uma semana vai para a companhia do caçula. Sim, via-se, sente-se dividida, ali estavam querendo retê-la os outros filhos, ali estava o marido que escolhera à revelia dos seus, ali estavam os primeiros netos, ali estava o sol que se infiltrava de leve pela janela, ali estava o rumor de vida, a força de vida, mas que pouco lhe dizia, ali estava a cidade a que se adaptara, passando a ser sua e dos seus, outra Biguaçu, outra Amiun, outra Kfarssouroun. Isso deve contar, claro, mas há algo mais forte, superior a tudo, que a puxa de forma inexorável, que lhe torna a vida sem sentido — como suportá-la?

Embora todos insistissem que fora uma fatalidade, a mãe não tinha qualquer espécie de culpa, teimava em se considerar responsável pela morte do filho, sim, repetia vezes sem conta, já nas vascas da agonia, aquilo era como um câncer a corroê-la, que a consumia: sim, eu teimei, nada adianta esconderem, eu quis que o Samir fosse fazer a operação, eu queria vê-lo perfeito e curado para as festas natalinas, e com isso o que fiz foi matá-lo, ajudei a matar meu filho, nada mais tenho a fazer neste mundo, vocês podem se conduzir sem minha presença, Samir me chama, precisa de mim mais do que vocês.

Foi num três de março, o sol explodindo por tudo em calor e claridade, esperança e vida, ressumando alegria de viver e beleza, quando a mãe serenamente se apagou, chama que se extingue.

※

Na autobiografia *Minha vida*, o pai faz o registro das duas tragédias. Referindo-se à primeira, diz:

...senti um frio no corpo do menino e tive certeza de que havia perigo. Tomei-lhe a mão e constatei que estava gelada, e sem pulso. Fui tomado de uma espécie de loucura e gritei:

— Por amor de Deus, doutor, o menino está em perigo, talvez até mesmo morto!

O médico tomara o outro pulso e reconheceu a verdade, passando a dar-lhe todo tipo de substâncias reanimadoras, injeções e oxigênio. Mas não havia resultado algum e a criança era somente um corpo imóvel. Perdi a noção das coisas e comecei a golpear-me no rosto, na cabeça, gritando e batendo nas portas, correndo de um lado para o outro como um louco, até que caí no chão."

O pai se desespera, clama:

Oh, Deus, que tragédia imensurável, que dolorosa desgraça! Perdi meu filho, meu amor e amor da família toda. Agora, meu medo maior é o de perder minha esposa, rainha do meu lar, seja pela morte ou pela loucura...

O pai estava prevendo com nitidez o futuro. Prossegue:

Acompanharam-me, e, em lá chegando, vi minha esposa jogada ao lado do corpo do menino, como se estivesse morta, e as freiras fazendo esforço para reanimá-la. Os irmãos choravam lágrimas ardentes. Oh, hora apavorante, dolorosa, pungente! Esqueci minhas dores e penas. Sentei-me perto de minha esposa, e quando ela, voltando a si, abriu os olhos, tinha a cabeça recostada em meu ombro:

— Yussef, que fizeste à nossa criança, ao nosso Samir, nosso filho querido? — gemeu ela.

Só pude responder com soluços e lágrimas.

O pai previa o que estava para vir. Continua:

Um mês passado após nossa desgraça, ela adoeceu com debilidade nervosa. Guardou o leito, pois não podia ficar em pé, andar ou mesmo mexer-se. Chamamos o médico, que era diretor do hospital. Ele conhecera meu filho, que havia sido colega do seu...

A mãe parece se recuperar, luta, mas algo dentro dela se esfacelara, havia se partido, irrecuperável. Exames e mais exames são feitos; para além dos problemas físicos existiam outros componentes mais profundos, de natureza psíquica, estes sim insanáveis.
Tamina tenta reagir, conscientemente. Só que isto não basta. O marido volta a ser Yussef. Ele descreve o que foi a luta de ambos em busca de uma precária estabilidade. No capítulo intitulado "A compra de terreno para construção de uma casa", assim começa:

Um dia, estávamos deitados quando ela me disse:
— Nunca moramos em uma casa que fosse nossa. Todos esses anos pagamos aluguel. Com isso, já ultrapassamos o valor de duas ou três casas. Temos que conseguir um terreno e construir. Não achas que seria melhor para nós?
— Há muitos como nós, morando de aluguel.
O pensamento, contudo, cresceu em sua mente e ela não esquecia o assunto, dizendo sempre:
— Devemos construir uma casa para nós.

Talvez, pensa o pai, fosse a maneira de recuperar a mulher. Com sacrifício comprou-se o terreno, a casa foi construída com financiamento da Caixa Econômica Federal, mudam, se instalam, o pai pergunta:

— Então, querida, estás contente no novo lar?

— Peço a Deus e espero que aqui moremos com saúde e felicidade. Mas, como posso estar completamente feliz depois da tragédia que nos atingiu, levando nosso amado Samir. Ah, se estivéssemos morando em uma simples tapera, feita de palha, mas tivéssemos conosco aquele anjo.

A impressão que em todos ficou é que Tamina, antes de morrer, queria, ao mesmo tempo, pisar em uma casa que pudesse dizer sua e deixá-la para os seus. Na casa não chegou a habitar nem um ano. Adoece, é necessário removê-la para o hospital, onde só faria repetir:

— Deixem-me, pois vou ao encontro do meu querido Samir. Não há esperanças nesta vida.

O mesmo para o marido, aquele Yussef/José/Yusé, ainda que houvesse sobrevivido anos à morte da mulher. Embora redigida em 1968, a autobiografia se encerra em 1956, com a morte da mulher, quando ele diz:

Pranteei-a e prantearei enquanto vivo for. Não se afasta de minha memória ou de meu coração, eu, órfão de seu amor, amor que nutri desde a infância, neste meu coração que jamais poderá pertencer a outra.

3

Entardecer. Na rua o movimento aumenta. Na sala, em seu cantinho de sempre, rádio de pilha encostado ao ouvido, o velho pai aguarda as notícias que lhe trarão, até ali, pedaços do

Brasil ou do mundo. Em geral mundo de violência, de dor, de lutas inglórias, de guerra, de desencontros, a que ele não consegue se acostumar. Poucas as notícias positivas, que falam em favor do ser humano.

O pai resiste, o pai está cansado, o pai espera melhoras mas é cético, o pai não vê perspectivas, o pai se desespera com as lutas no Oriente Médio, o pai sofre com o golpe militar no Brasil, tendo filho preso, o pai sente seu pessimismo aumentar. Mas não se entrega. Reflete: perspectivas para ele não, está no fim da vida, quer ir ao encontro da mulher, do filho, deseja um mundo melhor e mais solidário para os seus, para a humanidade. Será que ela, a humanidade, um dia toma juízo, não aprendeu, não aprende, ao longo dos séculos, as lições da história, não se cansa de tantas lutas intestinas, desentendimentos entre irmãos, incompreensões entre vizinhos!

À medida que mais envelhece, mais sente-se solitário, falta-lhe a companhia da mulher. Sem perceber se vê resmungante, recriminando-a: mulher, Tamina, não podias ter me deixado, preciso de ti, sem ti nada sou.

Está dividido entre o que ouve no radinho e as relembranças. É a saudade da mulher e é o golpe dentro do golpe, o triunvirato que acaba de assumir o poder, a decretação do AI-5 — o que virá mais por aí?

O tempo escorre. Anos se passam. Fora as rápidas idas ao Rio de Janeiro no mais forte do inverno, é ali em seu canto que se pode encontrá-lo. Agora mal escuta — se é que escuta — a filha mais velha, Fádua, que com ele mora, sempre morou, silente, quase uma sombra, descer do segundo andar da casa, dizer naquele ciciar que mal se percebe: pai, vou ali na padaria comprar leite e pão; não espera resposta, abre a porta, fecha-a sem ruído.

Não demora retorna, a padaria bem perto, entra, o pai na mesma posição, diz outra vez: pai, vou na cozinha entregar o pão e o leite pra empregada; vai, volta, repete pela terceira vez: pai, vou subir, descansar um pouquinho, depois desço pra gente jantar.

É sempre assim, dia após dia. Na casa são quatro, o pai, a filha mais velha, a empregada que os acompanha há anos, o filho da empregada. A rotina de sempre. Peça perenemente repetida. Em dias certos, amigos vêm, nos finais da tarde ou à noite, conversar com o pai, jogar gamão, reviver o passado, um tanto de Brasil, mais do Líbano, raro o Líbano de hoje, falam da distante infância e da adolescência, que se tornam mais próximas à medida que a velhice chega, empunham cartas que acabaram de receber. São na maioria patrícios, alguns parentes, brimos, como se chamam entre si, o pai aglutinador, espécie de conselheiro, escriba (além dele quantos ali saberão ler e escrever em árabe?), lê cartas que chegam, comenta as notícias, discute o que deve responder, diz: preciso, de novo, mandar aumentar as lentes.

Ao lado do pai, o caderno. Anota passagens de sua vida, reflexões, pensamentos, máximas, trechos de leituras antigas que o marcaram. Será um caderno? Quase certo dois. Em um, a futura *Minha vida*, a autobiografia; no outro reflexões, as máximas, fragmentos de poemas, problemas do dia-a-dia, contas a pagar, dívidas de fregueses que jamais receberá.

Agora, mal consegue ou nem consegue ler — isto o angustia. Nostálgico, gruda-se ao radinho, pede que liguem a televisão, que mais ouve do que vê, apenas sombras esgarçadas, quer que lhe leiam algo do jornal ou de uma revista, esquece-se de tudo ao redor, perde-se em seu mundo particular. Raras vezes vai até a Praça 15 de Novembro, senta-se sob a figueira centenária, que já se sustenta em bengalas de ferro, demora-se em conversas com outros aposentados que havia muito não via. Até que, alertado para a proximidade da noite, ou o desagradável vento sul e a chuvinha que logo chegará, levanta-se capengando, a bengala placplaqueante ajuda-o a se firmar, caminha até o ponto do táxi...

Lento, viscoso, o tempo escorre. Há muito anoiteceu. O pai só dá acordo de si quando a empregada aparece, pergunta: seu Zé, hoje não vamos jantar não?, passou muito da hora; então o pai percebe a noite, uma noite escura, extinto o movimento da rua; pede à empregada que suba, chame a filha, pois não adianta gritar pela filha, distraída como é, pode até ter pegado no sono, a empregada precisa voltar à cozinha, manda que o filho suba. Logo um grito irrompe por toda a casa, vara o silêncio, vence as paredes para se perder lá fora na noite, a Taira, que cochilava na porta da frente, leva um susto, o pai larga o rádio, o grito é repetido ao mesmo tempo que, aos pulos, o menino desce apavorado, a mãe dele sobe as escadas, volta correndo, fundos soluços, diz: seu Zé, que horror, que tragédia meu Deus, a Fádua está morta; e o pai, ultrapassado o momento de susto: morta como, deixa de besteira mulher, que morta se acabou de subir para repousar um pouquinho antes da janta!

Perde-se a noção de tempo. Não demora, acionados pelo telefone, os irmãos chegam, chegam parentes e amigos, chama-se o médico, que nada pode fazer, a Fádua está mesmo morta, o médico assina o atestado de óbito.

A filha subira para o quarto, tomara banho, pusera uma camisola, arrumara a roupa que tirara e a que iria vestir para a refeição em cadeiras separadas, se estirara na cama, leve coberta sobre o corpo. E morrera. Assim. Simplesmente. Conforme havia vivido. Uma sombra esquiva. Sem querer fazer-se presente.

Sem incomodar ninguém. Sem ocupar espaço. Salvo quando tinha suas crises e parecia outra; crises que os medicamentos mais recentes foram tornando espaçadas e menos fortes.

Por mais que se esforce, o filho do seu Zé que foi saber da notícia no dia seguinte, por um telefonema, no Rio de Janeiro onde morava, só encontra uma definição para aquela vida em branco, aquele viver-sem-viver. Seria mesmo?, se interroga, na busca de uma resposta que lhe satisfizesse. O que é, afinal, viver? Luta inglória em busca do quê? Fama? Riqueza? Realização pessoal? Satisfações de... de... — e ficava-se nas irresolvidas reticências; ou seria o nada, o nirvana, a vida passar em brancas nuvens?

Encharcado de leituras infindáveis e as mais variadas desde a tenra infância, vendo tudo (quase) sob a ótica do que encontrava nos livros, que passaram a parte intrínseca de seu viver, por mais que lute não tem como, ao pensar na irmã Fádua, fugir à lembrança de leituras, duas em especial, que o marcaram fundo e lhe estão sempre presentes.

São vidas paralelas, similares à de Fádua sob vários aspectos, que numa releitura acabam por se confundir com a vida (ou não-vida) da irmã: *Uma alma simples*, de Gustave Flaubert, e *Uma vida em segredo*, de Autran Dourado. Em Flaubert, é a trajetória, mera mancha, de Felicidade, criada da senhora Aubain, definida pelo autor nas palavras da carta a uma amiga como "a narrativa de uma vida obscura, a de uma pobre moça do campo, devota, porém mística, devotada sem exaltação e branda como pão fresco". Com a história, que embora seja simples mancha imprecisa não nos larga por sua intensa carga de humanidade, o autor quer "enternecer, fazer chorar as almas sensíveis". Em Autran Dourado temos Prima Biela, desenraizada. Já na primeira frase do texto o autor quer nos introduzir em sua proposta ficcional, ao dizer: "Quem deu a idéia de trazer Prima Biela para a cidade foi Constança." Fica subentendido que Prima Biela nem fora ouvida. Veio como uma peça, compor a paisagem. Nem isso. Veio.

Fádua, embora o carinho e a compreensão da família, foi sendo levada para onde se ia. Também Fádua, da mesma maneira que Prima Biela, ama os seus, num amor silencioso, de doação, vê o mundo pelos olhos dos outros. Ou ilusão, terá sua própria e peculiar visão de mundo? A verdade é que acaba por se agarrar à Taira número dois, a quem confidencia suas dores, suas miúdas alegrias, suas mágoas, almas gêmeas. Da mesma forma Prima Biela se agarra a um vira-lata e "começa a sentir uma ligeira ternura, muita pena daquele cachorro roceiro sem ninguém. Uma vontade de coçar a cabeça do cachorro, o que será que ele tem na orelha murcha, na pata encolhidinha?".

Do mais fundo da memória, tantos anos decorridos, Fádua, a irmã, se ergue, se posta, rosto sereno, mãos afundadas no bolso do vestido, interrogativa questiona, ar irônico invulgar: o que sabes de mim, o que todos sabem de mim, o que apreenderam do meu viver, para agora tentares me delimitar e decifrar, quando em vida eu era tratada...

Vejo, palavras lhe faltam, quer-não-quer prosseguir, por que recriminar os seus, ela reflete, sempre procuraram me atender, quem sabe compreender-me, mas não, revolta-se, nesse caso a culpa é minha, é muito minha por não ter sabido viver minha vida, dar-lhe um rumo, independente dos outros, exigir da vida uma plenitude de viver, nunca um simulacro. E o que será vida plena, qual será, como será?

Fádua não sabe. Ou não saberão os irmãos, os parentes; não saberá esse irmão que busca reconstituí-la? Recuperá-la. Para melhor entendê-la e através dela entender a vida!

A imagem de Fádua surge e desaparece, vai e vem, num jogo de esconde-revela, como quem diz: vamos, anda, usa tua sabença, se podes, me decifra — por meu intermédio decifra o sentido da vida e do viver.

30

Sementes

Penumbra. Silêncio. Ao fundo da peça — atapetado e atopetado quarto de tamanho médio — a cama, um armário, a escrivaninha, duas cadeiras, a mesa-de-cabeceira com o copo d'água, vidros de remédio, luz difusa de lâmpada bem fraca ao lado da cama. O pai agoniza. O médico já alertou, não cansa de repisar, é doença e é também velhice, a máquina está gasta. Por toda a casa a ansiedade, a espera: na sala, na copa, no avarandado, na cozinha, nos quartos do andar de cima, no jardinzinho, no quintal, sob a parreira que o pai plantou e da qual sempre cuida com tanto carinho, nunca esquece, avisa, está na hora da poda, é inverno, boa época mudança da lua, chama, olhem as primeiras folhinhas verdes, a cada ano repete, venham, provem, vejam que uva gostosa, chama a filha e a empregada, aponta, está no ponto certo, apanhem as folhas verdinhas e tenras, vamos fazer *malfufe*, com folha de parreira é muito mais gostoso do que repolho, melhor, mais saudável, orgulha-se da casa, da modesta propriedade (se é que merece tal denominação), único bem que possui depois de mais de 60 anos de Brasil, foi a Tamina, minha mulher, que quis, como dizer não a uma vontade dela naquele momento, repete com um sorriso triste que lhe repuxa o rosto curtido, ainda assim continua hipotecada à Caixa, não me queixo nem me arrependo.

 A casa, na Avenida Rio Branco, 84, Florianópolis/Santa Catarina (cacoete do pai ao informar a respeito), é ponto de encontro de parentes, patrícios, amigos que foi fazendo ao longo dos anos, que agora cochicham, sussurram, perto ou longe da família (de preferência longe), como se esta não pressentisse: é o fim, não tem saída; sem demora recuam, quem sabe se ainda... a resistência humana é inexplicável... não terminam as frases, interrompem o que iam dizer para a troca de palavras de consolo, citam passagens da vida do seu Zé, ou seu Miguel (nem falta um inesperado Yussef), tentam se iludir, lembram momentos semelhantes, querem estimular os filhos, puxam um para o lado, dizem: te recordas do primo Elias, outro não demora acrescenta, e do Abrahão, e do Skandar, e do... desenganado por juntas médicas arribou e está aí forte e firme, vai nos enterrar quem sabe, mas é tudo em vão, o desenlace se aproxima, o médico esclareceu, foi taxativo: é fase terminal; e diante da dúvida acrescenta: se querem ainda chamar outros ou convocar junta médica, tudo bem, chamem, é direito da família sempre inconformada diante do desenlace, compreendo, sei o que é isso; e volta a prevenir: não quero enganá-los, pretendo continuar só com estes medicamentos para aliviar as dores, repete: jamais partirei para uma cirurgia como foi sugerido, o pai de vocês, garante o médico, só irá sofrer, talvez nem saia da mesa de operação com vida, e mesmo se sair, só mais sofrimento, inútil qualquer expectativa de sobrevida, não está sofrendo, é esperar o desenlace, dias ou horas, depende apenas do coração, que continua firme, resistindo, embora o pai já tivesse passado por um enfarte, do qual se recuperou bem, e fosse diabético.

Rosto macerado, corpo sumido, o pai parece que diminuiu, ei-lo entregue, aguardando o fim. Inexorável. Será mesmo que tem consciência plena, aguarda a *uafã*? Passa por transes, seguidos de momentos de lucidez, de calma, outros de delírio, tem alucinações, aponta para o teto do quarto, para as paredes, para a janela, geme, chama, treme-lhe a voz, *omm*, *omm*, quer a mãe perto, qual, a mulher, Tamina, ou aquela mãe de quem tão pouco fala. Chama pelas duas?

Mistura palavras de português e árabe, diz: quero ir pra minha *bait*, minha casa, pra minha terra/*maksuna*, por que a *tagarrada*, emigrar não melhora... se perde, cala um tempo, imagina estar em Biguaçu, quer falar com o primo Abrahão, com Joãozinho, pergunta se viram João Dedinho — e de repente eis uma única palavra que repetia, *garib*, repetindo-a para todos que vinham visitá-lo nos últimos tempos, dizia para os filhos, para amigos e parentes, por mais que a pessoa lute por se adaptar, ela continua, mesmo sem querer, às vezes sentindo-se estrangeira, logo recua, envergonhado, não, *garib* como, se aqui é minha querida *maksuna*? Palavras soltas vão se espalhando, compondo um insólito quadro pelo quarto do doente, pela sala, extravasam até se perder ao longe: *qaria*, *habib*, vive *maut*, *salam aleikun*, luz/*nur*, *kifak*, bem, *ab*, *ibn*, filho, *ahabba*, gostar sim, *dikra*, lembrança, meu *ab*, meu pai, *oms*, mãe me prepara *lábnia* de leite de cabra, me dá um *jar'a*, só mais um gole de *arak*.

Na cadeira, ao lado do pai, uma das noras. Elas se revezam com a filha e os filhos. Entendeu o que ele quer, a bebida *arak*, impossível, pega um copo com água, um pouco de algodão, molha-o na água, lentamente passa o algodão nos lábios ressequidos. O pai balança a cabeça, passa a língua nos lábios.

Na sala, pertinho, filhos, noras, genro, netos. Parentes vêm saber notícias, amigos telefonam ou chegam, vão até a porta do quarto, só um instantinho, não querem incomodar. Admiram-se da resistência do velho, sempre tão doente, quem diria, chegou perto dos 85 anos, prometem que logo virão para demorar mais, alegam afazeres, saem rápidos, ninguém gosta de se demorar ao lado de doentes terminais. Melhor: poucos gostam de cuidar de doentes, ver doentes, a visita uma obrigação.

Um vulto se delineia na porta do quarto. Pára. Indeciso. Começa a entrar. Recua. Quer passar despercebido. Não faz barulho. Só olha. Avança um passo. Vem se colocar de pé ao lado da cama. Tenso. Emocionado. Sem conseguir pronunciar uma palavra. Não quer chamar a atenção do pai. Apenas vê-lo. Mas o pai meio que percebe o vulto. Faz um sinal com a mão. Pergunta, num fio de voz que mal se percebe: quem é? A nora responde. O pai faz outro sinal com um dedo que custa a se mexer. Que ela levante, que o vulto venha sentar no mesmo lugar. O vulto senta. Acomoda-se. A nora sai. O pai estende a mão, como em câmera lenta, mão fria, enregelada, pega na do filho, as duas mãos juntas, faz novo movimento, que o filho aproxime a cabeça, baixe-a mais, mais, mais, até quase as cabeças se tocarem, o filho compreendeu, aproxima o ouvido da boca do pai, e as palavras, com um bafio de morte, vão saindo, sílaba, pausa, sílaba, pausa, até formarem a frase que para sempre se fixaria, de forma indelével, na mente do filho, e que foram as derradeiras que o pai pronunciou com coerência: *ibn*, *habib*, é o ciclo da vida, o que querias, o que queriam vocês, por *Allah*, que eu ficasse para semente, *dahaba*, partir, está na hora, chegou a hora, demorei demais em ir ao encontro da Tamina, do Samir, da Fádua...

O silêncio se fecha, isola-os, um silêncio pesado, que esmaga, o filho não consegue falar, nem tem o que responder, e o que diria? E nunca mais, no decorrer dos tempos que lhe sobram, encontra explicação para o que lhe pareceu vir completar a frase, já de si completa, definitiva, frase tantas vezes repetida pelo pai nos longos meses da doença, o filho não consegue saber se na verdade o pai acrescentara, nas vascas da agonia, num derradeiro esforço, o que se encaixa no então dito, ou se em momento de plena integração apreendera o que o pai tentava, sem conseguir, voz sumida, retransmitir, e que era, sim, *ibn*, sim, filho, semente, deixo sementes, os filhos, os netos, novas gerações que me irão continuar...

A mão do pai desprende-se da mão do filho, tomba mole, este se levanta, sai, incontrolável a emoção, incontroláveis as lágrimas, foge dos outros, vai para a copa, para a cozinha, para o terreninho aos fundos, volta para a sala, não quer falar com ninguém, não responde ao que lhe perguntam, sobe até o segundo andar, caminha de um quarto para o outro, de um lado para o outro, egoisticamente não pensa nos demais, como se a dor fosse só dele, debruça-se à janela, a noite se fechou, amena noite neste junho, dia de São João, raro o movimento, em ponto não muito distante uma fogueira, fumaça e fagulhas arrastadas de um lado para o outro pela aragem, céu pejado de estrelas, ele sufoca, respiração opressa, estira-se na cama, estende a mão fria, frialdade da mão do pai contamina-o, apanha um livro, folheia-o sem ver, quer forçar a atenção, detém-se em uma palavra aqui e ali, inútil, letras se embaralham, linhas se embaralham, o livro tomba.

Terá cochilado? Vozes se alteiam, há um movimento incomum, chamam-no, desce, soluços e choros. Ao chegar ao último degrau da escada ouve a informação que o faz estacar, embora não lhe deva causar surpresa maior: o pai acabou de morrer.

Este livro foi composto na tipologia Minion, em corpo 11,5/15,5, e impresso em papel off-white 80g/m² no Sistema Cameron da Divisão Gráfica da Distribuidora Record.

Seja um Leitor Preferencial Record
e receba informações sobre nossos lançamentos.
Escreva para
RP Record
Caixa Postal 23.052
Rio de Janeiro, RJ – CEP 20922-970
dando seu nome e endereço
e tenha acesso a nossas ofertas especiais.

Válido somente no Brasil.

Ou visite a nossa *home page*:
http://www.record.com.br